Júlio Verne
(1828-1905)

Júlio (Jules) Verne nasceu em Nantes, França, em 8 de fevereiro de 1828. Era filho de Pierre Verne, um advogado, e de Sophie Allote de la Fuÿe, de uma família de navegadores e armadores. Eles tiveram cinco filhos: Paul, Anna, Mathilde, Marie e Júlio, o mais velho, que inicia os estudos com a viúva de um capitão e logo segue para o pequeno seminário de Saint-Donatien. Em 1839, em uma de suas primeiras aventuras, teria partido para a Índia como aprendiz de marinheiro, tendo desistido da empreitada ao ser alcançado pelo pai no porto seguinte.

Em 1844 ingressa no Liceu de Nantes, onde estuda Retórica e Filosofia. Formado, e como o pai lhe destina a herança, começa a estudar Direito. Apaixonado por uma prima, Carolina – que se casaria com outro, para desespero de Júlio –, escreve suas primeiras obras: sonetos e uma tragédia em versos.

A dramaturgia seria uma das paixões do autor. Em 1848 vai a Paris terminar os estudos, instalando-se junto com outro estudante de Nantes, Édouard Bonamy, com quem representaria algumas peças. O encontro com Alexandre Dumas pai lhe dá confiança para escrever para o teatro. Em 1850 estreia *As palhas rompidas*, uma comédia em versos, no Teatro Histórico – fundado por Dumas. Nessa época, apresenta sua tese final de Direito, mas a opção pela literatura já estava feita.

Em 1852, publica *Os primeiros navios da marinha mexicana* e *Uma viagem de balão,* duas narrativas em que já se adivinha o futuro autor das *Viagens extraordinárias*. Em abril de 1852, lança sua primeira novela longa: *Marton Paz*, narrativa histórica em que a rivalidade étnica entre os espanhóis, os índios e os mestiços do Peru mistura-se com uma intriga sentimental.

Em 1854, publica a primeira versão de *Mestre Zacarias*, e, no ano seguinte, *Uma hibernação nos gelos*, sem parar, no entanto, de escrever para o teatro. Em 1856, conhece Honorina-Anne-Hébé Morel, viúva de 26 anos, mãe de duas meninas; eles se casam em 1857, e, em 1861, nasce … Verne, único filho do autor …

Em 1862 lanç… con-trato que o comprom… leira carreira vai começar … o na

França, depois no mundo todo. Passa a colaborar regularmente com a *Revista de Educação e de Recreação*, e aí são publicadas, a partir do primeiro número, *As aventuras do capitão Hatteras*, antes de serem reunidas em livro. No mesmo ano é publicado *Viagem ao centro da Terra,* seguido, em 1865, por *Da Terra à Lua* e, em seguida, *Ao redor da Lua.*

Não há dúvida de que o sucesso de Júlio Verne é produto do bom humor, da alegria, da imaginação. O mundo dos livros de Júlio Verne é extraordinário, fraterno, cheio de inventividade. Esse mundo é explorado com incansável rigor na série das *Viagens extraordinárias*, onde destacam-se alguns títulos conhecidos: *Os filhos do capitão Grant* (1867), *Vinte mil léguas submarinas* (1869) e *A volta ao mundo em oitenta dias* (1873).

Em 1866, compra o seu primeiro barco, que é batizado com o nome do filho: *Saint-Michel.* Em abril de 1867, parte para os Estados Unidos com o irmão, Paul, a bordo do *Great-Eastern.* Na volta, mergulha em *Vinte mil léguas submarinas*, em grande parte escrito a bordo do *Saint-Michel*, que ele chama de "gabinete de trabalho flutuante". Em 1874, compra um verdadeiro iate: o *Saint-Michel II,* e nele se origina *A volta ao mundo em oitenta dias*.

Entre 1886 e 1887, depois de um drama a respeito do qual se sabe muito pouco (Verne foi ferido com duas balas de revólver pelo sobrinho Gaston, de 25 anos, acometido de febre cerebral) e da venda do seu iate, renuncia à vida livre e de viajante e joga a âncora em Amiens, onde é eleito conselheiro municipal.

Júlio Verne trabalha até não mais poder segurar uma pena. É grande admirador de Edgar Allan Poe e do seu *O relato de Arthur Gordon Pym* (**L**&**PM** POCKET). A partir de 1902 sua visão fica comprometida pela catarata. Morre em 24 de março de 1905, na casa de Amiens, onde nunca parou de escrever. É autor de mais de cinquenta obras.

LIVROS DO AUTOR PUBLICADOS PELA **L**&**PM** EDITORES

Os conquistadores
Da Terra à Lua
A jangada
Viagem ao centro da Terra (também na Coleção clássicos em quadrinhos)
A volta ao mundo em oitenta dias (também na Coleção clássicos em quadrinhos)

JÚLIO VERNE

A JANGADA

800 léguas pelo Amazonas

Tradução de Elisa Rodrigues *e* Julia Fervenza

www.lpm.com.br

L&PM POCKET

Coleção **L&PM** POCKET, vol. 1295

Texto de acordo com a nova ortografia.
Título original: *La jangada: Huit cents lieues sur l'Amazone*

Primeira edição na Coleção **L&PM** POCKET: janeiro de 2020
Esta reimpressão: outubro de 2024

Tradução: Elisa Rodrigues e Julia Fervenza
Capa: Ivan Pinheiro Machado. *Ilustração*: Léon Benett
Preparação: Marianne Scholze
Revisão: Lia Cremonese

CIP-Brasil. Catalogação na publicação
Sindicato Nacional dos Editores de Livros, RJ.

V624j

Verne, Júlio, 1828-1905
A jangada: 800 léguas pelo Amazonas / Júlio Verne; tradução Elisa Rodrigues, Julia Fervenza. – Porto Alegre [RS]: L&PM, 2024.
336 p. ; 18 cm. (Coleção L&PM POCKET, v. 1295)

Tradução de: *La jangada: Huit cents lieues sur l'Amazone*
ISBN 978-85-254-3798-3

1. Ficção francesa. I. Rodrigues, Elisa. II. Fervenza, Julia. III. Título. IV. Série.

18-51906 CDD: 843
CDU: 82-3(44)

Vanessa Mafra Xavier Salgado - Bibliotecária - CRB-7/6644

Rua Comendador Coruja, 314, loja 9 – Floresta – 90.220-180
Porto Alegre – RS – Brasil / Fone: 51.3225.5777

Pedidos & Depto. Comercial: vendas@lpm.com.br
Fale conosco: info@lpm.com.br
www.lpm.com.br

Impresso no Brasil
Primavera de 2024

Sumário

Primeira Parte

Segunda Parte

PRIMEIRA PARTE

Capítulo I

Um capitão do mato

*Sygwedhhkwpdywqwervrwgpgsvfnbpeqvjthhrcx-
tdwvksbwsgqxtrpgcipvuxgjtfsovfwdqretneslqhppiwki-
pvrdptjwiggajqxhgiplwggobqilttehqlntjwsfgsurwhx-
nowihujjvrdqjkrerffdrwwcnomyvvfnhrwghpqhhpfe-
repqwuhwrwjvrqlujsdzhnkvqglqsbumrffbgqlpntwvde-
fpgsgkxuumwqijdqdpyjqsvkrbsiqcxfxuxgftvmqqjtwi-
gqhvpiqvtdrqpgzwhvgciflvrptnhsuvjhd.*

Era esse estranho conjunto de letras que formava o último parágrafo do documento que o homem, pensativo, segurava, após tê-lo relido atentamente.

O documento continha umas cem linhas, que sequer eram divididas em palavras. Parecia ter sido escrito havia anos, pois o tempo já tinha amarelado a espessa folha de papel coberta de hieróglifos. Mas qual era a lógica por trás dessa junção de letras? Só esse homem poderia dizer. As linguagens cifradas são como as fechaduras dos cofres-fortes modernos – as duas se defendem da mesma maneira. Existem bilhões de combinações possíveis, e a vida de um matemático não seria suficiente para enumerá-las. É preciso ter a combinação certa para abrir um cofre de segurança, assim como a cifra certa para ler um criptograma desse tipo. Assim, como veremos, esse criptograma deveria resistir às tentativas mais engenhosas, nas piores circunstâncias possíveis.

O homem que acabava de reler o documento não passava de um simples capitão do mato, encarregado da captura de escravos fugidos no Brasil.

A instituição dos capitães do mato data de 1722. Naquela época, as ideias antiescravagistas existiam apenas na mente de alguns filantropos. Ainda se passaria mais de um século até que os povos civilizados as incorporassem e aplicassem. Embora o primeiro direito natural do homem seja a liberdade, milhares de anos transcorreram até que algumas nações ousassem proclamar esse generoso pensamento.

Em 1852, ano em que se desenrolará esta história, ainda havia escravos no Brasil e, consequentemente, capitães do mato para capturá-los. Certos motivos de ordem política e econômica tinham retardado o momento da abolição da escravatura, mas os negros já tinham o direito de comprar sua alforria, e os filhos de escravos já nasciam livres.* Portanto, faltava pouco para que esse magnífico país, em que caberiam três quartos da Europa, não tivesse mais nenhum escravo dentre seus 10 milhões de habitantes.

Na verdade, a função de capitão do mato estava fadada a desaparecer em um futuro próximo, e, naquela época, a captura dos fugitivos já era bem menos lucrativa. Ora, se durante o longo período em que a profissão era bem remunerada os capitães do mato formavam um grupo de aventureiros composto de escravos libertos e de desertores dignos de pouca consideração, era de se esperar que agora esses caçadores de escravos pertencessem à escória da sociedade – e, muito provavelmente, o homem do documento não manchava a reputação da pouco respeitável milícia dos capitães do mato.

Torres – esse era seu nome – não era nem mestiço, nem índio, nem negro, como a maior parte de seus companheiros: era branco, brasileiro e um pouco mais

* Na verdade, a Lei do Ventre Livre só foi promulgada em 1871, dezenove anos após o início da história. (N.T.)

instruído do que aparentava naquele momento. Não passava de um desses fora da lei muito comuns nas longínquas terras do Novo Mundo. Naquela época, a legislação brasileira ainda excluía mulatos e outros mestiços de certos empregos. Assim, se ele tivesse sido vítima de alguma exclusão, não teria sido por sua origem, mas por sua falta de integridade pessoal.

Aliás, naquele momento, Torres não estava mais no Brasil. Ele tinha atravessado a fronteira muito recentemente e fazia alguns dias que perambulava pelas florestas do Peru, no coração das quais nasce o rio Amazonas.

Era um homem na casa dos trinta anos, robusto, que não parecia abatido pelos percalços de uma vida árdua, graças a seu temperamento excepcional e sua saúde de ferro.

Tinha ombros largos, estatura média, feições regulares, andar seguro, rosto bastante queimado pelo ar quente dos trópicos e uma espessa barba preta. Seus olhos, escondidos debaixo das sobrancelhas unidas, lançavam o olhar vivo, mas seco, das naturezas despudoradas. Embora não corasse facilmente, seu rosto ficava vermelho toda vez que tinha ímpetos de raiva – mesmo quando não estava queimado do sol.

Torres se vestia à moda rudimentar dos desbravadores. Suas roupas eram muito surradas: na cabeça, um chapéu de couro de abas largas, colocado de lado; nas pernas, uma calça de tecido grosso que se perdia dentro do cano das grossas botas, constituindo a parte mais pesada da vestimenta; e por cima de tudo um poncho desbotado, amarelado, que cobria o casaco e o colete esfarrapado que protegia seu peito.

Embora Torres fosse um capitão do mato, era evidente que não exercia mais a profissão, pelo menos não nas condições em que se encontrava atualmente. Notava-se isso pela falta de meios de defesa ou de ataque para perseguição de escravos. Nenhuma arma de fogo: nem espingarda, nem revólver. Na cintura, somente uma dessas ferramentas que mais parecem um sabre do que uma faca de caça, chamada machete. Além disso, Torres carregava uma enxada, instrumento geralmente usado na caça de tatus e cutias, abundantes nas florestas do alto rio Amazonas, onde quase não há feras.

Em todo caso, naquele 4 de maio de 1852, só mesmo estando tão absorto na leitura do documento ou tão habituado a perambular pelas florestas da América do Sul para aquele aventureiro estar indiferente às belezas do lugar. Nada podia distraí-lo de sua ocupação: nem os gritos prolongados dos bugios, que o botânico francês Saint-Hilaire bem comparou com o barulho das machadadas do lenhador contra os galhos das árvores; nem o seco chocalhar da cascavel, serpente pouco agressiva, é verdade, mas extremamente venenosa; nem o som estridente do sapo chifrudo, que ganha o prêmio de feiura em sua classe; tampouco o coaxar ao mesmo tempo sonoro e grave da rã-touro, que, embora não supere o boi em tamanho, não perde para ele na altura dos mugidos.

Torres não escutava todo esse alarido, que é a complexa voz das florestas do Novo Mundo. Deitado ao pé de uma árvore magnífica, ele sequer admirava a alta copa do pau-ferro, árvore de casca escura e tronco tão liso e duro quanto o metal que substitui na fabricação de armas e ferramentas dos índios selvagens.

Absorto em seus pensamentos, o capitão do mato virava e revirava o incomum documento. Com a cifra secreta, que só ele sabia, devolvia a cada letra seu real valor; lia, desvelava os sentidos das linhas incompreensíveis a todos, menos a ele, e então esboçava um sorriso malicioso. Em seguida, resmungava a meia-voz algumas frases que ninguém escutaria naquele ponto deserto da floresta peruana e que, na verdade, ninguém conseguiria compreender:

– Essas cem linhas, escritas com tanto capricho, têm, para alguém que conheço, uma importância que ele nem pode imaginar...! E essa pessoa é rica! Para ela, ter essa carta é uma questão de vida ou morte, e, claro... isso tem um preço!

E, olhando avidamente o documento, continuou:

– Se calcularmos um conto de réis para cada palavra da última frase, já daria uma quantia e tanto!* Porque essa frase é muito valiosa! Ela resume a mensagem inteira! Ela dá nome aos bois! Se alguém quisesse compreendê-la, antes teria que descobrir o número de palavras que ela contém e, mesmo assim, isso não seria suficiente!

Dito isso, Torre se pôs a contar mentalmente.

– Há 63 palavras nessa frase, o que dá 63 contos!** – exclamou. – Com isso dá para viver no Brasil, na América ou em qualquer outro lugar do mundo, e dá para viver até mesmo sem trabalhar! E imagina se me pagassem por todas as palavras do documento?! Eu ganharia uma centena de contos! Diabos! Ou eu aproveito toda essa fortuna, ou sou um grande tolo!

Parecia que as mãos de Torres já palpavam a enorme soma, agarrando os sacos de dinheiro. Subitamente, seu pensamento tomou um novo rumo.

– Até que enfim! – exclamou. – Estou chegando ao final da viagem e não me arrependo da trabalheira para vir das margens do Atlântico até o alto do rio Amazonas! Se esse homem que procuro tivesse deixado a América, se estivesse do outro lado do oceano, como eu faria para encontrá-lo? Mas por sorte ele está aqui, e, se eu subisse em uma dessas árvores, conseguiria até mesmo enxergar o telhado da casa em que mora com toda a família!

---

* Mil réis valem cerca de três francos e um conto de réis vale 3 mil francos. [As notas são do autor, salvo outra indicação.]

** 174 mil francos.

Em seguida, pegando o papel e sacudindo-o febrilmente, disse:

– Antes que o amanhã chegue, estarei em sua presença! Antes que o amanhã chegue, ele saberá que sua honra e sua vida estão encerradas nessas linhas! E se quiser decifrá-las, bem, vai ter que pagar! E vai pagar! E se eu quiser, vai pagar com toda a sua fortuna, assim como pagaria com todo o seu sangue! Diabos! O companheiro da milícia que me entregou esse documento precioso, que me confiou o seu segredo, que me disse onde eu encontraria seu ex-colega e o nome que ele usa para se esconder há tantos anos, não tinha ideia de que estava fazendo minha fortuna!

Torres olhou o papel amarelado uma última vez, dobrou-o com cuidado e guardou-o em um sólido estojo de cobre que também servia de porta-moedas.

Toda a fortuna do aventureiro estava guardada naquele estojo do tamanho de um porta-charutos, mas em nenhum país do mundo ele passaria por rico. Havia ali moedas de ouro de cada país vizinho: dois condores dos Estados Unidos da Colômbia, valendo cada um cerca de cem francos; a mesma quantia em bolívares venezuelanos; o dobro em soles peruanos; alguns escudos chilenos, que davam no máximo cinquenta francos e outras moedas miúdas. Mas tudo isso equivalia à pequena quantia de quinhentos francos, e ainda assim Torres teria ficado muito constrangido de dizer onde e como a tinha adquirido.

O que era certo era que, havia alguns meses, depois de ter abandonado repentinamente a profissão de capitão do mato, que exercia na província do Pará, Torres tinha subido a bacia amazônica e atravessado a fronteira do território peruano.

Aliás, o aventureiro não precisava de muito para sobreviver. Que despesas ele tinha? Nenhuma com moradia, nenhuma com vestimenta. A floresta fornecia seu alimento, que ele preparava sem gastar nada, à maneira dos capitães do mato. Para ele, bastavam alguns réis para comprar tabaco nas cidades ou nas missões e para abastecer seu cantil com aguardente. Com pouco, ia longe.

Torres guardou o papel no estojo de metal hermeticamente fechado por uma tampa e, em vez de colocá-lo no bolso do casaco, coberto pelo poncho, achou melhor, por precaução, deixá-lo perto de si, no buraco da raiz da árvore em que estava escorado.

Essa imprudência quase lhe custou caro!

Fazia muito calor. Estava abafado. Se a igreja da cidadezinha mais próxima tivesse um relógio, ele teria soado duas horas da tarde, e, com o vento que soprava, Torres o teria escutado, pois estava a menos de duas milhas de lá.

Mas, sem dúvida, as horas não importavam para ele. Habituado a se guiar pela posição aproximada do sol, um aventureiro não podia buscar exatidão militar nos atos cotidianos. Ele almoçava e jantava quando queria ou podia. Dormia onde e quando sentia sono. Mas se a mesa não estava sempre posta, a cama estava sempre feita ao pé de uma árvore, em uma moita macia, em plena floresta.

Torres não era exigente quando o assunto era conforto. Depois de ter caminhado durante boa parte da manhã, comeu um pouco e logo sentiu o cansaço bater. Ora, duas ou três horas de repouso o deixariam em condições de retomar a caminhada. Deitou-se então na relva da maneira mais confortável que pôde, esperando o sono chegar.

No entanto, Torres era dessas pessoas que só conseguem adormecer depois de realizar um pequeno ritual. Tinha o hábito de tomar primeiro alguns goles de bebida forte e depois fumar um cachimbo. A aguardente estimula bastante o cérebro, e a fumaça do tabaco se mistura bem com a fumaça dos sonhos. Ao menos essa era sua opinião.

Então Torres levou aos lábios o cantil, que continha uma bebida conhecida como chicha no Peru e mais especificamente como caiçuma no Alto Amazonas. É produto da destilação leve da raiz da mandioca doce fermentada e à qual o capitão do mato, homem de paladar pouco refinado, gostava de adicionar uma boa dose de tafiá.

Depois de tomar alguns goles, sacudiu o cantil e lamentou constatar que estava quase vazio.

– Está na hora de abastecer! – disse simplesmente.

Em seguida, pegou um pequeno cachimbo feito de raiz e o encheu com um tabaco acre e grosseiro do Brasil, cujas folhas pertenciam a esse antigo fumo levado à França por Jean Nicot, a quem se deve a vulgarização da mais famosa e lucrativa solanácea.

Esse tabaco não chegava aos pés do Scaferlati de primeira categoria produzido na França, mas Torres não era mais exigente nesse aspecto do que em outros. Fez fogo batendo uma pedra na outra, queimou um pouco da substância viscosa conhecida como fungo pavio e acendeu o cachimbo.

Na décima tragada, seus olhos se fecharam, o cachimbo escapou de sua mão e ele adormeceu, ou melhor, entrou em um estado de torpor que não chegava a ser sono de verdade.

Capítulo II

O surrupiador e o surrupiado

Torres dormia já havia mais ou menos meia hora quando um barulho ressoou no meio das árvores. Era o som de passos leves, como se houvesse alguém andando descalço, tomando cuidado para não ser ouvido. Ficar atento a qualquer aproximação suspeita teria sido a primeira precaução do aventureiro caso estivesse de olhos abertos. Mas o barulho não tinha sido alto o suficiente para acordá-lo, e o desconhecido conseguiu se aproximar sem ser percebido, ficando a dez passos de distância da árvore. Não era um homem. Era um guariba.

Dos macacos de cauda preênsil do Alto Amazonas – micos graciosos, macacos-prego, monos de pelo cinza, saguis que parecem usar uma máscara zombeteira –, o guariba é, sem dúvida, o mais original de todos. Muito diferente do mucura, feroz e malcheiroso, ele é sociável, pouco arisco e anda geralmente em bando. O conjunto de vozes monótonas, que lembra cânticos de coristas, denuncia de longe sua presença. Mas, mesmo não sendo feroz por natureza, é preciso tomar cuidado ao provocá-lo. Assim, um viajante adormecido não deixa de estar exposto quando um guariba o surpreende em uma situação como essa, em que não tem condições de se defender.

Esse macaco, também conhecido como barbado, é de grande porte. Sua força e sua flexibilidade fazem dele um animal vigoroso, apto tanto a lutar no chão quanto a saltar de galho em galho, nas copas das árvores gigantescas da floresta.

O guariba avançava na ponta dos pés, cuidadosamente. Lançava olhares para a esquerda e para a direita, balançando o rabo, agitado. A natureza se mostrou generosa com esses representantes dos símios: não se contentou em lhes dar quatro mãos – o que faz deles quadrúmanos – e os presenteou, em vez disso, com cinco, já que a extremidade de seu apêndice caudal é dotada de uma perfeita capacidade de preensão.

O guariba se aproximou sem fazer barulho, segurando um sólido bastão, que, manejado por seu braço forte, tinha tudo para ser uma arma perigosa. O macaco devia ter notado o homem deitado ao pé da árvore havia alguns minutos, mas a imobilidade deste, sem dúvida, convidou-o a se aproximar. Então ele avançou, um pouco hesitante, parando finalmente a três passos de Torres.

Esboçou uma careta no rosto barbado, revelando dentes afiados e brancos como marfim, e começou a agitar o bastão de maneira hostil para o capitão do mato.

Certamente a visão de Torres não inspirava ideias amigáveis ao guariba. Teria ele motivos particulares para não gostar desse representante da raça humana que o acaso lhe havia entregado indefeso? É possível! Sabemos que certos animais gravam na memória os maus-tratos sofridos, e talvez esse guardasse algum ressentimento em relação aos capitães do mato.

A carne de macaco é muito apreciada, independentemente da espécie, sobretudo pelos índios. Eles os caçam com a obstinação do rei Nimrod, não só pelo prazer da caçada como pelo da refeição. Seja como for, mesmo que o guariba não tivesse a intenção de inverter os papéis dessa vez, mesmo que soubesse que era por natureza um simples herbívoro, ele parecia ao menos bem determinado a destruir um de seus inimigos naturais.

Depois de observá-lo por alguns instantes, o guariba começou a dar a volta na árvore. Ele andava lentamente, prendendo a respiração e chegando cada vez mais perto do capitão do mato. Sua atitude era ameaçadora, seu semblante, feroz. Nada lhe parecia mais fácil do que abater com um só golpe aquele homem imóvel e, naquele momento, era certo que a vida de Torres estava apenas por um fio.

O guariba parou outra vez bem perto da árvore, posicionou-se de lado e levantou o bastão para golpear a cabeça do homem adormecido.

Ainda que tenha sido imprudente da parte de Torres ter deixado o estojo com o documento e todas as suas economias no buraco da raiz, foi justamente essa imprudência que salvou sua pele.

Um raio de sol, esgueirando-se por entre os galhos, veio atingir o estojo, cujo metal polido brilhou como um espelho. O macaco, com a frivolidade própria de sua espécie, imediatamente se distraiu. Seu pensamento – se é que um animal pensa – tomou rapidamente outro rumo. Ele se abaixou, apanhou o estojo, recuou alguns passos e, levantando-o à altura dos olhos, ficou admirando-o, fascinado, fazendo-o reluzir. Talvez tenha ficado ainda mais maravilhado ao ouvir as moedas de ouro tilintarem dentro dele. Aquela música o encantou. Foi como um chocalho na mão de uma criança. Depois, levou-o à boca e rangeu os dentes sobre o metal, mas sem tentar quebrá-lo.

Sem dúvida, o guariba achava que tinha encontrado uma fruta de uma espécie diferente, um tipo de amêndoa enorme e brilhante, com um caroço solto dentro. Mesmo tendo logo percebido seu engano, não achou que fosse motivo para largar o estojo. Pelo contrário, apertou-o ainda mais na mão esquerda e soltou o bastão que, ao cair, quebrou um galho seco.

Com o barulho, Torres acordou e, sendo uma dessas pessoas sempre alerta, para quem a passagem do estado de sono para o de vigília se dá sem transição, levantou imediatamente.

Torres logo viu com quem estava lidando.

– Um guariba! – exclamou.

E, pegando o machete que estava perto de si, colocou-se em posição de defesa.

O macaco, assustado, recuou no mesmo instante e, menos corajoso diante de um homem acordado do que de um homem adormecido, fugiu por entre as árvores.

– Essa foi por pouco! – exclamou Torres. – O desgraçado ia me matar sem cerimônia!

De repente, nas mãos do macaco, que tinha se afastado uns vinte passos e o olhava fazendo caretas, como se quisesse desafiá-lo, Torres avistou o precioso estojo.

– Miserável de uma figa! Não me matou, pior que isso: me roubou!

Mas o fato de que o estojo continha todo o seu dinheiro não o preocupou inicialmente. O que o deixou apavorado foi se dar conta de que ali estava o papel cujo desaparecimento levaria embora todas as suas esperanças.

– Diabos! – exclamou.

E, querendo pegar o estojo de volta custasse o que custasse, Torres se lançou à caça do guariba.

Não tinha a ilusão de achar que seria fácil apanhar o ágil animal. No chão, ele correria muito rápido; nos galhos, subiria muito alto. Um tiro certeiro de fuzil bastaria para abatê-lo na terra ou no ar; porém, Torres não tinha nenhuma arma de fogo consigo. Seu sabre-punhal e sua enxada só derrotariam o guariba caso conseguisse chegar suficientemente perto para golpeá-lo.

Logo ficou evidente que o único jeito de pegar o macaco seria de surpresa, daí a necessidade de bolar um estratagema para o esperto animal. Ficar parado, esconder-se atrás de uma árvore ou embaixo de uma moita, incitar o guariba a parar ou a voltar era o que estava a seu alcance. E Torres tentou de tudo. No entanto, quando o capitão do mato desaparecia, o macaco esperava pacientemente que ele reaparecesse e, nesse jogo, Torres se cansava em vão.

– Maldito guariba! – berrou em seguida. – Nunca vou conseguir pegá-lo, e desse jeito ele vai acabar me levando de volta para a fronteira brasileira! Se ao menos ele largasse meu estojo! Mas não! Ele se diverte com o tilintar das moedas! Ah! Ladrão! Vai ver só quando eu puser minhas mãos em você!

Torres recomeçou a perseguição, mas o macaco continuou fugindo com ainda mais energia!

Uma hora se passou nessas condições, sem que Torres chegasse perto de recuperar o estojo. Sua obstinação era bastante compreensível. Como conseguiria ganhar dinheiro sem o documento?

A raiva tomou conta dele. Xingava, batia o pé, ameaçava o guariba, mas a única reação do implicante animal era zombar do aventureiro para deixá-lo fora de si.

E a perseguição continuava. O capitão do mato corria até perder o fôlego, embrenhando-se na relva alta, entre os espessos arbustos cheios de espinhos, entre os cipós entrelaçados, que o guariba atravessava com a destreza de um atleta. Grossas raízes escondidas sob a relva bloqueavam às vezes a passagem. Torres tropeçava, mas imediatamente se levantava. Por fim, surpreendeu-se ao ouvir a si mesmo gritando "Pega ladrão! Pega ladrão!", como se alguém pudesse ouvi-lo. Logo, sem forças e com falta de ar, foi obrigado a parar.

– Diabos! Os negros fugidos me davam menos trabalho! Mas eu vou pegar esse macaco desgraçado, ah, se vou! Vou atrás dele enquanto minhas pernas aguentarem, e depois, bom... veremos!

O guariba permaneceu imóvel ao perceber que o aventureiro tinha parado de persegui-lo. Ele também aproveitou para descansar, ainda que seu cansaço não chegasse aos pés do esgotamento de Torres.

Permaneceu assim por uns dez minutos, roendo duas ou três raízes que tinha acabado de arrancar da terra e fazendo, de tempos em tempos, o estojo tilintar em seus ouvidos.

Enfurecido, Torres atirava pedras que o acertavam, mas que daquela distância não o feriam muito.

O aventureiro precisava tomar uma atitude. Por um lado, continuar perseguindo o guariba com tão poucas chances de alcançá-lo era insensato; por outro, aceitar como definitiva aquela virada do destino e não ser apenas vencido, mas iludido e enganado por um animal estúpido, era desesperador.

No entanto, Torres tinha que admitir: quando a noite chegasse, o surrupiador desapareceria num piscar de olhos, e ele, o surrupiado, ficaria confuso até mesmo para retomar seu caminho pela densa floresta. A perseguição o tinha afastado várias milhas da margem do rio, e seria difícil para ele voltar para lá.

Torres hesitou, tratou de recapitular seus pensamentos com sangue-frio e proferiu um último xingamento. Quando já estava cogitando abandonar completamente a ideia de recuperar o estojo, pensou mais uma vez no documento, em todo o futuro que tinha vislumbrado e disse a si mesmo que precisava tentar mais uma vez.

Então, levantou-se. O guariba também se levantou. Torres deu alguns passos à frente.

O macaco recuou, mas, em vez de se embrenhar na floresta, parou ao pé de uma enorme figueira – árvore cujos espécimes variados são bastante numerosos em toda a bacia do Alto Amazonas.

Segurou o tronco com as quatro mãos, subiu com a agilidade de um artista de circo, pendurou-se com a cauda preênsil nos galhos mais baixos, que cresciam horizontalmente a quarenta pés do solo; depois, alcançou o topo da árvore, no ponto em que os últimos ramos se curvam: tudo isso não passou de uma brincadeira para o ágil guariba.

Ali, confortavelmente instalado, continuou a refeição interrompida colhendo os frutos que estavam a seu alcance. Certamente Torres também sentia muita vontade de comer e beber, mas era impossível! Não tinha nada dentro de sua bolsa, e seu cantil estava vazio!

Mas, em vez de retroceder, Torres caminhou em direção à árvore, embora a localização atual do macaco fosse ainda mais desfavorável para o capitão do mato. Torres não podia nem sonhar em subir nos galhos da figueira, pois o ladrão logo pularia para outra árvore.

E o inalcançável estojo sempre ressoando em seus ouvidos!

Assim, tomado pela fúria, pela loucura, Torres gritou ofensas inimagináveis ao guariba. Reproduzir a lista de xingamentos que ele atribuiu ao macaco seria impossível. Chegou a chamá-lo não só de mestiço, que já era uma ofensa grave quando proferida por um brasileiro de raça branca, mas também de curiboca, isto é, mestiço de negro com índio! Ora, dos insultos que um homem poderia dirigir a outro naquela latitude equatorial, esse era o mais cruel de todos.

Mas o macaco, que não passava de um quadrúmano, nem dava bola para os insultos que certamente teriam revoltado qualquer representante da espécie humana.

Torres recomeçou então a atirar pedras, pedaços de raízes, tudo o que pudesse servir de projétil. Será que ele tinha alguma esperança de ferir gravemente o macaco? Na verdade, não. Ele nem sabia mais o que estava fazendo. A bem dizer, a raiva por sua impotência lhe tirava todo juízo. Talvez ele esperasse que, ao pular de um galho para outro, o guariba deixasse o estojo cair ou que, para ficar quite com o agressor, arremessasse-o na sua cabeça. Mas não! O macaco fazia questão de ficar com o estojo e, embora o segurasse com uma das mãos, ainda tinha outras três para se deslocar.

Desesperado, Torres estava prestes a abandonar definitivamente o jogo e voltar para o Amazonas quando ouviu o som de vozes. Sim, vozes humanas! Conversavam a uns vinte passos do lugar em que estava o capitão do mato.

A primeira reação de Torres foi se esconder atrás de um espesso arbusto. Sendo ele um homem prudente, não queria ser pego desprevenido, sem ter ideia de quem ia encontrar.

Com o coração a mil e os ouvidos bem abertos, muito intrigado, ficou esperando, quando, de repente, ressoou a detonação de uma arma de fogo.

Um grito se seguiu e o macaco, baleado, caiu pesadamente no chão, morto, ainda segurando o estojo.

– Diabos! – exclamou. – Eis uma bala que veio a calhar!

E, dessa vez, sem se preocupar em ser visto, saiu de trás do arbusto no momento em que dois jovens surgiram dentre as árvores.

Eram brasileiros e vestiam roupas de caçador: botas de couro, chapéus leves de fibras de palmeira e casacos, ou melhor, paletós ajustados na cintura, mais confortáveis do que o poncho nacional. Pelos traços e pela cor da pele, via-se claramente que tinham sangue português.

Os dois estavam armados com fuzis longos de fabricação espanhola, parecidos com armas árabes. Eram fuzis de longo alcance, de pontaria bastante certeira e que os frequentadores habituais das florestas do Alto Amazonas manejavam com habilidade.

O que tinha acabado de acontecer era prova disso. A uma distância de mais de oitenta passos, o guariba tinha sido atingido em cheio por uma bala na cabeça. Os dois rapazes também levavam na cintura um tipo de punhal que os caçadores usam para atacar onças e outras feras que, mesmo não sendo tão ameaçadoras, são bastante numerosas naquela região.

Como Torres evidentemente não tinha nada a temer daquele encontro, saiu correndo ao encontro do corpo do macaco. Os jovens avançavam na mesma direção, mas tinham que percorrer uma distância menor do que o aventureiro. No entanto, deram apenas alguns passos e logo se viram diante de Torres, que já tinha se recomposto:

– Muitíssimo obrigado, senhores! – disse-lhes alegremente, levantando a aba do chapéu. – Fizeram-me um enorme favor matando esse animal feroz!

Os caçadores se olharam, não entendendo por que aquele homem lhes agradecia. Com poucas palavras Torres os colocou a par da situação.

– Os senhores pensam que mataram um macaco, quando, na verdade, mataram um ladrão!

– Se lhe fomos úteis em algo – respondeu o mais novo dos dois –, com certeza foi sem nos darmos conta, mas não deixamos de ficar muito felizes por termos ajudado o senhor.

E, dando alguns passos para trás, o jovem se curvou sobre o guariba; depois, não sem algum esforço, tirou o estojo da mão ainda crispada do animal.

– Imagino que seja isso o que lhe pertence, senhor – disse.

– É isso mesmo – respondeu Torres, prontamente pegando o estojo sem conseguir conter um profundo suspiro de alívio.

– Senhores, a quem devo agradecer por esse enorme favor? – perguntou.

– Ao meu amigo Manoel, major-médico do exército brasileiro – respondeu o rapaz.

– Fui eu que atirei no macaco, mas foi você que o mostrou para mim, caro Benito – observou Manoel.

– Nesse caso, senhores, é aos dois que devo agradecer, tanto ao sr. Manoel, quanto ao senhor...?

– Benito Garral – respondeu Manoel.

O capitão do mato precisou de muita força de vontade para não estremecer ao ouvir esse nome, principalmente quando o rapaz acrescentou, educadamente:

– A fazenda de meu pai, João Garral, fica a apenas três milhas daqui.* Se quiser, senhor...

---

* As unidades de comprimento no Brasil são a pequena milha, que equivale a 2.600 metros, e a légua comum ou grande milha, que equivale a 6.180 metros.

– Torres – respondeu o aventureiro.

– Se quiser vir conosco, sr. Torres, será muito bem recebido.

– Não sei se posso! – respondeu Torres, que, surpreendido pelo encontro inesperado, hesitava em tomar uma decisão. – Na verdade, infelizmente não vou poder aceitar o convite! O incidente que acabei de lhes contar me fez perder tempo demais! Preciso voltar logo para o Amazonas... Pretendo descer até o Pará...

– Bem, sr. Torres, é provável que nos reencontremos no caminho, pois, ainda nesse mês, meu pai e toda a nossa família iremos para o mesmo destino que o senhor – respondeu Benito.

– Ah! – disse Torres vivamente. – Seu pai pretende atravessar a fronteira brasileira?

– Sim, para uma viagem de alguns meses. Ao menos é o que esperamos que ele queira. Não é, Manoel?

Manoel assentiu com a cabeça.

– Bem, senhores – respondeu Torres –, de fato é possível que nos reencontremos no caminho, mas infelizmente não posso aceitar seu convite neste momento. Porém, agradeço muito e me considero duplamente grato.

Dito isso, os rapazes se despediram de Torres e retomaram seu caminho em direção à fazenda.

Torres ficou observando os dois se afastarem até perdê-los de vista:

– Ah, ele vai atravessar a fronteira! – disse em voz baixa. – Que atravesse, então, e estará ainda mais à minha mercê! Faça boa viagem, João Garral.

E, dito isso, o capitão do mato se dirigiu ao sul, para retomar a margem esquerda do rio pelo caminho mais curto, desaparecendo na densa floresta.

Capítulo III

A família Garral

A aldeia de Iquitos fica na margem esquerda do Amazonas, perto do meridiano 74 W, na parte do rio que ainda recebe o nome de Marañón e cujo leito separa o Peru da República do Equador, 55 léguas a oeste da fronteira brasileira.

Iquitos foi fundada por missionários, como todas as outras aglomerações de cabanas, povoados e vilarejos da bacia do Amazonas. Nos primeiros dezessete anos do século XIX, os índios iquitos, que por um período eram sua única população, tinham avançado para o interior da província, para bem longe do rio. Porém, quando as fontes de suas terras secaram devido a uma erupção vulcânica, eles precisaram migrar para a margem esquerda do Marañón. Assim, logo a raça se alterou pelas alianças formadas com os índios ribeirinhos, os ticunas e os omáguas, e Iquitos passou a ter uma população miscigenada, à qual se juntaram alguns espanhóis e duas ou três famílias de mestiços.

Umas quarenta choupanas muito pobres, que mal mereciam o nome de palhoça, tão precários eram seus telhados de palha, formavam todo o povoado, pitorescamente agrupado em uma chapada que se estendia por uns sessenta pés acima do rio. Uma escada, feita com troncos transversais, levava ao topo, mas por falta de distanciamento os viajantes não podiam vê-la e por isso não subiam. Mas, caso conseguissem chegar lá em cima, encontrariam uma cerca que oferecia pouca proteção, feita de arbustos variados e plantas arborescentes amarradas com cordões de cipó que ultrapassavam aqui e ali o topo das bananeiras e das palmeiras da mais elegante espécie.

Naquela época, os índios de Iquitos andavam praticamente nus – e, sem dúvida, a moda demoraria muito tempo para influenciar suas roupas primitivas. Apenas os espanhóis e os mestiços, que desprezavam seus conterrâneos indígenas, vestiam-se com uma camisa simples, uma calça leve de algodão e um chapéu de palha. Todos viviam de modo muito miserável na aldeia; aliás, conviviam pouco e só se reuniam quando o sino da missão os chamava para a choupana deteriorada que servia de igreja.

Mas embora a maior parte da população vivesse de forma muito humilde, não só na aldeia de Iquitos como na maioria dos povoados do Alto Amazonas, não era preciso andar nem uma légua, descendo o rio, para encontrar na mesma margem uma rica propriedade onde estavam reunidos todos os componentes de uma vida confortável: era a fazenda de João Garral, para onde voltavam os dois rapazes depois do encontro com o capitão do mato.

Ali, em uma curva do rio, na margem direita, na confluência do Amazonas com o Nanay, com quinhentos pés de largura, tinha sido fundada a fazenda, havia vários anos, que se encontrava então no ápice de sua prosperidade. Ela era contornada pelo Nanay, que se estendia por uma milha ao norte e uma milha ao leste. A oeste, cursos d'água pouco extensos, afluentes do Nanay e algumas lagoas pequenas a separavam da savana e do campo, reservado à pastagem do gado.

Foi lá que João Garral, em 1826 – 26 anos antes desta história –, fora acolhido pelo proprietário da fazenda. Ele era português e se chamava Magalhães; trabalhava apenas com a exploração das florestas da região e sua propriedade, recentemente fundada, não ocupava então mais do que meia milha de distância da margem do rio.

Ali, Magalhães, hospitaleiro como todos os portugueses de família tradicional, vivia com a filha Yaquita, que tinha assumido os afazeres domésticos desde a morte da mãe. Magalhães era um homem trabalhador, resistente ao cansaço, mas sem instrução. Embora conseguisse administrar os poucos escravos que possuía e a dúzia de índios contratados, mostrava-se menos apto a realizar as diversas transações externas de sua atividade. Por isso, por falta de conhecimento, a propriedade de Iquitos não prosperava, e os negócios do português estavam um pouco fora de ordem.

Foi nessa circunstância que João Garral, com 22 anos na época, conheceu Magalhães. João tinha chegado na região com os últimos recursos e forças que tinha. Magalhães o encontrou quase morto de fome e de cansaço na floresta vizinha. Era alguém de bom coração, o português. Não perguntou ao desconhecido de onde vinha, mas do que precisava. A aparência nobre e altiva de João Garral, apesar da exaustão, o compadeceu. Ele o amparou, ajudou-o a ficar em pé e ofereceu, primeiramente por alguns dias, uma hospitalidade que duraria a vida inteira.

Foi assim que João Garral foi levado à fazenda de Iquitos. Brasileiro de nascença, João Garral não tinha família nem fortuna. O desgosto, dizia ele, o forçara a se exilar, abandonando qualquer intenção de retorno. Pediu então permissão ao anfitrião para não contar os infortúnios do passado – tão graves quanto injustos. O que procurava, o que queria era uma vida nova, uma vida de trabalho. Tinha se aventurado um pouco, com a ideia de se fixar em alguma fazenda do interior. Era instruído, inteligente. Havia algo de inexplicável em todo o seu comportamento que revelava um homem sincero, de espírito distinto e austero. Magalhães, totalmente fascinado, convidou-o para ficar, pois João poderia proporcionar à fazenda o que lhe faltava.

João Garral aceitou a proposta sem hesitar. Inicialmente tinha a intenção de trabalhar na exploração de borracha, em um seringal, onde um bom empregado ganhava, na época, cinco ou seis piastras* por dia e com sorte podia

* Cerca de trinta francos, salário que no passado chegava a cem francos.

até se tornar patrão; porém, Magalhães o fez ver que, embora o pagamento fosse alto, só se encontrava trabalho nos seringais na época da colheita, ou seja, somente por alguns meses, o que não lhe daria uma posição estável como a que o rapaz estava procurando.

O português tinha razão. João Garral concordou e aceitou o serviço da fazenda com determinação, decidido a lhe dedicar todas as suas forças.

Magalhães não se arrependeu da boa ação. Os negócios se restabeleceram. Seu comércio de madeira, que se estendia pelo Amazonas até o Pará, logo se desenvolveu bastante com a ajuda de João Garral. A fazenda não tardou a crescer no mesmo ritmo, conquistando território na margem do rio até a foz do Nanay. A antiga casa virou uma moradia charmosa, com um segundo andar, cercada por uma varanda, meio escondida por belas árvores: mimosas, sicômoros, bauhínias, paulínias – cujos troncos desapareciam debaixo de uma rede de maracujás –, bromélias com flores escarlates e lianas caprichosas.

Atrás de arbustos gigantes e moitas, mais afastado dali, encontrava-se todo o conjunto de construções em que habitavam os empregados da fazenda: havia a área comum, as choupanas dos negros, as cabanas dos índios. Portanto, da margem do rio, coberta de caniços-de-água e plantas aquáticas, só se via a casa principal refugiada na floresta.

Um vasto campo, cuidadosamente cultivado ao longo das lagunas, oferecia excelente pastagem. Havia muitos animais ali. Era uma nova fonte de lucro naquelas ricas regiões, onde um rebanho duplicava em quatro anos, dando dez por cento de lucro só com a venda da carne e das peles dos animais abatidos para o consumo dos próprios criadores. Alguns sítios ou plantações de mandioca e de café foram assentados em bosques desmatados. Campos de cana-de-açúcar logo exigiram a construção de um moinho para triturar os talos da cana destinados à fabricação do melaço, do tafiá e do rum. Em suma, dez anos depois da chegada de João Garral à fazenda de Iquitos, o lugar acabou se tornando uma das propriedades mais ricas do Alto Amazonas. Graças a ele, que administrava muito bem a lide do campo e o comércio externo, a fazenda se tornava cada vez mais próspera.

O português não levou muito tempo para reconhecer sua dívida para com João Garral. A fim de recompensá-lo à altura de seu mérito, concedeu-lhe, primeiro, parte dos lucros da exploração; depois, quatro anos após sua chegada, fez de João um sócio com os mesmos benefícios que ele, com direito a divisão igual de lucros.

Mas ele tinha ainda outros planos para ele. Yaquita, sua filha, assim como ele, percebera naquele jovem discreto, doce com os outros e duro consigo mesmo, verdadeiras qualidades de coração e de alma. Ela o amava, mas João, mesmo sensível às virtudes e à beleza da valente, generosa e reservada jovem, não ousava pedi-la em casamento.

Um incidente fatal veio apressar a decisão.

Um dia, Magalhães estava supervisionando o corte de árvores, quando uma delas caiu, ferindo-o gravemente. Levado quase sem movimentos de volta para a fazenda e sentindo que sua hora tinha chegado, consolou Yaquita, que chorava a seu lado. Segurou sua mão, colocou-a na de João, fazendo-o jurar que se casaria com ela.

– Você refez minha fortuna – disse –, e só morrerei tranquilo se tiver certeza de que o futuro da minha filha está garantido com esta união!

– Posso continuar sendo o empregado devoto, o irmão, o protetor de Yaquita, sem ser seu esposo – respondeu, primeiramente, João Garral. – Nunca esquecerei o que o senhor fez por mim e lhe serei eternamente grato, seu Magalhães, mas a recompensa que o senhor quer me dar está muito além dos meus esforços!

O velho insistiu. A morte não lhe permitia esperar, então exigiu uma promessa, que lhe foi feita.

Na época, Yaquita tinha 22 anos e João, 26. Os dois se amavam e se casaram algumas horas antes da morte de Magalhães, que ainda teve forças para abençoar a união.

Foi em decorrência disso que, em 1830, João Garral se tornou o novo fazendeiro de Iquitos, para a imensa satisfação de todo o pessoal da fazenda.

A propriedade só podia prosperar com aquelas duas mentes unidas em um só coração. Um ano depois do casamento, Yaquita deu um filho ao marido e dois anos depois, uma filha. Benito e Minha eram dignos do avô, o velho português, e dos pais, João e Yaquita.

A moça era encantadora. Jamais saiu da fazenda. Criada naquele ambiente puro e saudável, no meio da bela natureza das regiões tropicais, Minha era educada pela mãe e instruída pelo pai, e isso lhe bastava. O que mais ela poderia ter aprendido em um convento em Manaus ou em Belém? Onde teria encontrado maiores exemplos de virtude? Sua mente e seu coração teriam se formado com mais delicadeza longe da casa paterna? Se o destino não lhe reservasse a sucessão da mãe na administração da fazenda, ela estaria preparada para qualquer situação futura.

Com Benito foi diferente. Seu pai quis, com razão, que ele recebesse uma educação tão rigorosa e completa como a que era oferecida nas grandes cidades do Brasil. O rico fazendeiro não negava nada para o filho. Benito tinha boa disposição, mente aberta, inteligência aguçada e qualidades do coração tão nobres quanto as do espírito. Com doze anos de idade foi mandado para Belém do Pará e lá, instruído por excelentes professores, recebeu a educação que, mais tarde, faria dele um homem distinto. Não era indiferente às letras, nem às ciências, nem às artes. Estudava como se a fortuna do pai não lhe permitisse ficar ocioso. Não era daqueles que acham que a riqueza dispensa o trabalho, e sim um desses tipos corajosos, decididos e íntegros que acreditam que ninguém deve fugir desse dever natural se quiser ser digno do título de homem.

Nos seus primeiros anos em Belém, Benito conheceu Manoel Valdez. O rapaz, filho de um negociante do Pará, estudava na mesma instituição que Benito. A semelhança de caráter e de gostos não tardou a uni-los em uma estreita amizade, e logo eles se tornaram companheiros inseparáveis.

Manoel, nascido em 1832, era um ano mais velho que Benito. Só tinha a mãe, que vivia da modesta herança que o marido havia deixado. Quando terminou os primeiros anos de estudo, Manoel decidiu cursar medicina. Era apaixonado pela nobre profissão e tinha a intenção de entrar para o serviço militar, que muito o atraía.

No momento em que acabamos de encontrá-lo com seu amigo Benito, Manoel Valdez já obtivera o primeiro grau e vinha usufruir de alguns meses de licença na fazenda, onde costumava passar as férias. O rapaz, de boa aparência, fisionomia distinta e certa altivez natural que lhe caía bem, era tratado como um filho na casa de João e Yaquita. Mas embora essa condição de filho fizesse dele um irmão de Benito, esse título lhe parecia insuficiente em relação a Minha, a quem logo se ligaria por um laço mais estreito do que aquele que une um irmão a uma irmã.

Em abril de 1852 – quando começa esta história –, João Garral estava com 48 anos. Naquele clima devastador e desgastante, ele tinha conseguido, graças a sua sobriedade, seus gostos reservados, sua vida correta, toda voltada para o trabalho, resistir mais tempo enquanto outros partiam antes da hora. O cabelo, que mantinha curto, e a barba, que deixava espessa, já estavam grisalhos, dando-lhe um aspecto de puritano. A honestidade proverbial dos negociantes e fazendeiros brasileiros estava desenhada em sua fisionomia, cuja retidão era a característica que mais se sobressaía. Embora tivesse um temperamento calmo, percebia-se nele um fogo interior que, com força de vontade, conseguia dominar. Seu olhar intenso revelava uma força vivaz, à qual ele preferia não recorrer em vão, pois para ele isso era algo muito doloroso.

Assim, naquele homem sereno, de bom sangue, que parecia ter tudo na vida, notava-se um fundo de tristeza, que mesmo a ternura de Yaquita não tinha conseguido vencer.

Por que aquele homem justo, respeitado por todos, com todas as condições para ser feliz, não o era? Por que parecia ficar contente só pelos outros e não por si próprio? Seria por causa de alguma dor secreta? Esse era um motivo de constante preocupação para sua esposa.

Yaquita tinha então 44 anos. Naquela região tropical, onde outras mulheres já eram velhas aos trinta, ela também resistira bem à ação degradante do clima. Seu rosto, um pouco envelhecido, mas ainda belo, conservava as feições distintas do povo português, que unem muito naturalmente a nobreza dos traços à dignidade da alma.

Benito e Minha respondiam com uma afeição sem limites, a qualquer hora, ao amor dos pais.

Benito, então com 21 anos, alegre, valente, simpático, extrovertido, contrastava nesse sentido com o amigo Manoel, mais sério e pensativo. Era uma grande alegria para ele, depois de um ano inteiro em Belém, tão longe da fazenda, regressar com o jovem amigo à casa paterna, rever o pai, a mãe, a irmã e se encontrar novamente, como caçador determinado que era, no meio das incríveis florestas do Alto Amazonas, cujos segredos o homem ainda levaria muito tempo para desvendar.

Na época, Minha tinha vinte anos. Era uma jovem encantadora, morena, de grandes olhos azuis, desses que são janelas para a alma. De estatura média, bem feita de corpo, com uma graça vivaz, lembrava Yaquita pela bela aparência. Um pouco mais séria que o irmão, bondosa, caridosa, afetuosa, era amada por todos. Podia-se confirmar isso sem receio com os empregados da fazenda. No entanto, era inútil perguntar a Manoel Valdez o que ele achava de Minha. Ele estava interessado demais na questão para poder responder imparcialmente.

Faltariam algumas pinceladas para o retrato da família Garral ficar completo se não se falasse sobre os numerosos criados da fazenda.

Em primeiro lugar, convém citar uma velha escrava de sessenta anos, Cibele, que fora ama de leite de Yaquita. Apesar de ter sido libertada pelo patrão, permanecia escrava pela afeição que sentia por ele e pela família. Cibele era da família. Dirigia-se à mãe e à filha sem formalidade. Toda a vida dessa boa criatura tinha se passado naqueles campos, no meio das florestas, na margem do rio que delimitava o horizonte da fazenda. Viera para Iquitos quando criança, na época em que ainda existia o tráfico de negros, e nunca deixou o povoado, onde se casou. Viúva desde jovem e tendo perdido seu único filho, ficou a serviço de Magalhães. Do Amazonas, conhecia apenas o trecho que corria diante de seus olhos.

Além de Cibele, havia uma bonita e risonha mulata chamada Lina, que estava aos serviços de Minha. Da mesma idade da moça, era totalmente devotada a ela. Era gentil, um pouco mimada, sentia-se bem à vontade com eles e adorava as patroas. Espontânea, agitada, carinhosa, afável, tudo lhe era permitido na casa.

Quanto aos outros criados, havia dois tipos: cerca de cem índios, que eram empregados pagos para trabalhar na fazenda, e duzentos negros, que ainda não eram livres, mas cujos filhos já não nasciam mais escravos. João Garral tinha se antecipado ao governo brasileiro em relação a essa conduta. Naquela região, aliás, mais do que em qualquer outra, os negros trazidos de Benguela, do Congo e da Costa do Ouro sempre foram tratados com clemência, e não era na fazenda de Iquitos que se deveria buscar esses tristes exemplos de crueldade, tão frequentes nas plantações estrangeiras.

Capítulo IV

Hesitações

Manoel amava a irmã de Benito, e seu amor era correspondido. Os dois tinham todos os motivos para se gostarem: eram merecedores um do outro. Quando teve total certeza de seus sentimentos por Minha, a primeira coisa que Manoel fez foi se abrir com Benito.

– Meu caro Manoel, você tem toda a razão de querer se casar com a minha irmã! – respondeu prontamente o rapaz, bastante animado. – Deixe que eu cuido disso! Primeiro vou falar com a minha mãe e tenho certeza de que ela vai dar seu consentimento!

Meia hora depois, estava feito. Benito não precisou contar nada à mãe: a boa Yaquita tinha compreendido tudo antes mesmo dos dois jovens. Dez minutos depois, Benito estava diante de Minha. Convenhamos que com ela também não foi preciso empregar sua eloquência. Às primeiras palavras do irmão, a adorável menina encostou a cabeça no ombro dele e a confissão escapou de seu coração: "Estou tão feliz!". A resposta quase precedia a pergunta: era clara. Isso foi suficiente para Benito.

Quanto ao consentimento de João Garral, não havia dúvida. No entanto, o motivo pelo qual Yaquita e os filhos não lhe falaram de uma vez sobre o projeto de união foi porque queriam tratar da questão do casamento junto com uma outra que poderia ser mais difícil de ser resolvida: a do local onde seria celebrado.

Pois então, onde a cerimônia seria realizada? Na modesta palhoça do povoado que servia de igreja? E por que não? Afinal, era lá que João e Yaquita tinham recebido a bênção nupcial do Padre Peçanha, que naquela época era o pároco de Iquitos. Naquele tempo, como acontece ainda hoje, o ato civil se confundia com o ato religioso, e os registros da missão bastavam para comprovar a regularidade de uma situação que não passava por nenhum oficial do registro civil.

Provavelmente seria esse o desejo de João Garral: que o casamento fosse feito no povoado de Iquitos, em uma grande cerimônia, com participação de todos os empregados da fazenda. Porém, se essa era a sua vontade, ele seria fortemente contrariado.

– Manoel – dirigiu-se a jovem ao noivo –, se me perguntassem, não seria aqui que nos casaríamos, e sim no Pará. A Dona Valdez está doente, não pode vir até Iquitos, e eu não quero me tornar sua filha sem que nós nos conheçamos. Minha mãe concorda comigo. Então, vamos convencer meu pai a nos levar até Belém, para perto da nossa futura casa! O que você acha?

Manoel respondeu à proposta de Minha com um aperto de mão. Seu maior desejo também era o de que sua mãe pudesse assistir à cerimônia de casamento. Benito estava totalmente de acordo com essa proposta; só faltava convencer João Garral.

E, naquele dia, quando os dois jovens foram caçar na floresta, foi a fim de deixar Yaquita a sós com o marido. Os dois se encontravam na grande sala de estar à tarde. João Garral tinha acabado de voltar para casa e se recostava em um divã de bambus finamente trançado quando Yaquita, um pouco emocionada, aproximou-se dele.

Falar com João sobre os sentimentos de Manoel por sua filha não era o que a preocupava. A felicidade de Minha dependia desse casamento, e João ficaria feliz em abrir os braços ao novo filho, cujas qualidades ele conhecia bem e apreciava. Mas Yaquita tinha o pressentimento de que convencer o marido a deixar a fazenda seria uma questão complicada, pois desde que João Garral, ainda jovem, chegara ao país, nunca mais tinha saído dali, nem mesmo por um dia.

Mesmo que a vista do Amazonas, com suas águas que corriam lentamente para o leste, convidasse-o a seguir seu curso, mesmo que João enviasse madeira todos os anos a Manaus, a Belém, ao litoral do Pará, mesmo vendo, a cada ano, Benito ir embora, depois das férias, para voltar às aulas, parecia que a ideia de acompanhá-lo nunca tinha lhe ocorrido.

Os produtos da fazenda e da floresta, bem como os do campo, eram vendidos na região. Pode-se dizer que ele não queria ultrapassar o horizonte que delimitava o Éden em que estava concentrada toda sua vida nem com o pensamento nem com o olhar.

Assim, não só João Garral não atravessava a fronteira havia 25 anos, como também sua esposa e sua filha nunca tinham posto os pés em solo brasileiro. E, no entanto, não lhes faltava vontade de conhecer um pouco do bonito país de que Benito sempre falava. Yaquita já tinha conversado sobre isso com o marido duas ou três vezes, mas percebeu que a ideia de deixar a fazenda, nem que fosse só por algumas semanas, deixava o rosto dele ainda mais triste. Então seus olhos se anuviavam, e ele respondia com um leve tom de reprovação: "Por que sair da nossa casa? Nós não somos felizes aqui?". E Yaquita, diante daquele homem sempre tão bondoso e afetuoso que a fazia tão feliz, não ousava insistir.

Dessa vez, no entanto, eles tinham um motivo importante para usar como pretexto. O casamento de Minha era uma justificativa muito natural para acompanhar a moça a Belém, onde ela ia morar com o marido. Lá, como ela logo veria, aprenderia a amar a mãe de Manoel Valdez. Como João Garral poderia hesitar, sabendo que se tratava de um desejo tão legítimo? Como é que ele poderia não compreender a vontade da esposa de conhecer aquela que seria a segunda mãe de sua filha? E como poderia não sentir o mesmo?

Yaquita pegou a mão do marido e, com a voz carinhosa, que tinha sido toda a música de sua vida, disse ao rude trabalhador:

– João, vim falar com você sobre um projeto que desejamos ardentemente que se realize e que o deixará tão feliz quanto a mim e aos nossos filhos.

– O que é, Yaquita?

– Manoel ama nossa filha e ela também o ama, e com essa união eles vão enfim encontrar a felicidade...

Ao ouvir as primeiras palavras de Yaquita, João Garral levantou-se bruscamente, sem conseguir se controlar. Em seguida baixou os olhos e parecia querer evitar o olhar da esposa.

– O que foi, meu João? – perguntou ela.

– Minha? Se casar...? – murmurou João.

– Meu querido – retomou Yaquita, com o coração apertado –, você tem alguma objeção a esse casamento? Você não tinha percebido há muito tempo o sentimento de Manoel por nossa filha?

– Sim! Já faz um ano que...

Depois, João se sentou novamente sem completar o pensamento. Com muita força de vontade, conseguira se recompor. A inexplicável sensação que tinha tomado conta dele já desaparecera. Pouco a pouco, seus olhos voltaram a procurar os de Yaquita, e ele ficou olhando para ela, pensativo. Yaquita pegou sua mão.

– João, meu querido, será então que me enganei? Você não achava que esse casamento aconteceria cedo ou tarde e que ele traria a Minha toda a felicidade do mundo?

– Sim... – respondeu João. – Toda...! Certamente...! Mas, Yaquita, esse casamento... esse casamento que todos tinham em mente... seria quando? Logo?

– Na data que você escolher, meu João.

– E vai ser aqui em Iquitos?

Essa pergunta levaria Yaquita a tratar da segunda questão que tinha muita importância para ela. Ela não o fez, no entanto, sem hesitar, o que era bastante compreensível.

– João, escute bem! – começou ela após um momento de silêncio. – Sobre a celebração do casamento, tenho uma proposta que espero que você aceite. Nesses vinte anos, já lhe pedi duas ou três vezes para nos levar até as províncias do Baixo Amazonas e do Pará, que nunca visitamos. As lides da fazenda, os trabalhos que exigiam sua presença aqui não permitiram que você satisfizesse nossa vontade. Naquela época, sair da fazenda apenas por alguns dias poderia prejudicar os negócios. Mas os resultados foram muito além das nossas expectativas, e, se você acha que ainda não é hora de parar de trabalhar, poderia ao menos tirar algumas semanas de folga!

João Garral não respondeu, mas Yaquita sentia a mão dele tremer na sua, como se ele estivesse abalado com algo muito doloroso. Contudo, um meio sorriso se desenhou nos lábios do fazendeiro: era como um convite mudo para a esposa terminar o que estava dizendo.

– João – retomou ela –, esse é um momento único de nossas vidas. Minha vai se casar longe, ela vai nos deixar! Vai ser a primeira vez que ela vai nos deixar tristes, e fico com o coração apertado quando penso que logo nos distanciaremos. E é claro que eu ficaria feliz se pudesse acompanhá-la a Belém! Além disso, não lhe parece apropriado conhecermos Dona Valdez, que vai me substituir na função de mãe e a quem vamos confiar os cuidados da nossa filha? Ainda por cima, Minha não gostaria de decepcionar sua sogra, casando-se longe dela. Se sua mãe estivesse viva quando nos casamos, não teria sido importante para você que ela participasse da cerimônia?!

Ao ouvir essas palavras, João Garral moveu-se involuntariamente mais uma vez.

– Meu amor – retomou Yaquita –, como eu adoraria conhecer nosso Brasil com Minha, nossos dois filhos – Benito e Manoel – e você! Descer esse belo rio até as últimas províncias do litoral que ele atravessa! Parece que lá a separação seria menos cruel! Quando voltarmos, através do pensamento, vou poder rever minha filha na casa em que sua segunda mãe a espera! Não vou mais procurá-la no desconhecido! Vou me sentir menos distante dos acontecimentos da sua vida!

Dessa vez, João tinha os olhos fixos na esposa e a olhava demoradamente, até então sem dizer nada.

O que se passava em sua mente? Por que hesitava em satisfazer um pedido tão justo por si só, em dizer um "sim" que provavelmente traria tanta felicidade a todos? Seus negócios não eram mais um motivo válido! Algumas semanas fora não os comprometeriam de maneira alguma! Seu capataz seria capaz de substituí-lo na fazenda sem prejuízos! E mesmo assim ele ainda hesitava! Yaquita segurava a mão do marido entre as suas e então a envolveu mais carinhosamente.

– Meu querido, não estou pedindo para você ceder a um capricho, não é nada disso! Refleti por muito tempo sobre essa proposta que estou fazendo, e, se você consentir, será a realização do meu mais precioso desejo. Nossos filhos sabem que estamos conversando agora. Minha, Benito e Manoel pedem que lhes demos essa alegria, que os acompanhemos! Além disso, preferiríamos celebrar o casamento em Belém: seria melhor para nossa filha, para a sua instalação, para sua nova vida em Belém que a vejam chegar com a família. Assim ela pareceria menos estrangeira na cidade em que vai passar o resto da sua existência!

João Garral estava reclinado. Ele escondeu por um momento o rosto entre as mãos, como se sentisse a necessidade de se recolher antes de dar uma resposta. Evidentemente havia nele uma hesitação que ele queria combater, uma inquietação que sua esposa conseguia perceber, mas não conseguia compreender. Uma luta secreta se travava dentro dele. Yaquita, inquieta, quase se recriminava por ter tocado no assunto. De todo modo, ela se resignaria à decisão de João. Se essa viagem fosse causar problemas demais a ele, ela reprimiria seus desejos, não falaria em sair da fazenda nunca mais e jamais perguntaria o motivo dessa inexplicável recusa.

Passaram-se alguns minutos. João Garral se levantou e foi até a porta sem se virar nenhuma vez. Ali, ele parecia lançar um último olhar sobre aquela bela natureza, sobre aquele recanto do mundo onde, por vinte anos, tinha conseguido abrigar toda a felicidade de sua vida. Depois, com passos lentos, voltou em direção à esposa. Sua fisionomia tinha adquirido uma nova expressão, a de alguém que tinha acabado de tomar uma decisão final e cujas dúvidas terminaram.

– Você tem razão! – disse ele a Yaquita com uma voz firme. – Essa viagem é necessária! Quando você quer que partamos?

– Ah, João, meu amor! – exclamou Yaquita cheia de alegria. – Eu agradeço muito! Todos agradecemos!

E as lágrimas de emoção brotaram-lhe nos olhos, enquanto seu marido a apertava contra o peito. Nesse momento, ouviam-se vozes animadas do lado de fora, na porta da casa.

Um instante depois, Manoel e Benito apareceram na entrada quase ao mesmo tempo em que Minha saía do quarto.

– Meus filhos, seu pai concordou! Nós vamos todos para Belém! – exclamou Yaquita.

Com uma expressão grave, sem dizer nada, João Garral recebeu o carinho dos filhos, os beijos da filha.

– Em que data o senhor quer que seja celebrado esse casamento, pai? – perguntou Benito.

– A data...? – perguntou João, pensativo. – A data... veremos depois! Vamos marcar em Belém!

– Estou tão feliz! Estou tão feliz! – repetia Minha, como no dia em que Manoel tinha feito o pedido. – Quer dizer que vamos ver o Amazonas, em toda sua glória, em todo seu percurso através das províncias brasileiras! Ah! Obrigada, meu pai!

E a jovem, entusiasmada, cuja imaginação já alçava voo, dirigiu-se a Manoel e a Benito:

– Vamos à biblioteca! Vamos pegar todos os livros, todos os mapas que podem nos ajudar a conhecer essa magnífica bacia! Não vamos viajar às cegas! Quero ver e saber tudo sobre o rei de todos os rios!

Capítulo V
O rio Amazonas

– É o maior rio do mundo todo!* – dizia Benito a Manoel Valdez no dia seguinte.

Naquele momento, os dois estavam sentados à beira do rio, no limite meridional da fazenda, e olhavam passar lentamente as moléculas líquidas que, vindas da enorme cadeia dos Andes, iam se perder a oitocentas léguas dali, no oceano Atlântico.

– E o rio que despeja o maior volume de água no mar! – lembrou Manoel.

– É uma quantidade tão grande que o mar é dessalinizado em um grande trecho depois da foz e, a oitenta léguas de distância da costa, ainda faz navios ficarem à deriva – acrescentou Benito.

– Um rio cujo largo curso se estende por mais de trinta graus de latitude.

– E em uma bacia que, de sul a norte, abrange no mínimo 25 graus!

– Uma bacia! – exclamou Benito. – Mas uma bacia nada mais é do que uma vasta planície, como essa na qual corre o Amazonas, essa savana que se estende até se perder de vista, sem uma colina para alterar sua declividade, sem uma montanha para delimitar seu horizonte!

---

* A afirmação de Benito era verdadeira naquela época, mas atualmente já não pode mais ser considerada correta. De acordo com estudos mais recentes, o Nilo e o sistema formado pelos rios Missouri e Mississippi teriam cursos com extensão superior à do Amazonas. [Durante a maior parte do século XX, cientistas acreditaram que o rio Nilo era o mais longo e o Amazonas, o com maior volume d'água. Desde o ano de 2000, quando se localizou a cabeceira do Amazonas na cordilheira dos Andes, sabe-se que este tem cerca de 150 quilômetros a mais de extensão que o Nilo. N.E.]

– E, em toda a sua extensão, como se fossem milhares de tentáculos de um polvo gigante, há duzentos afluentes vindos do norte ou do sul, alimentados, por sua vez, por inúmeros subafluentes, perto dos quais os grandes rios da Europa não passam de simples córregos!

– É um curso em que 560 ilhas, sem contar as ilhotas, fixas ou à deriva, formam uma espécie de arquipélago que vale, por si só, a fortuna de um reino!

– E nas laterais, são tantos canais, lagunas e lagos que ultrapassam os da Suíça, da Lombardia, da Escócia e do Canadá juntos!

– Um rio que, alimentado por seus milhares de afluentes, lança no Oceano Atlântico em torno de 250 milhões de metros cúbicos de água por hora.

– Um rio cujo curso serve de fronteira para duas repúblicas e atravessa majestosamente o maior reino da América do Sul, como se fosse o próprio Oceano Pacífico que desaguasse inteiro no Atlântico!

– E que foz, meu amigo! Um braço de mar no qual uma ilha, Marajó, tem um perímetro de mais de quinhentas léguas!

– E cujas águas o oceano só consegue repelir em uma luta fenomenal, ao levantar um maremoto, uma pororoca, e perto disso os refluxos e macaréus de outros rios não passam de ondinhas provocadas pela brisa!

– Um rio tão imenso que chega a ter três nomes! E navios de alta tonelagem podem subir até 5 mil quilômetros do seu estuário sem ter que sacrificar nada da carga!

– Um rio que, seja por ele mesmo, seja por seus afluentes e subafluentes, consiste em uma via comercial e fluvial que liga todo o norte da América do Sul, passando de Magdalena a Ortequaza, de Ortequaza a Caquetá, de Caquetá a Putumayo, de Putumayo ao Amazonas! Quatro mil milhas de rotas fluviais que só precisariam de alguns canais para ser uma rede de navegação completa!

– Enfim, é o maior e mais incrível sistema hidrográfico do mundo!

Os dois jovens falavam do incomparável rio com uma espécie de fervor! Eles eram filhos do Amazonas, cujos afluentes, dignos do próprio rio, abrem caminhos que atravessam a Bolívia, o Peru, o Equador, a República de Nova Granada, a Venezuela e as quatro Guianas: inglesa, francesa, holandesa e brasileira!

Quantos povos! Quantas etnias! Suas origens se perdem nas águas do tempo! Afinal, ele é um dos grandes rios do planeta e, como muitos deles, sua verdadeira nascente ainda é um enigma e a honra de sua origem é disputada por diversos países! De fato, o Peru, o Equador e a Colômbia por muito tempo disputaram essa gloriosa paternidade.

No entanto, atualmente é incontestável que o Amazonas nasce no Peru, no distrito de Huaraco, intendência de Tarma, e que ele vem do lago Lauricocha, situado entre onze e doze graus de latitude sul, aproximadamente.

Os que defendem a ideia de que o Amazonas nasce na Bolívia e desce as montanhas do Titicaca teriam que provar que o verdadeiro Amazonas é o rio Ucayali, que se forma da união do Parue do Apurímac, mas essa opinião deve ser cada vez menos aceita daqui para frente.

O rio nasce na saída do lago Lauricocha e sobe em direção ao nordeste em um percurso de 560 milhas e só se dirige para o leste depois de ter recebido um importante afluente, o Pante. Ele é chamado de Marañón nos territórios colombiano e peruano até a fronteira brasileira, onde é mais conhecido como Maranhão.

Da fronteira do Brasil até Manaus, onde o majestoso rio Negro vem se juntar a ele, recebe o nome de Solimões, em homenagem ao povo indígena Sorimão, cujos vestígios ainda são encontrados nas províncias ribeirinhas. Por fim, de Manaus até o mar, é chamado de Amazonas ou rio das Amazonas, nome dado pelos espanhóis, descendentes do aventureiro Orellana, cujos relatos, duvidosos, porém entusiasmados, fizeram crer que existia uma tribo de mulheres guerreiras fixada no rio Nhamundá, um dos afluentes médios do grande rio.

Já se podia prever desde o princípio que o Amazonas se tornaria um maravilhoso curso d'água. Não há barragens nem nenhum tipo de obstáculo da nascente até o local onde seu curso, um pouco afunilado, avança entre duas pitorescas cadeias de montanhas inigualáveis. As quedas d'água só começam a perturbar seu fluxo no ponto em que ele avança em direção ao leste, enquanto atravessa a cadeia intermediária dos Andes. Ali existem alguns saltos, sem os quais ele certamente seria navegável da foz até a nascente. De qualquer modo, como observou Humboldt, cinco sextos de seu percurso são desobstruídos.

Desde o início do rio não faltam afluentes, que são, eles próprios, alimentados por um grande número de subafluentes. Há o Chinchipé, que vem do nordeste, à esquerda. À direita, o Chachapoyas, que vem do sudeste. À esquerda, o Marona e o Pastuca, e, à direita, o Guallala, que se perde no rio perto da Missão da Laguna. Ainda da esquerda chegam o Chambira e o Tigre, vindos do nordeste. Da direita, o Huallaga, que deságua nele a 2.800 milhas do Atlântico e por cujo curso os barcos podem subir por mais de duzentas milhas para adentrar o coração do Peru. Por fim, à direita, próximo à missão de São Joaquim dos Omáguas, depois de ter conduzido majestosamente suas águas através dos pampas do Sacramento, surge o magnífico Ucayali, no ponto onde termina a bacia superior do Amazonas, grande artéria alimentada por vários cursos d'água provenientes do lago Chucuito, no nordeste de Arica.

São esses os principais afluentes acima do povoado de Iquitos. A jusante, os afluentes se tornam tão grandes que os leitos dos rios europeus certamente seriam estreitos demais para contê-los. João Garral e sua família conheceriam a foz de cada um deles durante a descida pelo Amazonas.

Além das belezas desse rio sem igual – que irriga a região mais bonita do mundo, mantendo-se quase constantemente alguns graus abaixo da linha 57 equatorial –, soma-se ainda uma qualidade que nem o Nilo, nem o Mississippi, nem o Livingstone, o antigo Congo-Zaire-Lualaba, possuem: é que, independentemente do que digam os viajantes mal informados, o Amazonas corre por um grande trecho salubre da América Meridional. Sua bacia é constantemente varrida por ventos alísios do noroeste. Seu curso não está localizado em um vale encaixado entre altas montanhas, e sim em uma grande planície, medindo 350 léguas de norte a sul, elevada somente por algumas colinas que as correntes atmosféricas podem percorrer livremente.

O professor Agassiz se opõe, com razão, à suposta insalubridade do clima de uma região destinada sem dúvida a se tornar o mais ativo centro de produção comercial. De acordo com ele, "sentimos sempre uma brisa leve e amena que produz evaporação, graças à qual a temperatura diminui e o solo não esquenta indefinidamente. A constância dessa brisa refrescante faz com que o clima do rio das Amazonas seja muito agradável, até mesmo um dos mais deliciosos".

Conforme constatou o abade Durand, ex-missionário no Brasil, embora a temperatura nunca fique abaixo de 25 graus centígrados, ela também quase nunca ultrapassa os 33 graus – o que resulta em uma média anual de 28 a 29 graus, com uma variação de apenas oito graus.

A partir dessas constatações, é possível afirmar que a bacia do Amazonas não tem nada dos calores tórridos dos territórios asiáticos e africanos atravessados pelos mesmos paralelos. A vasta planície que lhe serve de vale é totalmente acessível às generosas brisas enviadas pelo Oceano Atlântico.

Assim, as províncias que recebem o nome do rio têm o direito incontestável de se intitular as mais salubres de uma região que já é uma das mais bonitas do mundo. E que ninguém ache que o sistema hidrográfico do Amazonas não é conhecido!

Já no século XVI, Orellana, tenente de um dos irmãos Pizarro, descia o rio Negro, chegava no grande rio em 1540, aventurava-se sem nenhum guia por aquelas regiões e, após dezoito meses de navegação, durante os quais fez um maravilhoso relato, chegava à sua foz.

Em 1636 e 1637, o explorador português Pedro Teixeira subia o Amazonas até o rio Napo, com uma flotilha de 47 pirogas. Em 1743, o cientista e explorador francês La Condamine, tendo realizado a medição do arco do meridiano no Equador, separava-se dos companheiros, Bouguer e Godin des Odonais, aventurava-se no Chincipé, descia até a confluência com o rio Maranhão, atingia a foz do Napo em 31 de julho, a tempo de observar uma emersão do primeiro satélite de Júpiter – o que permitiu a esse "Humboldt do século XVIII" determinar a longitude e a latitude exatas desse ponto –, visitava as aldeias das duas margens e, em 6 de setembro, chegava diante do forte do Pará. Essa longa viagem teria consequências importantes: não só o curso do Amazonas era demarcado de maneira científica, mas também parecia quase certo que ele se comunicava com o Orinoco.

Cinquenta e cinco anos depois, Humboldt e Bonpland complementaram as preciosas pesquisas de La Condamine, cartografando o trecho do Maranhão até o Napo. E, enfim, desde aquela época, o próprio Amazonas e todos os principais afluentes não pararam de receber visitantes.

Em 1827, o marinheiro inglês Henry Lister Maw; em 1834 e 1835, o tenente inglês William Smyth; em 1844, o tenente francês Tardy de Montravel, que comandava o Boulonnaise; o brasileiro Valdez em 1840; o viajante e naturalista francês Paul Marcoy, de 1848 a 1860; o demasiadamente imaginativo pintor François-Auguste Briard, em 1859; o professor Agassiz, de 1865 a 1866; em 1867, o engenheiro brasileiro Franz Keller-Leuzinger; e, finalmente, em 1879, o médico francês Jules Crevaux: todos esses viajantes exploraram o curso do rio, subiram vários afluentes e constataram a navegabilidade dos principais tributários.

O ato mais honrado da parte do governo brasileiro foi o seguinte: em 31 de julho de 1857, após inúmeras disputas de fronteira entre a França e o Brasil pelos limites da Guiana, o curso do Amazonas, declarado livre, foi aberto a todas as bandeiras e, a fim de oficializar o acordo, o Brasil assinou um tratado com os países limítrofes para a exploração de todas as vias fluviais da bacia do Amazonas.

Hoje em dia, as linhas de barcos a vapor, confortavelmente instaladas, em comunicação direta com Liverpool, servem o rio da foz até Manaus; outras sobem até Iquitos; outras adentram ainda o coração do Peru e da Bolívia pelos rios Tapajós, Madeira, Negro e Purus.

Não é difícil imaginar como o comércio evoluirá em toda essa imensa, rica e inigualável bacia. Contudo, o futuro é uma faca de dois gumes: o progresso só é obtido em detrimento das raças indígenas.

De fato, no Alto Amazonas, muitas raças de índios já desapareceram, dentre elas os curicicurus e os sorimões. No Putumayo, embora ainda sejam encontrados alguns yuri, os yahua o abandonaram para se refugiar em afluentes longínquos, e os maués deixaram suas margens para percorrer, hoje em pequeno número, as florestas do Japurá!

Além disso, o rio Tocantins está praticamente despovoado e restaram apenas algumas famílias de índios nômades na foz do Juruá. O Tefé está quase abandonado, e há apenas alguns vestígios da grande nação umauá próximo à nascente do Japurá. O Coari está desabitado.

Existem poucos índios muras nas margens do Purus. Dos antigos manáos, só sobraram famílias nômades. Nas margens do rio Negro, onde atualmente só existem mestiços de portugueses com índios, já existiram até 24 nações indígenas diferentes.

É a lei do progresso. Os índios estão fadados ao desaparecimento. Com a chegada da raça anglo-saxã, aborígenes australianos e tasmanianos se extinguiram. Depois dos conquistadores do Velho Oeste, os índios da América do Norte sumiram. É possível que no futuro os árabes sejam aniquilados pela colonização francesa.

Mas voltemos ao ano de 1852. Naquela época, os meios de comunicação, tão desenvolvidos hoje em dia, ainda não existiam, e a viagem de João Garral exigiria no mínimo quatro meses, sobretudo nas condições em que seria realizada.

Por isso esta reflexão de Benito, enquanto os dois amigos olhavam as águas do rio correrem lentamente a seus pés:

– Meu amigo Manoel, já que vamos nos separar logo depois de chegar a Belém, vai parecer que tudo isso passou tão rápido, não é mesmo?

– Sim, Benito, mas também muito devagar, já que Minha só será minha mulher no final da viagem!

Capítulo VI

Uma floresta inteira devastada

A família Garral estava radiante. O magnífico trajeto pelo Amazonas seria percorrido em condições muito agradáveis: o fazendeiro e sua família teriam a oportunidade de fazer uma viagem de alguns meses e ainda por cima com todo o conforto, pois seriam acompanhados por uma parte dos empregados da fazenda.

Sem dúvida, ao ver todos felizes ao seu redor, João Garral esqueceu as preocupações que pareciam perturbá-lo. A partir desse dia, tomada a decisão de viajar, passou a ser um outro homem e, quando precisou cuidar dos preparativos da viagem, recobrou a energia de antigamente. Foi uma grande satisfação para a família vê-lo com a mão na massa. Esse novo estado de espírito se refletiu em sua disposição física, e João voltou a ser como era na juventude, vigoroso e enérgico. Voltou a ser o homem que sempre viveu ao ar livre, na vivificante atmosfera das florestas, dos campos, das águas correntes. Ainda bem, pois as poucas semanas que precederiam a partida seriam muito cheias.

Como foi dito antes, naquela época o curso do Amazonas ainda não tinha sido percorrido pelos inúmeros barcos a vapor que as companhias já planejavam lançar no rio e nos principais afluentes. O transporte fluvial era feito somente por embarcações particulares, e, na maior parte das vezes, elas só eram usadas a serviço de comércios localizados na beira do rio.

Essas embarcações eram as seguintes: a ubá, espécie de piroga feita de um tronco cavado a fogo e a machado, pontuda e delicada na frente, pesada e arredondada atrás, podendo levar de um a doze remadores e transportar até três ou quatro toneladas de mercadoria; a igarité, construída de forma grosseira, amplamente fabricada, cujo centro é coberto em parte por um teto de folhagem, deixando livre na lateral uma coxia na qual se posicionam os remadores; e a jangada, um tipo de balsa irregular que é impulsionada por uma vela triangular e carrega uma cabana de palha que serve de casa flutuante para o índio e sua família. Esses três tipos de barco constituem a pequena flotilha do Amazonas e só são capazes de fornecer um transporte medíocre para pessoas e mercadorias.

Existem outros maiores, as vigilengas, que podem carregar de oito a dez toneladas, equipadas de três mastros com velas vermelhas, que quatro remos compridos impulsionam em momentos de calmaria, pesados de manejar contra a corrente; as cobertas – semelhantes às embarcações chinesas conhecidas como junco, mas com uma tolda atrás –, que têm capacidade para carregar até vinte toneladas, uma cabine interna e dois mastros com velas quadradas e desiguais e que compensam um vento insuficiente ou contrário com dez longos remos, que os índios manejam do alto do castelo de proa.

No entanto, esses diversos meios de transporte não convinham a João Garral. A partir do momento em que resolveu descer o Amazonas, decidiu aproveitar a viagem para transportar um enorme comboio de mercadorias que precisava ser entregue no Pará. Nesse sentido, pouco importava se a descida do rio fosse ou não realizada em um curto período de tempo. E foi essa sua decisão, aprovada por todos, exceto talvez por Manoel. Sem dúvida o rapaz teria preferido um rápido barco a vapor – e com toda razão.

Contudo, por mais rudimentar, por mais primitivo que fosse o meio de transporte construído por João Garral, ele permitiria conduzir muitos empregados e navegar na corrente do rio em condições excepcionais de conforto e segurança.

Seria, na realidade, como se uma parte da fazenda de Iquitos se desprendesse da margem e descesse o Amazonas com tudo aquilo que pertence a uma família de fazendeiros, formada por patrões e empregados: casas, barracos, casebres.

A propriedade de Iquitos continha em seu território algumas das majestosas florestas que são, por assim dizer, inesgotáveis nessa parte central da América do Sul. João Garral dominava à perfeição a lida daqueles bosques repletos das mais preciosas e variadas espécies de árvores, próprias para trabalhos de carpintaria, marcenaria, fabricação de mastros e de estruturas de apoio, e disso tirava lucros anuais consideráveis.

De fato, o rio não estava lá para conduzir os produtos da floresta amazônica com mais segurança e menos gastos do que uma via férrea? Assim, todos os anos, João Garral derrubava algumas centenas de árvores de sua reserva para construir uma dessas imensas jangadas feitas de tábuas, vigas, troncos cortados de maneira rudimentar que avançavam em direção ao Pará, conduzidas por hábeis pilotos que conheciam bem a profundidade do rio e a direção da corrente.

Naquele ano, João Garral faria o mesmo que nos anos anteriores. Porém, após terminar a construção da jangada, pretendia confiar a Benito todos os detalhes da grande negociação comercial. Eles não tinham tempo a perder: o começo de junho era o período favorável para a partida, já que as águas, elevadas pelas cheias do alto da bacia, baixariam aos poucos até o mês de outubro.

Os trabalhos deviam ser iniciados sem demora, porque a embarcação tomaria proporções inusitadas. Dessa vez, seria abatida meia milha quadrada da floresta situada na confluência do Nanay com o Amazonas, ou seja, um ângulo completo das margens da fazenda, para construir uma enorme jangada – espécie de balsa, que tomaria as dimensões de uma ilhota.

Ora, era nessa jangada, mais segura do que qualquer outra embarcação da região, maior do que cem igarités ou vigilengas ligadas umas às outras, que João Garral pretendia embarcar com a família, os empregados e a carga.

– Excelente ideia! – exclamou Minha, batendo palmas, quando soube do projeto do pai.

– É verdade! – respondeu Yaquita. – E dessa forma chegaremos a Belém seguros e descansados!

– E, durante as paradas, poderemos caçar nas margens – acrescentou Benito.

– Talvez demore um pouco demais! – observou Manoel. – Não seria melhor escolher um modo de locomoção mais rápido para descer o Amazonas?

Evidentemente que demoraria, mas a reclamação preocupada do jovem médico não foi acatada por mais ninguém. João Garral mandou chamar então o índio que era o principal capataz da fazenda.

– Dentro de um mês a jangada tem que estar pronta para navegar – disse.

– Sim, senhor, começaremos a trabalhar hoje mesmo, seu Garral – respondeu o capataz.

O trabalho foi árduo. Os cerca de cem índios e negros recrutados alcançaram um verdadeiro feito durante a primeira quinzena do mês de maio. Talvez algumas pessoas mais sensíveis, pouco habituadas a esses grandes massacres de árvores, se lamuriassem ao ver gigantes seculares sucumbirem em duas ou três horas ao machado dos lenhadores; mas havia tantas, mas tantas árvores nas ilhas – nas margens do rio, subindo e descendo por ele, até os limites mais distantes do horizonte das duas margens – que a derrubada de meia milha de floresta nem se faria sentir.

O capataz e seus homens, após receberem as instruções de João Garral, tinham, primeiramente, arrancado do solo os cipós, o mato, as relvas e as plantas arborescentes que o obstruíam. Antes de usar a serra e o machado, armaram-se com um facão, ferramenta indispensável a qualquer um que queira se embrenhar na floresta amazônica: tem grandes lâminas, um pouco curvas, largas e achatadas, com dois a três pés de comprimento e cabos bem sólidos, que os índios manejam com uma agilidade impressionante. Em poucas horas, com a ajuda dos facões, eles roçaram o solo, retiraram a vegetação rasteira e abriram grandes clareiras nas profundezas da floresta.

E assim foi feito. O solo foi ficando limpo diante dos lenhadores. Os velhos troncos despiram suas roupas de cipós, cactos, samambaias, musgos e bromélias. Ficaram de cascas nuas enquanto aguardavam sua vez de serem esfolados vivos.

Em seguida, todo o grupo de trabalhadores – dos quais fugiam inúmeras legiões de macacos menos ágeis – subiu no alto das árvores para serrar os fortes galhos bifurcados, desprendendo a ramagem alta que depois seria queimada no próprio local. Logo só restaram da floresta dizimada longos troncos de palmeiras envelhecidos, descoroados de suas copas, e, junto com o ar, o sol inundou o solo úmido que possivelmente jamais tinha acariciado.

Não havia uma única árvore que não pudesse ser usada em construções resistentes, na confecção de vigas ou na marcenaria pesada. Ali cresciam, como colunas de marfim contornadas de anéis marrons, algumas palmeiras-de-cera, com 120 pés de altura e uma base de quatro pés de largura, que oferecem uma madeira sólida; castanheiras com alburnos resistentes; muricis muito requisitados para construções; barrigudas cuja proeminência que se acentuava alguns pés acima do chão media duas toesas, árvores de casca arruivada e lustrosa, cobertas de tubérculos cinza, cujo tronco em formato de fuso sustenta uma copa em guarda-sol; *Bombax* de tronco branco, liso e reto, de altura monumental. Junto com esses espécimes magníficos da flora amazônica, também tombavam quatibos, cuja cúpula cor-de-rosa cobre todas as árvores vizinhas, cuja madeira violeta-claro é especialmente requisitada nas construções navais e que dão frutos semelhantes a pequenos vasos com fileiras de castanhas. Havia ainda paus-ferro, especialmente a ibiriratea, de cerne quase preto, tão duro que os índios a utilizam para fabricar seus machados de combate; jacarandás, mais preciosos que os acajus; cesalpínias, que só podem ser encontradas nas profundezas das antigas florestas que escaparam da presença dos lenhadores; sapucaias, com 150 pés de altura – curvadas em arcos naturais que delas saem a três metros da base e se encontram a uma altura de trinta pés, enroscam-se em seu tronco como filamentos de uma coluna torsa – e cuja copa desabrocha em um buquê de ilusões vegetais, que as plantas parasitas colorem de amarelo, púrpura e branco cor de neve.

Três semanas após o início dos trabalhos, não restava de pé mais nenhuma das árvores que cobriam o ângulo do Nanay com o Amazonas. A derrubada tinha sido completa. João Garral nem precisava se preocupar com a recuperação de uma floresta que vinte ou trinta anos bastariam para reerguer. Nenhuma árvore jovem de casca nova ou velha fora poupada para marcar um corte futuro; não deixaram nenhuma árvore para delimitar o desflorestamento. Foi feito um "corte único": todos os troncos foram cortados rente ao chão, esperando o dia em que seriam retiradas as raízes, no lugar das quais a próxima primavera ainda estenderia brotos verdejantes.

Essa milha quadrada, banhada nas beiradas pelas águas do rio e seu afluente, estava destinada a ser limpa, lavrada, plantada, semeada e, no ano seguinte, campos de mandioca, café, inhame, cana-de-açúcar, araruta, milho e amendoim ocupariam o solo que até então a rica floresta cobria com sua sombra.

A última semana de maio ainda não tinha chegado, e todos os troncos, separados de acordo com o tipo e o grau de flutuabilidade, haviam sido simetricamente arrumados à margem do Amazonas. Era lá que seria construída a imensa jangada que, com as numerosas moradias necessárias à acomodação das equipes de manobra, tornaria-se uma verdadeira aldeia flutuante. Depois, quando chegasse a hora, as águas do rio, elevadas pela cheia, ergueriam e carregariam a grande embarcação por centenas de léguas até o litoral do Atlântico.

João Garral se entregou completamente a essa empreitada e participou de todas as suas fases. Foi ele mesmo quem coordenou o trabalho, primeiro no local de corte, depois no limite da fazenda, formado por uma larga praia pedregosa, na qual foram dispostas as peças da balsa.

Yaquita e Cibele, por sua vez, ocupavam-se de todos os preparativos da viagem, ainda que a velha negra não compreendesse por que iriam querer sair de um lugar em que estavam tão bem.

– Mas você vai ver coisas que nunca viu antes! – repetia sem parar Yaquita.

– E será que elas valem tanto quanto as coisas que estamos acostumados a ver? – era sempre a resposta de Cibele.

Por outro lado, Minha e Lina pensavam mais particularmente no que lhes dizia respeito. Para elas, não se tratava de uma simples viagem: era uma despedida definitiva, tinham que dar conta de mil detalhes da mudança para outro país, onde a jovem mulata continuaria a viver com a moça a quem ela era tão afetuosamente apegada. Minha andava com o coração pesado, mas a alegre Lina, diferentemente dela, não se preocupava em abandonar Iquitos. Com Minha Valdez, ela seria a mesma pessoa que era com Minha Garral. Para desfazer o sorriso de seu rosto seria preciso separá-la de sua patroa, o que estava fora de cogitação.

Benito tinha ajudado o pai ativamente na execução dos trabalhos. Desse modo, ele aprendia o ofício de fazendeiro, que talvez fosse o seu um dia, bem como aprenderia o de negociante quando eles descessem o rio.

Quanto a Manoel, ele se dividia tanto quanto era possível entre a casa, de onde Yaquita e a filha não arredavam o pé nem um minuto, e a cena do desmatamento, para onde Benito queria levá-lo mais do que ele gostaria. Mas, em resumo, a divisão de trabalho foi bastante desigual, o que é compreensível.

Capítulo VII

Atrás de uma liana

Em 26 de maio, um domingo, apesar de todo trabalho a ser feito, os jovens decidiram se distrair um pouco. O tempo estava excelente; a atmosfera, impregnada de uma brisa fresca vinda da cordilheira, amenizava a temperatura. Tudo isso tornava a ideia de um passeio no campo muito tentadora. Por isso, Benito e Manoel convidaram Minha para acompanhá-los em um passeio pelos grandes bosques que cercavam a margem direita do Amazonas, do lado oposto à fazenda.

Era uma maneira de se despedir dos agradáveis arredores de Iquitos. Os dois rapazes iriam lá para caçar, mas isso não queria dizer que abandonariam suas companhias para correr atrás da caça – com relação a isso podíamos contar com Manoel. As moças – pois Lina não podia se separar da patroa – iriam apenas para passear, mas não se intimidariam com uma caminhada de duas a três léguas.

Nem João Garral nem Yaquita tinham tempo para se juntar a eles. O projeto da jangada ainda não tinha sido concluído, e João não podia postergar nem um pouco sua construção. Yaquita e Cibele, por sua vez, ainda que auxiliadas por todas as criadas da fazenda, também precisavam dedicar todo o seu tempo aos preparativos da viagem.

Minha aceitou o convite com muito prazer. Assim, por volta das onze horas daquele dia, após a refeição, os rapazes e as moças caminharam até a margem do rio, onde fica a confluência dos dois cursos d'água. Um dos negros os acompanhava. Todos embarcaram em uma das ubás destinadas ao serviço da fazenda e, depois de terem passado entre as ilhas de Iquitos e Parianta, alcançaram a margem esquerda do Amazonas.

A embarcação atracou no berço de maravilhosas samambaias arborescentes que se enroscavam umas às outras a uma altura de trinta pés, formando uma espécie de auréola feita de delicados troncos de veludo verde enfeitados com uma fina renda vegetal.

– Agora é minha vez de fazer as honras da casa e mostrar a floresta para você, Manoel, que não passa de um estrangeiro aqui no Alto Amazonas! Este é o nosso lar, e você vai me deixar cumprir minha função de dona da casa! – disse Minha.

– Querida Minha, você não será menos dona da casa em Belém do que é na fazenda de Iquitos... – respondeu o rapaz.

– Ah, não! Mas era só o que me faltava! – exclamou Benito. – Não me digam que vieram até aqui para trocar declarações apaixonadas! Por Deus, esqueçam por algumas horas que estão noivos!

– Nem por uma hora! Nem por um segundo! – replicou Manoel.

– Mas se Minha mandar...

– Ela não vai fazer isso!

– Quem disse? – brincou Lina.

– Lina tem razão! – respondeu Minha, que segurava a mão de Manoel. – Vamos tentar esquecer! Meu irmão está exigindo! Está tudo acabado, tudo! Enquanto durar esse passeio, não somos noivos! Não sou mais a irmã de Benito! Você não é mais amigo dele!

– Como assim?! – exclamou Benito.

– Bravo! Bravo! Ninguém se conhece aqui! – replicou a jovem mulata, rindo e batendo palmas.

– Vamos fingir que somos desconhecidos que se veem pela primeira vez, que se encontram, que se cumprimentam... – acrescentou a moça.

– Senhorita... – disse Manoel, fazendo uma mesura a Minha.

– Com quem tenho a honra de falar, senhor? – perguntou ela, com toda seriedade.

– Com Manoel Valdez, que ficaria muito feliz se o senhor seu irmão quisesse apresentá-lo a...

– Ah, para o inferno com essa história! – exclamou Benito. – Que má ideia que eu tive! Continuem sendo noivos, meus caros! Continuem sendo o quanto quiserem! Sejam para sempre!

– Para sempre! – exclamou Minha, que deixou essas palavras escaparem tão naturalmente que os ataques de riso de Lina redobraram. O olhar agradecido de Manoel recompensou a moça pela imprudência de sua língua.

– Se caminharmos, falaremos menos! Em frente! – exclamou Benito para livrar sua irmã da vergonha.

– Espere um pouco, meu irmão! – disse ela. – Você viu que eu ia lhe obedecer! Você queria nos obrigar a esquecer um ao outro para não arruinar seu passeio! Bom, agora é minha vez de pedir que você faça um sacrifício por mim para não arruinar o meu! Mesmo que não queira, você vai me prometer, pessoalmente, que você, Benito, vai esquecer...

– Esquecer...?

– Esquecer que é um caçador, irmãozinho!

– Mas como?! Você está me proibindo...?

– Estou lhe proibindo de atirar nesses pássaros encantadores, nos papagaios, periquitos, xexéus e surucuás que voam tão alegremente pela floresta! A mesma proibição vale para os animais de pequeno porte, de que abriremos mão hoje! Se alguma onça, jaguar ou outro bicho desse tamanho chegar muito perto de nós, tudo bem!

– Mas... – tentou protestar Benito.

– Caso contrário, vou pegar Manoel pelo braço e vou fugir com ele, nós dois vamos nos perder, e você vai ser obrigado a correr atrás de nós!

– E você gostaria muito que eu recusasse, não é? – perguntou Benito olhando para Manoel.

– Mas é claro! – respondeu o rapaz.

– Não! Não vou recusar! Vou obedecer só para lhe provocar! Em frente!

E lá foram os quatro e o negro. Eles se embrenharam entre as belas árvores, cuja espessa folhagem impedia os raios de sol de alcançar o chão.

Nada é mais maravilhoso do que essa parte da margem direita do Amazonas. Lá, em meio a um caos pitoresco, erguiam-se tantas árvores diferentes que, no espaço de um quarto de légua quadrada, era possível contar mais de cem variedades desses incríveis vegetais. Além disso, um silvicultor teria facilmente percebido que os machados dos lenhadores jamais tinham passado por ali. Vários séculos de desmatamento depois, a ferida ainda estaria visível. Ainda que tivessem cem anos de existência, as novas árvores não teriam a aparência geral de antes, por causa, sobretudo, de um fenômeno que faria com que as espécies de liana e outras plantas parasitas mudassem. É um sintoma curioso, que não poderia confundir nenhum indígena.

O alegre grupo avançava pela grama alta, para dentro do matagal, conversando e rindo. Na frente deles, o negro, manobrando seu machete, abria caminho quando o mato estava muito fechado e espantava milhares de pássaros.

Minha estava certa em interceder por todo esse pequeno mundo alado, que borboleteava nas altas folhagens. Lá estavam os mais belos representantes da ornitologia tropical. Os papagaios verdes e os periquitos estridentes pareciam ser os frutos naturais daquelas gigantescas árvores. Os colibris e suas variedades, o colibri-de-barba-azul, o beija-flor-vermelho e a tesourinha, de cauda comprida e bifurcada, eram como flores soltas que o vento carregava de um galho a outro. Melros de plumagem alaranjada, cingida por uma listra marrom, suntuosas felosas-das-figueiras e sabiás pretos como corvos se reuniam em um ensurdecedor concerto de assobios. O longo bico de um tucano dilacerava o cacho dourado de um guriri. Um pica-pau sacudia sua pequena cabeça manchada de pontos púrpura. Era encantador de se olhar.

Mas esse mundo inteiro calava-se, escondia-se, quando, no topo das árvores, ouvia-se o guincho de cata-vento enferrujado da alma-de-gato, uma espécie de falcão marrom claro. Embora planasse vaidosamente, esticando as longas penas brancas de sua cauda, também fugia acovardada quando via surgir voando o gavião, grande águia de cabeça nevada, o terror de todas as espécies aladas da floresta.

Minha fazia Manoel admirar essas maravilhas naturais em sua simplicidade primitiva, que ele nunca tinha encontrado nas províncias mais civilizadas do leste. Manoel escutava a moça mais com os olhos do que com os ouvidos. Além disso, os gritos, os cantos daqueles milhares de pássaros às vezes eram tão estridentes que ele não conseguia ouvi-la. Contudo, a risada ressoante de Lina era aguda o suficiente para se sobrepor, com sua melodia alegre, aos cacarejos, pios, ululações, assobios e arrulhos de todos os tipos.

Uma hora depois, tinham percorrido menos de uma milha. Ao distanciarem-se das margens, as árvores iam mudando de aspecto. A vida animal não se manifestava mais ao nível do chão, mas sessenta ou oitenta pés acima, pelos bandos de macacos, que, um após o outro, saltavam para lá e para cá nos galhos altos. Aqui e ali alguns cones de raios solares conseguiam penetrar até o sub-bosque. Verdade seja dita, naquele ponto a luz já não parecia ser um elemento indispensável à existência das florestas tropicais. O ar era suficiente para o crescimento da vegetação, fossem árvores ou plantas, grandes ou pequenas; todo o calor necessário ao desenvolvimento da seiva não era retirado da atmosfera, e sim do próprio solo, onde era armazenado como se estivesse dentro de um enorme aquecedor.

E na superfície bromélias, serpentinas, orquídeas, cactos, enfim, todas as parasitas que formavam uma espécie de pequena floresta debaixo da floresta maior, insetos tão maravilhosos que nos deixavam tentados a colhê-los como se fossem verdadeiras flores: nestores de asas azuis cintilantes; mariposas *Urania leilus*, com reflexos de ouro, zebradas de franjas verdes; mariposas-imperador de uns dez dedos de comprimento, com asas que lembravam folhas; marimbondos que pareciam esmeraldas vivas incrustadas em uma armadura de ouro; além de legiões de coleópteros, pirilampos ou besouros de fogo, vaga-lumes com corseletes de bronze e asas verdes, que projetavam uma luz amarelada pelos olhos e que, chegada a noite, iluminariam a floresta com suas cintilâncias multicolores.

– Quantas maravilhas! – repetia a moça, entusiasmada.

– Você está em casa, Minha, ou pelo menos é isso que diz, e olha como fala das suas riquezas! – exclamou Benito.

– Pode zombar à vontade, irmãozinho! – respondeu Minha. – Tenho todo o direito de louvar tantas coisas bonitas, não é, Manoel? São coisas de Deus e pertencem a todos!

– Vamos deixar Benito se divertir! – disse Manoel. – Ele esconde, mas nessas horas é poeta e admira tanto quanto nós as belezas naturais! Mas no momento em que pega um fuzil: adeus, poesia!

– Então seja um poeta, irmão! – respondeu a moça.

– Mas eu sou! – replicou Benito. – Oh, natureza encantadora, blá, blá, blá...

É preciso admitir, contudo, que Minha, ao proibir o irmão de usar seu fuzil de caçador, tinha imposto a ele uma verdadeira privação. Não faltava caça na floresta, e ele chegou a lamentar seriamente não ter dado uns bons disparos.

Com efeito, nas partes menos arborizadas, em que se abriam clareiras bem largas, surgiam alguns casais de avestruz, da espécie dos nandus, com quatro a cinco pés de altura. Eles eram companheiros inseparáveis das seriemas, um tipo de peru infinitamente melhor – do ponto de vista comestível – do que as grandes aves que eles acompanham.

– Olhe o que estou perdendo por causa dessa maldita promessa! – reclamou Benito, colocando debaixo do braço, ao ver um gesto da irmã, o fuzil que ele instintivamente acabara de apoiar no ombro.

– Temos que respeitar as seriemas – reforçou Manoel –, pois elas são grandes exterminadoras de serpentes.

– Assim como temos que respeitar as serpentes – replicou Benito –, porque comem os insetos nocivos, e esses, por se alimentarem dos pulgões, que são ainda mais nocivos! Se formos seguir a sua lógica, temos que respeitar tudo!

Mas o instinto do jovem caçador seria posto a uma prova ainda maior. A floresta estava repleta de caças em potencial. Veados rápidos e corças elegantes escapavam pelo bosque, e um tiro certeiro com certeza teria interrompido sua fuga. Em seguida, apareciam aqui e ali perus de pelagem cor café com leite; caititus, um tipo de porco selvagem, muito apreciado pelos que gostam de comer carne de caça; cutias, similares aos coelhos e às lebres europeias; tatus de armadura escamosa com mosaicos desenhados, que pertencem à ordem dos *Edentatos*.*

E Benito certamente só demonstrava virtude, um verdadeiro heroísmo, quando via, de canto de olho, uma anta – espécie de pequeno elefante que quase já não se vê mais nas margens do Alto Amazonas e de seus afluentes –, paquidermes muito procurados pelos caçadores por sua raridade e também muito apreciados pelos amantes da culinária por sua carne, superior à do boi, e sobretudo pela protuberância de sua nuca, o melhor quinhão!

É verdade que o rapaz se coçava para usar o fuzil, mas, fiel à sua promessa, ele o mantinha em repouso.

---

* Atualmente, a superordem Edentata é designada como Xernarthra. (N.T.)

– Ah – ele alertava a irmã –, mas o tiro sairia mesmo assim se ele se deparasse com um tamanduá-bandeira, um tipo de vermilíngue muito interessante, que é considerado uma obra-prima nos anais cinegéticos.

Mas, felizmente, o grande tamanduá não deixava que o vissem, assim como panteras, leopardos, jaguares, guepardos, pumas, indiferentemente chamados de onças na América do Sul e dos quais não devemos chegar muito perto.

– Enfim – disse Benito, parando por um instante –, passear é ótimo, mas sem ter um objetivo...

– Sem objetivo! – exclamou a moça. – Mas nosso objetivo é ver, admirar, visitar pela última vez as florestas da América do Sul, que não veremos mais no Pará: é a nossa despedida!

– Já sei, tenho uma ideia! – disse Lina.

– Vindo da Lina, só pode ser uma ideia maluca! – respondeu Benito, balançando a cabeça.

– Meu irmão – disse Minha –, não é legal ficar zombando da Lina quando ela está justamente querendo dar ao nosso passeio o objetivo que você estava reclamando que ele não tinha.

– Além de tudo, seu Benito, o senhor vai gostar da minha ideia, tenho certeza – respondeu a jovem mulata.

– Qual a sua ideia? – perguntou Minha.

– Estão vendo aquela liana?

E Lina apontava para uma liana, planta da espécie dos cipós, que estava enrolada em uma gigantesca dormideira, cujas folhas, leves como plumas, fecham-se ao menor ruído.

– O que é que tem...? – perguntou Benito.

– Proponho que a sigamos até encontrarmos a sua ponta! – sugeriu Lina.

– Certamente é uma ideia, é um objetivo! – exclamou Benito. – Seguir essa liana sejam quais forem os obstáculos, arbustos, mato, rochas, córregos, torrentes, não parar por nada, continuar independentemente do que aparecer...

– Definitivamente você tem razão, meu irmão! – disse Minha rindo. – Lina é meio doidinha!

– Mas ora essa! – respondeu seu irmão. – Você está dizendo que Lina é louca para não dizer que o louco sou eu, já que gostei da ideia!

– Então, sejamos loucos, se isso faz vocês felizes! – respondeu Minha. – Vamos seguir a liana!

– Vocês não têm medo... – observou Manoel.

– Ainda com objeções! – exclamou Benito. – Ah, Manoel, você não falaria assim e já estaria a caminho se Minha estivesse esperando na outra ponta.

– Não digo mais nada – respondeu Manoel. – Fico quieto e só obedeço! Vamos seguir a liana!

E lá foram eles, contentes como crianças de férias!

Esse filamento vegetal poderia levá-los longe se teimassem em segui-lo até o fim, como o fio de Ariadne – com a exceção de que o fio da herdeira de Minos ajudava a sair do labirinto, enquanto esse só podia embrenhá-los ainda mais na floresta.

Era, na realidade, uma liana da família das salsas, uma dessas trepadeiras conhecidas pelo nome de japecanga-vermelha, que pode atingir várias léguas de comprimento. Mas, no fim das contas, não era uma questão de honra.

O cipó nunca se rompia: passava de uma árvore a outra, ora enrolado nos troncos, ora entrelaçado nos galhos, saltando de um dragoeiro para um jacarandá, de uma gigantesca castanheira-do-pará para bacabas – palmeiras com que se faz vinho e cujos galhos foram precisamente descritos por Agassiz como longas hastes de coral salpicadas de verde. Em seguida, passava por tucumãs, figueiras caprichosas de formas complicadas, como oliveiras centenárias, e que possuem no mínimo quarenta variedades no Brasil; por espécies de euforbiáceas que produzem borracha; por gualtes, belas palmeiras de tronco liso, fino, elegante; por cacaueiros selvagens que crescem nas margens do Amazonas e de seus afluentes; e finalmente por melastomas variados, uns com flores cor-de-rosa, outros ornados de panículas de bagas esbranquiçadas.

Eles paravam várias vezes e soltavam exclamações de decepção quando achavam que tinham perdido o fio condutor. Tinham então que encontrá-lo e desembaraçá-lo no pelotão de plantas parasitas.

– Ali! Ali! – dizia Lina. – Encontrei!

– Você se enganou – respondia Minha –, não é a mesma, é uma liana de outra espécie!

– Claro que não! Lina está certa – dizia Benito.

– Não, ela se enganou! – respondia naturalmente Manoel. Isso suscitava discussões muito sérias, muito acirradas, e ninguém queria cedèr.

Assim, subiam, o negro de um lado, Benito de outro, nas árvores, nos galhos entrelaçados pela liana, a fim de encontrar sua verdadeira direção.

Ora, certamente não havia nada mais difícil do que escalar aquelas árvores, no emaranhado de tufos entre os quais serpenteava a liana, em meio a bromélias *karatas*, armadas de espinhos pontudos; orquídeas com flores rosa e labelos violeta, grandes como uma luva; e *oncidiuns* mais enroscados do que um novelo de lã nas patas de um gatinho.

E como era difícil recuperar a liana quando ela voltava a descer em direção ao chão, sob o aglomerado de avencas, de helicônias com grandes folhas, caliandras com flocos rosa, *Rhipsalis* que a envolviam como a armadura de um fio de bobina elétrica, entre os nós das grandes ipomeias brancas, sob os caules carnudos das baunilhas, em meio a todos aqueles maracujás, ramos, sarmentos e videiras doidas!

E, quando encontravam o cipó, comemoravam cheios de alegria e logo retomavam o passeio interrompido.

Já havia uma hora que os rapazes e as moças seguiam assim, e era impossível prever se estavam perto de atingir o tão buscado objetivo. Eles sacudiam a liana com força, mas ela não cedia. Centenas de pássaros saíam voando, e os macacos fugiam de uma árvore a outra, como que mostrando o caminho.

Uma moita atravancava o caminho? O machete abria uma fenda por onde o grupo passava. Ou então era uma rocha alta, coberta de vegetação, sobre a qual a liana se estendia como uma cobra. Então eles subiam na rocha e pulavam para o outro lado.

Logo, uma grande clareira se abriu. Ali, naquele ar mais livre, que é tão necessário para ela como a luz do sol, uma bananeira, isolada, surgia. Árvore dos trópicos por excelência, aquela que, segundo a observação de Humboldt, "acompanhou o homem na infância de sua civilização", a bananeira é a grande provedora de alimento do habitante das zonas tórridas. A longa guirlanda de cipó, enrolada nos galhos altos, atravessava a clareira de uma extremidade a outra e adentrava novamente a floresta.

– Já podemos parar? – perguntou Manoel.

– Não, mil vezes, não! – exclamou Benito. – Não antes de encontrar a outra ponta da liana!

– Tudo bem, mas logo vamos ter que pensar em voltar...! – observou Minha.

– Ah, querida patroa, só mais um pouquinho, só mais um pouquinho! – pediu Lina.

– Até o fim! Até o fim! – acrescentou Benito. E se embrenhavam cada vez mais na floresta, que, já mais transitável, permitia que eles avançassem mais facilmente.

Além disso, o cipó pendia para o norte e tendia a voltar na direção do rio. Portanto, não era tão inconveniente segui-lo, já que se aproximavam da margem direita, por onde seria mais fácil subir depois.

Quinze minutos mais tarde, depararam com um pequeno afluente do Amazonas, no fundo de um barranco. Uma ponte de lianas, feita de trepadeiras interligadas por uma rede de ramos, atravessava o córrego. O cipó, que se dividia em dois filamentos, servia de corrimão e, desse modo, permitia a passagem de uma margem a outra.

Benito, que ia sempre na frente, já tinha avançado pelo tabuleiro vacilante daquela passarela vegetal. Manoel quis segurar a noiva.

– Fique aqui, Minha, fique! – pediu ele. – Benito que vá mais longe se quiser, nós vamos esperá-lo aqui!

– Não! Venha conosco, querida patroa, venha! – exclamou Lina. – Não tenha medo! A liana está se afinando! Nós vamos vencer esse jogo e encontrar a sua ponta! – E, sem hesitar, a jovem mulata se aventurou corajosamente atrás de Benito.

– São umas crianças! – respondeu Minha. – Venha, querido Manoel! É melhor irmos com eles!

E lá foram eles atravessar a ponte, que oscilava acima do barranco como um balanço, mergulhando novamente sob a abóbada das grandes árvores.

Não tinham andado nem dez minutos, seguindo o interminável cipó em direção ao rio, quando de repente todos pararam e, dessa vez, por uma razão específica.

– Será que finalmente chegamos ao fim da liana? – perguntou a moça.

– Não – respondeu Benito –, mas é melhor avançarmos com cuidado. Olhem aquilo! – E Benito apontou para o cipó que, perdido entre os galhos de uma figueira alta, era agitado por violentos sacolejos.

– Mas quem está fazendo isso? – perguntou Manoel.

– Talvez algum animal. Temos que nos aproximar com cautela!

Benito, carregando o fuzil, fez sinal para que o deixassem passar e se colocou dez passos à frente de todos. Manoel, as duas moças e o negro permaneceram imóveis. De repente, Benito soltou um grito, e eles o viram correr em direção a uma árvore. Todos correram atrás dele.

O que viram foi um espetáculo inesperado e pouco agradável aos olhos: um homem pendurado pelo pescoço se debatia na ponta da liana, leve como uma corda, na qual tinha dado um nó não muito apertado, e os sacolejos eram causados pelos sobressaltos de suas últimas convulsões de agonia.

Benito se jogou sobre o infeliz e, com um golpe de faca de caça, cortou o cipó. O enforcado escorregou para o chão. Manoel se inclinou sobre ele para socorrê-lo e trazê-lo de volta à vida, isso se não fosse tarde demais.

– Coitado! – murmurava Minha.

– Seu Manoel, seu Manoel – exclamou Lina –, ele ainda está respirando! O coração está batendo! Precisamos salvá-lo!

– É mesmo – respondeu Manoel –, ainda bem que chegamos na hora certa!

O enforcado era um homem na casa dos trinta anos, branco, muito malvestido, muito magro e que aparentava ter sofrido muito.

A seus pés havia um cantil vazio jogado no chão e um bilboquê de madeira de palmeira, cuja bola, feita com a cabeça de uma tartaruga, estava presa por uma fibra.

– Enforcar-se... E ainda tão jovem! – repetia Lina. – O que será que o levou a fazer isso?

Mas os cuidados de Manoel logo trouxeram o pobre-diabo de volta à vida. Ele abriu os olhos e soltou um "hum!" tão alto, tão inesperado, que Lina, assustada, também gritou em resposta.

– Quem é o senhor, amigo? – perguntou Benito.

– Aparentemente, um ex-enforcado!

– Mas seu nome é...?

– Espere um pouco que estou me lembrando – disse ele, passando a mão na testa. – Ah! Eu me chamo Fragoso e estou a seu dispor, se ainda for capaz, para penteá-los, barbeá-los, arrumá-los de acordo com todas as regras de minha arte! Eu sou um barbeiro, o mais desesperado de todos, como o barbeiro de Sevilha!

– E como o senhor pôde pensar em...?

– E o que mais eu podia ter feito, meu caro? – disse Fragoso sorrindo. – Foi um momento de desespero e teria me arrependido disso, se é que é possível se arrepender no além! Oitocentas léguas de distância para percorrer e nenhuma pataca no bolso não é nada reconfortante! É compreensível que eu tenha perdido a coragem!

O tal Fragoso tinha, em suma, uma boa aparência. À medida que se recompunha, via-se que parecia ser uma pessoa alegre. Ele era um dos barbeiros nômades que percorriam as margens do Alto Amazonas, indo de aldeia em aldeia, oferecendo seus serviços, muito apreciados, a negros, negras, índios e índias.

O pobre barbeiro, muito abandonado, muito miserável, sem comer havia 48 horas, desorientado naquela floresta, tinha perdido a cabeça por um momento... E o resto da história já conhecemos.

– O senhor vai voltar conosco para a fazenda de Iquitos, meu caro – disse-lhe Benito.

– Mas com prazer! – respondeu Fragoso. – Não precisavam ter se dado o trabalho de me soltar! Vocês me desenforcaram, agora eu lhes pertenço!

– Viu só, patroa querida, fizemos bem em continuar o passeio! – disse Lina.

– Tem razão! – respondeu a moça.

– Seja como for – disse Benito –, nunca teria imaginado que acabaríamos encontrando um homem na ponta do nosso cipó!

– Ainda mais um barbeiro em apuros, tentando se enforcar! – brincou Fragoso.

O pobre-diabo, de volta à ativa, foi posto a par do que tinha acontecido. Agradeceu calorosamente a Lina pela ótima ideia de seguir aquela liana, e todos rumaram para a fazenda, onde Fragoso foi acolhido de tal forma que nunca mais teria vontade e nem necessidade de recomeçar sua triste tarefa.

Capítulo VIII

A jangada

Derrubada a meia milha quadrada de floresta, os carpinteiros agora tinham que construir uma jangada com as árvores de muitos séculos que jaziam na praia.

Entretanto, essa não seria uma tarefa difícil! Sob o comando de João Garral, os índios da fazenda mostrariam sua incomparável destreza. Quer se trate de edificações ou embarcações, esses indivíduos são sem dúvida admiráveis trabalhadores. Eles usam apenas um machado e uma serra, trabalham com madeiras tão duras que chegam a lascar o gume de suas ferramentas e, no entanto, tudo é facilmente realizado por suas mãos hábeis, pacientes, dotadas de uma prodigiosa habilidade natural: são troncos que precisam ser esquadrados, vigas que precisam ser retiradas dos enormes estipes e pranchas e tábuas que devem ser cortadas sem a ajuda de uma serraria mecanizada.

Em um primeiro momento, os cadáveres de árvores não foram lançados no leito do Amazonas. João Garral tinha o hábito de proceder de outra maneira. Todos aqueles troncos haviam sido simetricamente arrumados em uma grande área plana de praia, que já tinha sido rebaixada, na confluência do Nanay com o grande rio. Era ali que a jangada seria construída; era ali que o Amazonas se encarregaria de puxá-la para a água quando chegasse o momento de partir.

Aqui se faz necessária uma pequena explicação sobre a distribuição geográfica desse imenso curso d'água – que é único no mundo – e sobre um fenômeno singular que a população ribeirinha tinha constatado por experiência própria.

O Nilo e o Mississippi, os dois rios que provavelmente são mais extensos do que a grande artéria brasileira, correm, o primeiro de sul a norte pelo continente africano e o segundo de norte a sul através da América Setentrional. Eles cruzam, portanto, territórios com muitas latitudes diferentes e, consequentemente, estão submetidos a climas bastante variados.

O Amazonas, por outro lado, está inteiramente localizado – ao menos a partir do ponto em que se volta diretamente para o leste – na fronteira do Equador com o Peru, entre os paralelos 4 S e 2 S. Essa imensa bacia está sujeita, portanto, às mesmas influências climáticas em toda a sua extensão.

Existem lá duas estações chuvosas, que ocorrem com um intervalo de seis meses. No norte da região, as chuvas ocorrem em setembro. No sul, em contrapartida, em março. Consequentemente, existe um intervalo de meio ano entre o volume máximo dos afluentes da esquerda e da direita. Dessa alternância resulta, então, que o Amazonas, após ter atingido seu nível máximo em junho, vai diminuindo de volume gradualmente até outubro.

Disso tudo João Garral sabia por experiência própria e era esse fenômeno que ele pretendia aproveitar para lançar a jangada na água, após tê-la confortavelmente construído à beira do rio. O Amazonas pode chegar até o volume máximo de quarenta pés e cair até trinta; tal diferença contribuía para os planos do fazendeiro.

A construção foi iniciada sem demora. Na imensa praia, os troncos iam sendo ajeitados de acordo com seu tamanho e grau de flutuabilidade, que também tinha que ser levado em consideração. De fato, entre as madeiras pesadas e duras, havia algumas cuja densidade não era por pouco a mesma da água.

A base da embarcação seria toda feita de troncos justapostos. Foi deixado um pequeno intervalo entre eles, que eram unidos por vigas transversais assegurando a solidez do conjunto. Cabos de piaçava os uniam tão firmemente quanto um cabo de cânhamo. Esse material, feito de ramos dessa palmeira muito abundante nas margens do rio, é bastante empregado na região. A piaçava flutua, resiste à imersão e é de fabricação barata, razões pelas quais é um artigo precioso já comercializado no Velho Mundo.

Sobre essa dupla fileira de troncos e vigas eram depositadas as tábuas e as pranchas que formariam o chão da jangada, que ficaria trinta polegadas de altura acima da linha de flutuação. Devemos admitir que era uma distância considerável se pensarmos que aquela embarcação mediria mil pés de altura por sessenta de largura, ou seja, que teria uma área de 60 mil pés quadrados. Na verdade, era uma floresta inteira que ia ser lançada nas correntezas do Amazonas.

Os trabalhos de construção tinham sido realizados principalmente sob o comando de João Garral. Mas, quando foram finalizados, todos contribuíram para o planejamento das acomodações, inclusive Fragoso.

Falando nele, vamos fazer uma pequena pausa para descrever sua nova vida na fazenda. O barbeiro nunca fora tão feliz como a partir do dia em que foi acolhido pela hospitaleira família. João Garral se oferecera para levá-lo ao Pará, que era justamente para onde ele estava indo quando, segundo ele, "aquela liana o pegara pelo pescoço de repente e o imobilizara!".

Fragoso tinha aceitado, agradecido de coração e, desde então, buscava ser útil de mil maneiras para expressar sua gratidão. Além disso, era um rapaz tão inteligente que se podia dizer que tinha "duas mãos destras", isto é, que era capaz de fazer de tudo e muito bem. Tão alegre quanto Lina, sempre cantarolando, cheio de respostas bem-humoradas, não demorou muito para que ele fosse amado por todos.

Mas era com Lina que ele alegava ter a maior dívida.

– Que excelente ideia a senhorita teve de brincar de seguir a liana – repetia ele sem parar. – Ah! É realmente um jogo interessante, mesmo que nem sempre se encontre um barbeiro em apuros na outra ponta!

– Foi tudo por acaso, sr. Fragoso – respondia Lina, dando risinhos –, e eu lhe garanto que o senhor não me deve nada!

– Mas como "nada"? Eu lhe devo minha vida e peço aos céus que ela se estenda por mais cem anos, para que minha gratidão dure ainda mais tempo! Veja bem, eu nunca quis me enforcar! Se tentei fazer isso, foi por pura necessidade! Mas, pensando melhor, eu preferia morrer assim do que morrer de fome ou ser comido vivo pelos animais! Além disso, aquela liana é um laço entre nós, não importa o que a senhorita diga...

A conversa, em geral, continuava em um tom agradável. No fundo, Fragoso era muito grato à jovem mulata por ela ter sido responsável por seu salvamento, e Lina não era insensível às manifestações do bom rapaz, muito aberto, muito sincero, bonito, parecido com ela. A amizade deles não deixava de arrancar boas risadas de Benito, da velha Cibele e dos outros.

Bom, voltando à jangada! Após uma discussão em conjunto, foi decidido que suas instalações seriam tão completas e confortáveis quanto possível, já que a viagem duraria vários meses. A família Garral era formada pelo pai, pela mãe, pela moça, por Benito, por Manoel e pelas criadas Cibele e Lina, que teriam um quarto separado. A esse pequeno grupo se somariam quarenta índios, quarenta negros, Fragoso e o piloto da jangada.

Apesar de numerosa, essa equipe só era suficiente para o serviço de bordo. Eles precisariam ainda navegar em meio às sinuosidades do rio, em meio a centenas de ilhas e ilhotas. Embora a correnteza do Amazonas funcionasse como motor, ela não controlava a direção. Por isso se faziam necessários os 160 braços para manobrar os longos croques destinados a manter a enorme embarcação a uma distância igual das duas margens.

Antes de mais nada, eles trataram de construir a casa principal na popa da jangada. Ela foi planejada de modo a conter cinco quartos e uma sala de jantar ampla. Um desses quartos seria de João Garral e sua esposa, outro, de Lina e Cibele – que ficaria próximo ao das patroas –, e um terceiro de Benito e Manoel. Minha teria um quarto separado, que seria arrumado da forma mais confortável possível.

A casa principal foi cuidadosamente construída com pranchas sobrepostas, banhadas em resina fervente, o que deveria torná-las impermeáveis e estanques. Janelas laterais e frontais a iluminavam e alegravam. Na frente ficava a porta de entrada, que dava acesso ao salão comum. Uma varanda leve repousava sobre elegantes bambus e protegia a parte da frente contra a ação dos raios solares. Tudo era pintado de uma fresca coloração ocre, que refletia o calor em vez de absorvê-lo e conferia ao interior uma temperatura amena.

Mas quando o "grosso do trabalho", por assim dizer, foi finalizado conforme os planos de João, Minha interveio:

– Pai, agora que está tudo pronto, o senhor vai nos deixar decorar nossa morada de acordo com o nosso gosto, não é mesmo? O lado de fora fica por sua conta, mas o de dentro é nosso. Minha mãe e eu queremos que tudo fique parecido com a nossa casa da fazenda, para que o senhor sinta que nunca deixou Iquitos!

– Faça como preferir, Minha – respondeu João Garral sorrindo de um jeito triste, como fazia às vezes.

– Vai ficar lindo!

– Confio no seu bom gosto, minha querida filha!

– Vai ser uma honra, pai! Vou fazer isso em homenagem ao belo país que vamos atravessar, que é nosso, e para onde o senhor estará voltando depois de tantos anos!

– Sim, Minha, sim! – respondeu João. – É quase como se estivéssemos voltando do exílio... Um exílio voluntário! Então dê o seu melhor, minha filha! Aprovo desde já tudo o que você fizer!

Minha e Lina, a quem Manoel e Fragoso se juntariam de bom grado, estavam encarregadas portanto de enfeitar o interior da casa. Com um pouco de imaginação e senso artístico, eles conseguiriam um bom resultado.

Primeiro, os móveis mais bonitos da fazenda encontraram naturalmente seus lugares lá dentro. Seria fácil mandá-los de volta depois em uma igarité: mesas, cadeiras de bambu, sofás de vime, estantes de madeira esculpida, tudo o que constitui a simpática mobília de uma casa dos trópicos foi arrumado com requinte na casa flutuante. Percebia-se que, mesmo com a colaboração dos dois rapazes, eram as mãos das mulheres que guiavam a arrumação. E que ninguém pense que as paredes ficaram em branco: não! Elas foram cobertas por tapeçarias do mais agradável aspecto, feitas de preciosas cascas de árvores tuturis, com textura semelhante à do brocado e do damasco dos mais leves e ricos estofados do mobiliário moderno. Sobre o piso de madeira dos quartos, peles de jaguar maravilhosamente tigradas e tapetes de pele de macaco ofereciam aos pés o conforto de suas pelagens macias. Algumas cortinas leves feitas da seda arruivada da sumaúma pendiam das janelas. As camas eram envolvidas por mosquiteiros, e os travesseiros, colchões e almofadas eram estofados com uma substância fornecida pelas *Bombax* na bacia do alto rio Amazonas.

E mais: por todo lado, nas estantes, nas mesas de canto, havia miudezas trazidas do Rio de Janeiro ou de Belém, ainda mais preciosas para Minha porque eram presentes de Manoel. Não há nada mais agradável aos olhos do que bibelôs vindos de alguém querido, mimos que falam sem usar palavras.

Em poucos dias o interior foi completamente arrumado e realmente lembrava a casa da fazenda. Não era preciso mais nada para querer morar lá para sempre, debaixo de touceiras, nas margens do rio. Em todo o tempo que durasse a viagem, a jangada estaria em harmonia com as paisagens pitorescas que se deslocariam nas laterais.

É preciso acrescentar ainda que o lado de fora da casa era tão bonito quanto o de dentro. De fato, os jovens tinham conseguido equilibrar o bom gosto e a criatividade.

A casa estava literalmente coberta de plantas, da base aos ornamentos mais altos do telhado. Era um emaranhado de orquídeas, bromélias, trepadeiras, todas em flor, nutridas por caixas de terra boa, escondidas debaixo das folhagens. Os troncos das mimosas e das figueiras não poderiam ser cobertos por uma decoração mais tropicalmente reluzente do que aquela! Que galhinhos caprichosos, *Rubiales* vermelhas, pâmpanos amarelo-ouro, cachos multicoloridos, sarmentos enredados na mísula que sustenta a extremidade da cumeeira, no caibro do telhado, nos someiros das portas! Bastou colhê-los aos montes nas florestas da fazenda. Uma liana gigantesca unia todas as plantas parasitas entre si; ela dava algumas voltas na casa, agarrava-se em todos os cantos, enroscava-se em todas as saliências, bifurcava-se, formava tufos, projetava raminhos excêntricos a torto e a direito, não deixava à mostra nem um pedacinho da casa, que parecia ter desaparecido debaixo da enorme massa florida.

Podia-se deduzir facilmente quem era o autor de tal gentileza, já que a ponta do cipó ia desabrochar justo na janela da jovem mulata, como se fosse um longo braço que estende pela persiana um buquê de flores sempre frescas.

Enfim, tudo tinha ficado maravilhoso. Estando Yaquita, Minha e Lina satisfeitas, era o que importava.

– Se vocês quisessem, poderíamos plantar árvores na jangada! – sugeriu Benito.

– Oh! Árvores! – fez Minha.

– Por que não? – perguntou Manoel. – Se fossem transplantadas para essa plataforma firme em uma terra boa, tenho certeza de que vingariam, ainda mais porque não precisaríamos nos preocupar com mudanças climáticas, já que o Amazonas corre sempre no mesmo paralelo!

– Além do mais – respondeu Benito –, sabemos que as águas carregam todos os dias ilhotas de vegetação, arrancadas das margens das ilhas e do próprio rio. Elas passam com suas árvores, arvoredos, arbustos, rochedos, plantas, para se perder no Atlântico a oitocentas léguas daqui. Por que não poderíamos nós transformar essa jangada em um jardim flutuante?

– A srta. Lina gostaria de uma floresta? – perguntou Fragoso, que seria capaz de tudo pela moça.

– Oba! Uma floresta! – exclamou a jovem mulata. – Com pássaros e macacos...

– Serpentes, jaguares... – replicou Benito.

– Índios, tribos nômades... – disse Manoel. – E até mesmo canibais!

– Mas aonde o senhor está indo, Fragoso...? – espantou-se Minha ao ver o atencioso barbeiro retornando para a margem.

– Buscar a floresta, ora essa! – respondeu Fragoso.

– Não precisa, meu amigo – respondeu Minha sorrindo. – Manoel me deu de presente um buquê, e me contento com isso! É verdade – acrescentou ela, mostrando a casa coberta pelas flores –, ele escondeu nossa casa dentro do buquê de noivado!

Capítulo IX

O anoitecer do dia 5 de junho

Enquanto a casa principal terminava de ser construída, João Garral cuidava da arrumação da área que compreendia a cozinha e a copa, onde seria armazenado todo tipo de provisão.

Primeiramente, havia um importante estoque de mandioca, raiz de um arbustinho que mede de seis a dez pés e que é o principal alimento dos habitantes das regiões intertropicais. Essa raiz, parecida com um rabanete preto comprido, cresce em montículos, como as batatas. Embora não seja tóxica nas regiões africanas, na América do Sul contém um sumo venenoso, que deve ser extraído previamente por pressão. Feito isso, a mandioca é transformada em uma farinha, que é utilizada de diferentes maneiras, até mesmo para a preparação da tapioca, um dos pratos favoritos dos indígenas. Assim, a bordo da jangada havia um silo para armazenar esse ingrediente tão útil, que seria a base da alimentação dos tripulantes.

Quanto às conservas de carne, além de um rebanho de ovelhas, alimentado em um estábulo especial previamente construído, havia sobretudo uma quantidade razoável de presunto da região, de excelente qualidade; mas contariam também com o fuzil dos rapazes e de alguns índios, bons caçadores, já que não faltaria caça nas ilhas ou nas florestas às margens do rio Amazonas.

Além do mais, o rio forneceria o suficiente para o consumo diário: camarões, que podiam ser chamados de lagostins; tambaquis, o melhor peixe de toda a bacia, com sabor mais refinado que o salmão, com o qual já foi comparado algumas vezes; pirarucus de escamas vermelhas, grandes como esturjões, que, salgados, são despachados em grandes quantidades para todo o Brasil; candirus, perigosos de pegar, mas gostosos de comer; piranhas ou peixes-diabo rajados de vermelho, de trinta polegadas de comprimento; tartarugas grandes ou pequenas, que existem aos milhares e fazem parte da alimentação dos indígenas. Todas essas iguarias do rio, uma após a outra, acabariam vindo para a mesa dos patrões e empregados. Portanto, se possível, a caça e a pesca seriam praticadas com regularidade.

Com relação às bebidas, estavam supridos do que havia de melhor na região: caiçuma, líquido agradável, de sabor ácido, feito a partir da destilação da raiz da mandioca doce; caium, espécie de aguardente nacional; chicha do Peru; masato de Ucayali, extraído dos frutos fervidos, prensados e fermentados da bananeira; guaraná, um tipo de pasta feita com a semente da *Paullinia sorbilis*, que, pela cor, lembra um tablete de chocolate, do qual se obtém um pó fino, que, adicionado à água, vira uma excelente bebida.

E isso não era tudo. Há naquelas regiões uma espécie de vinho roxo escuro extraído das palmeiras de açaí, e cujo forte gosto aromático é muito apreciado pelos brasileiros. Assim, havia a bordo uma grande quantidade de frascos* dessa bebida, que sem dúvida chegariam vazios ao Pará.

Benito se autodenominara organizador-chefe da adega da jangada, da qual tinha muito orgulho. Algumas centenas de garrafas de xerez, de vinho moscatel de Setúbal e de vinho do Porto evocavam nomes caros aos primeiros conquistadores da América do Sul. Além do mais, o jovem sommelier armazenara na adega alguns garrafões** cheios de um excelente tafiá, uma aguardente de açúcar, de sabor um pouco mais acentuado do que as bebidas feitas do beiju nacional.

No que diz respeito ao tabaco, não tinha nada a ver com a planta grosseira com que geralmente se contentavam

---

* O frasco no Brasil tem capacidade de cerca de dois litros.

** A capacidade do garrafão é de quinze a 25 litros.

os indígenas da bacia do Amazonas. Ele vinha direto de Vila Bela da Imperatriz, isto é, da região onde é colhido o tabaco mais apreciado de toda a América do Sul.

Assim, a casa principal ficava na popa da jangada, com seus anexos, cozinha, copa, adega, constituindo a parte reservada à família Garral e a seus criados pessoais.

Nos arredores da parte central da embarcação, foram construídos os barracos destinados à moradia dos índios e negros. Esses empregados teriam as mesmas condições que tinham em Iquitos e estariam acomodados de modo a sempre poder manobrar o barco sob as orientações do piloto. Mas para alojar todos eles era necessário um número considerável de casas, o que faria com que a jangada parecesse uma cidadezinha à deriva. E, para falar a verdade, ela teria muito mais construções e pessoas do que vários povoados do Alto Amazonas.

Para os índios, João Garral reservara cabanas, uma espécie de barraca sem paredes, cujo teto de folhagens era sustentado por delicados espeques. O ar circulava livremente pelas laterais abertas e balançava as redes penduradas no interior. Os indígenas, dentre os quais havia três ou quatro famílias inteiras, com mulheres e crianças, teriam lá as mesmas acomodações que tinham em terra firme.

Os negros, por sua vez, encontrariam na jangada suas choupanas habituais. Elas eram diferentes das cabanas por serem hermeticamente fechadas nos quatro lados, sendo que só um deles dava acesso ao interior. Os índios, acostumados a viver ao ar livre, com toda liberdade, não conseguiriam se acostumar com esse confinamento da choupana, que convinha melhor à vida dos negros.

Enfim, na proa foram construídos depósitos para armazenar as mercadorias que João Garral transportaria para Belém junto com os produtos retirados de suas florestas.

A valiosa carga fora guardada nesses amplos armazéns sob a supervisão de Benito, de forma tão organizada como se tivesse sido cuidadosamente acondicionada no porão de um navio.

No depósito, 7 mil arrobas* de borracha compunham a parte mais preciosa da carga, uma vez que a libra desse produto valia na época de três a quatro francos. A jangada transportaria também cinquenta quintais de salsaparrilha – planta do gênero *Smilax* que constitui uma parte importante do comércio de exportação para toda a bacia amazônica e que está se tornando cada vez mais rara nas margens do rio, visto que os índios não se preocupam muito em respeitar seus caules na hora de colhê-las. Havia ainda favas conhecidas no Brasil, como cumaru, que são usadas para produzir certos óleos essenciais, e sassafrás, das quais é retirado um bálsamo excelente no tratamento de feridas. Maços de plantas tintoriais, caixas de diversas gomas e uma boa quantidade de madeira cara completavam a carga de venda fácil e lucrativa nas províncias do Pará.

Talvez alguns se espantem ao saber que o número de índios e negros a bordo se limitaria ao necessário para a navegação da jangada. Será que não havia espaço para transportar um número maior deles, como forma de prevenir um possível ataque das tribos ribeirinhas?

Não serviria de nada. Não é preciso ter medo dos indígenas da América do Sul: foi-se o tempo em que era necessário se precaver contra seus ataques. Os índios das margens pertencem a tribos pacíficas, e as mais selvagens deram lugar à civilização, que se espalha gradativamente ao longo do rio e de seus afluentes. Negros desertores, fugitivos das colônias penitenciárias do Brasil, da Inglaterra, da Holanda e da França, eram os únicos a serem temidos. Mas eles estavam em pequeno número; só andavam em bandos isolados, pelas florestas ou savanas, e a jangada

* A arroba espanhola equivale a cerca de 25 libras; a arroba portuguesa equivale a um pouco mais, 32 libras.

teria condições de se defender contra qualquer ataque vindo desses desbravadores.

Além do mais, há várias paragens no Amazonas: cidades, aldeias e numerosas missões. Já não é mais um lugar deserto que o imenso curso d'água atravessa, mas uma bacia colonizada dia após dia. Portanto, não seria preciso se preocupar com esse tipo de perigo e nem temer qualquer ataque.

Para terminar de descrever a jangada, só falta falar de duas ou três construções de natureza bem diferente que concediam a ela um aspecto bem pitoresco.

Na frente da jangada ficava a cabine do piloto. Sim, na proa, e não na popa, onde se encontra geralmente o timoneiro. De fato, naquelas condições de navegação o leme não se faria necessário. Remos compridos não teriam nenhum efeito em um comboio daquele tamanho, mesmo que fossem manobrados por cem braços fortes. Era da lateral, por meio de longos croques apoiados no fundo do leito, que eles manteriam a jangada imóvel na correnteza e controlariam sua direção quando a embarcação se desviasse. Desse modo, ela poderia se aproximar de uma margem ou de outra quando precisassem parar por algum motivo. Três ou quatro ubás e duas pirogas equipadas estariam a bordo e permitiriam uma comunicação fácil com as margens. A função do piloto se limitaria, portanto, a reconhecer as mudanças do rio, os desvios da corrente, os redemoinhos que seria melhor evitar, as baías ou enseadas que apresentariam um atracadouro favorável e, por isso, seu lugar era e devia ser na proa da jangada.

Se o piloto seria o diretor material daquela imensa máquina – não podemos justamente empregar essa expressão? –, o diretor espiritual seria ninguém mais, ninguém menos que o Padre Peçanha, que servia à comunidade de Iquitos. Uma família tão religiosa quanto os Garral teve que aproveitar aquela ocasião para levar na viagem o padre que tanto idolatrava.

O Padre Peçanha, com setenta anos então, era um homem de bem, cristão fervoroso, um ser bom e caridoso e era, naquelas regiões em que os representantes da religião nem sempre são exemplos de virtude, um sucessor perfeito dos grandes missionários que tanto fizeram pela civilização nas regiões mais selvagens do mundo.

O Padre Peçanha vivia em Iquitos havia cinquenta anos, na missão da qual era chefe. Era amado por todos e com razão. A família Garral tinha muita consideração por ele. Fora ele quem casara a filha do fazendeiro Magalhães com o jovem empregado acolhido na fazenda. Ele vira seus filhos nascerem, os tinha batizado, instruído e também esperava dar a eles a bênção nupcial.

A idade do Padre Peçanha não lhe permitia mais exercer o trabalhoso cargo. A hora de se aposentar já chegara para ele. Tinha acabado de ser substituído em Iquitos por um missionário mais jovem e vinha se preparando para voltar ao Pará, onde viveria o resto de seus dias em um desses conventos reservados aos velhos servos de Deus.

Então, qual ocasião seria melhor do que aquela para descer o rio, com a família Garral, que era como se fosse a sua? Foi convidado e aceitou se juntar a eles na viagem, e, quando chegassem a Belém, caberia a ele unir em matrimônio o jovem casal, Minha e Manoel.

Embora o Padre Peçanha fosse dividir a mesa com a família durante a viagem, João Garral quis construir uma casa só para ele, e só Deus sabe como Yaquita e sua filha se esforçaram para deixá-la confortável! Com certeza o bom e velho padre nunca tinha sido tão bem acomodado em seu modesto presbitério.

No entanto, o presbitério não seria suficiente para o Padre Peçanha. Ele precisaria também de uma capela. Essa, por sua vez, tinha sido construída na própria jangada e contava com um pequeno campanário. Era bem estreita, sem dúvida, e nela não caberiam todos os tripulantes, mas era ricamente ornada, e, da mesma forma que João se sentiria em casa naquele comboio flutuante, o Padre Peçanha não teria, tampouco, motivos para sentir falta da pobre igreja de Iquitos.

Essa era a maravilhosa embarcação que desceria todo o curso do Amazonas. Lá estava ela, na praia, esperando que o próprio rio viesse erguê-la. Ora, de acordo com os cálculos e o estudo das cheias, isso não demoraria muito para acontecer.

Tudo ficou pronto no dia 5 de junho.

O piloto, que tinha chegado na véspera, era um homem de cinquenta anos, muito entendido dos assuntos de sua profissão, mas que adorava uma bebidinha. De todo modo, João Garral o via com bons olhos e várias vezes o tinha contratado para conduzir outras embarcações a Belém, sem nunca ter se arrependido da decisão.

É preciso acrescentar ainda que Araújo – esse era seu nome – só conseguia enxergar realmente bem depois de alguns copos de uma tafiá vulgar, bebida feita a partir da cana de açúcar, terem iluminado sua visão. Além disso, ele não navegava sem um garrafão cheio desse licor, que estava sempre à mão.

A cheia do rio vinha se anunciando gradualmente havia vários dias. A cada instante, o nível do rio subia e, durante as 48 horas que precederam a elevação máxima, as águas subiram o suficiente para cobrir a praia da fazenda, mas ainda não o bastante para erguer a jangada.

Ainda que a ocorrência do fenômeno estivesse garantida, que não houvesse possibilidade de erro quanto à altura que a cheia alcançaria, a espera não deixava de mexer com as emoções de todos os interessados. Isso porque se, por algum motivo inexplicável, as águas do Amazonas não subissem o suficiente para fazer a jangada flutuar, todo aquele enorme trabalho teria sido em vão. O problema era que, como o nível do rio diminuiria rapidamente, levaria meses para que as mesmas condições se reproduzissem.

No dia 5 de junho, ao anoitecer, os futuros passageiros da jangada estavam reunidos na esplanada, que se elevava a cem pés da praia, esperando a hora certa para embarcar com uma ansiedade bastante compreensível. Lá se encontravam Yaquita, sua filha, Manoel Valdez, o Padre Peçanha, Benito, Lina, Fragoso, Cibele e alguns dos empregados indígenas e negros da fazenda.

Fragoso não conseguia ficar parado; ia de um lado para o outro, descia e subia a esplanada, fazia marcas de referência e comemorava com "hurras!" quando a água conseguia alcançá-las.

– Vai flutuar, vai flutuar! – exclamava ele. – A embarcação que vai nos levar para Belém vai flutuar! Vai flutuar quando todas as cataratas do céu se abrirem para fazer o Amazonas subir!

João Garral, por sua vez, já estava na embarcação com o piloto e a numerosa equipe. Ele estava encarregado de tomar todas as medidas necessárias durante aquela operação. As amarras da jangada estavam bem atadas à margem por cabos resistentes, de modo que ela não seria carregada pela correnteza quando começasse a flutuar.

Além da população da aldeia, uma tribo inteira de 150 a duzentos índios dos arredores de Iquitos tinha vindo assistir ao curioso espetáculo. Todos olhavam, e havia um silêncio quase absoluto pairando sobre aquela multidão embasbacada.

Lá pelas cinco horas, a água atingira um nível superior ao da véspera – mais do que um pé –, e a praia já desaparecia completamente debaixo do lençol líquido.

Um certo tremor se propagava pelas pranchas da enorme estrutura, mas faltavam ainda algumas polegadas para que a jangada fosse completamente levantada e descolada do fundo.

No intervalo de uma hora, esses tremores foram aumentando. As tábuas estalavam de todos os lados. Esse movimento arrancava pouco a pouco a base de troncos de sua cama de areia.

Por volta das seis e meia, irromperam as exclamações de alegria. A jangada finalmente começou a flutuar, e a correnteza a conduzia para o meio do rio; mas, sentindo a força das amarras, veio tranquilamente se endireitar junto à margem, no momento em que o Padre Peçanha a benzia, como teria benzido um navio que carrega vidas cujo destino está nas mãos de Deus!

Capítulo X

De Iquitos a Pebas

No dia seguinte, 6 de junho, João Garral e os outros se despediam do capataz e dos trabalhadores negros e indígenas que permaneceriam na fazenda. Às seis horas da manhã, a jangada recebia todos os passageiros – na verdade, faria mais sentido chamá-los de moradores – e cada um se acomodava em sua cabine, ou, melhor, em sua casa.

Chegara a hora de partir. O piloto Araújo foi até a proa, e a equipe, munida de croques compridos, ficou a postos. João Garral, auxiliado por Benito e Manoel, supervisionava a partida.

Ao comando do piloto, os cabos foram soltos e os croques apoiados na margem para dar impulso à jangada, que logo foi sendo carregada pela correnteza e, enquanto acompanhava a margem esquerda do rio, se afastava das ilhas de Iquitos e Parianta, à direita.

A viagem enfim começava. Onde acabaria? Se nada alterasse o itinerário escolhido, em Belém, no Pará, a oitocentas léguas da pequena aldeia peruana! Como acabaria? Só o futuro diria.

O tempo estava magnífico. Um agradável vento pampeiro temperava o ardor do sol. Era um desses ventos de junho e julho que vêm da cordilheira, a centenas de léguas dali, depois de ter deslizado pela superfície da imensa planície de Sacramento. Se a jangada fosse provida de vela e mastro, teria sentido os efeitos da brisa e navegado com maior velocidade; mas, por causa da sinuosidade do rio, das curvas bruscas, impossíveis de serem evitadas, era melhor renunciar aos benefícios desses equipamentos.

Em uma bacia tão plana quanto a do Amazonas – que, verdade seja dita, é como uma planície sem fim –, a inclinação do leito do rio é pouco acentuada. Calcula-se, portanto, que, no trecho entre Tabatinga – na fronteira brasileira – e a nascente desse grande curso d'água, a diferença de nível não ultrapasse um decímetro por légua. Sendo assim, não existe no mundo nenhuma artéria fluvial cuja inclinação seja tão leve quanto essa.

Em decorrência disso, estima-se que a velocidade média do fluxo de água do Amazonas não ultrapasse duas léguas a cada 24 horas, e, muitas vezes, esse valor é ainda menor no período da estiagem. Porém, na época das cheias, pode chegar a até trinta ou quarenta quilômetros.

Felizmente, era nessas condições que a jangada navegaria, embora seu peso dificultasse o deslocamento, fazendo com que a embarcação não conseguisse acompanhar a velocidade do fluxo, que corria mais rápido do que ela. Assim, considerando os atrasos causados pelas curvas do rio, as numerosas ilhas que tinham que ser contornadas, os baixios a serem evitados, as horas de parada que seriam desperdiçadas quando a noite estivesse escura demais para navegar com segurança, a velocidade não podia ultrapassar 25 quilômetros por 24 horas de caminho percorrido.

Além do mais, as águas ali não eram completamente desobstruídas, longe disso: árvores ainda verdes, resíduos de vegetação e ilhotas de plantas, muitas vezes arrancadas das margens, formam uma flotilha de destroços que a correnteza carrega e que também são obstáculos para uma navegação rápida.

A foz do Nanay foi logo ultrapassada e se perdeu atrás de uma ponta da margem esquerda, que, com seu tapete de gramíneas avermelhadas, tostadas pelo sol, compunham um primeiro plano de cores quentes sobreposto às florestas verdejantes do horizonte.

Logo a jangada começou a navegar entre as numerosas e pitorescas ilhas, dentre elas uma dúzia apenas entre Iquitos até Pucallpa.

Araújo, que sempre tinha o cuidado de beber do garrafão para clarear a visão e a memória, manobrou a jangada com muita habilidade no meio do arquipélago. Ao seu comando, cinquenta croques se ergueram simultaneamente de cada lado da jangada e desabaram na água com um movimento automático. Era uma cena impressionante.

Enquanto isso, Yaquita, auxiliada por Lina e Cibele, tratava de colocar tudo em ordem, enquanto a cozinheira indígena se ocupava da preparação do almoço.

Já os rapazes e Minha passeavam na companhia do Padre Peçanha, e, de tempos em tempos, a moça parava para regar as plantas ao pé da casa.

– Me diga uma coisa, padre – pediu Benito –, o senhor conhece uma maneira mais agradável de viajar do que esta aqui?

– Não, meu filho, isso é que é viajar com todos os seus pertences! – respondeu o padre.

– E sem se cansar! – acrescentou Manoel. – Poderíamos viajar assim por centenas de milhas!

– Além do mais – disse Minha –, o senhor não vai se arrepender de viajar conosco! Não lhe parece que embarcamos em uma ilha que navega tranquilamente à deriva, afastada do leito do rio, com suas vegetações e árvores? Só que...

– Só que...? – repetiu o Padre Peçanha.

– Essa aqui, padre, fomos nós que construímos com nossas próprias mãos: ela é nossa. Gosto mais dessa ilha do que de qualquer outra do Amazonas! Tenho todo o direito de me orgulhar dela!

– Claro que sim, minha querida menina – respondeu o Padre Peçanha –, e eu a absolvo de seu orgulho! Além disso, seria incapaz de repreendê-la na frente de Manoel.

– Bem pelo contrário! – respondeu alegremente a moça. – Manoel tem que aprender a me repreender quando mereço! Ele é tolerante demais com a minha humilde pessoa, que tem tantos defeitos.

– Então, minha querida Minha, vou aproveitar a permissão para lembrar... – disse Manoel.

– Ué, o quê?

– Que você passou muito tempo na biblioteca da fazenda e prometeu que faria de mim um especialista em Alto Amazonas. No Pará nós não conhecemos muito bem essa região, e justo agora que estamos passando por várias ilhas você nem se deu ao trabalho de me ensinar os nomes delas!

– E teria como?! – exclamou a moça.

– Pois é, teria como fazer isso?! – repetiu Benito em seguida. – Como alguém conseguiria se lembrar dessas centenas de ilhas, batizadas com nomes na língua tupi? É impossível! Os americanos são mais pragmáticos em relação às ilhas do Mississippi: cada uma recebe um número...

– Como as avenidas e as ruas de suas cidades! – acrescentou Manoel. – Francamente, não gosto muito desse sistema numérico! Não desperta nem um pouco a imaginação: ilha 64, ilha 65 não dizem mais do que sexta rua da terceira avenida! Não concorda, Minha?

– Sim, Manoel, mesmo que meu irmão discorde de nós – respondeu a moça. – E, ainda que não saibamos seus nomes, as ilhas do nosso grande rio são realmente bonitas! Veja como elas se estendem à sombra dessas gigantescas palmeiras de folhas suspensas! E esse cinturão de caniços-de-água que as cerca: até mesmo uma piroga estreita teria muita dificuldade em passar por ele! E esses manguezais, cujas raízes fantásticas se apoiam sobre as margens imitando patas de monstruosos caranguejos! Todas essas ilhas podem até ser bonitas, mas isso não faz diferença, pois não podem se deslocar como a nossa!

– Como minha pequena Minha está entusiasmada hoje! – observou o Padre Peçanha.

– Ah, padre – exclamou a moça –, é que estou tão feliz de ver todo mundo feliz ao meu redor!

Naquele momento, ouviu-se a voz de Yaquita chamando Minha de dentro de casa.

A moça foi até ela, saltitando e sorrindo.

– O senhor terá uma companheira adorável, Manoel! – disse o Padre Peçanha ao rapaz. – É o tesouro da família que vai fugir com o senhor, meu amigo!

– Minha irmãzinha querida! – disse Benito. – Vamos sentir muita saudade dela, e o padre tem razão! Se você resolvesse não se casar com ela, Manoel... Ainda dá tempo de desistir! Desse jeito, ela ficaria conosco!

– Ela ficará com vocês, Benito, acredite em mim, tenho o pressentimento de que o futuro reunirá todos nós! – respondeu Manoel.

No primeiro dia tudo correu bem. O almoço, a janta, a sesta, os passeios, tudo se desenrolou como se João Garral e sua família ainda estivessem na confortável fazenda de Iquitos.

Durante essas 24 horas, as embocaduras dos rios Bacali, Chochio, Pucallpa, à esquerda do Amazonas, as dos rios Itinicari, Maniti, Moyoc, Tuyuca e as ilhas de mesmos nomes, à direita, foram ultrapassadas sem complicações. A noite iluminada pela lua permitiu economizar uma parada, e a comprida embarcação deslizou tranquilamente pela superfície do Amazonas.

No dia seguinte, 7 de junho, a jangada ladeou as margens da aldeia de Pucallpa, chamada também de Nova Orán. A velha Orán, situada quinze léguas a jusante, na mesma margem esquerda do rio, foi abandonada pela nova aldeia, cuja população é composta por índios das tribos Mayoruna e Orejones. Não há nada mais pitoresco do que esse povoado, com suas margens que parecem ter sido pintadas de giz vermelho, sua igreja inacabada, suas choupanas – cujos telhados eram protegidos pela sombra de algumas altas palmeiras – e duas ou três ubás meio encalhadas nas margens.

Durante todo o dia 7 de junho, a jangada continuou a seguir a margem esquerda do rio, passando por alguns afluentes desconhecidos, sem muita importância. Em determinado momento, ela correu o risco de colidir com a ponta a montante da ilha de Sinicuro; mas o piloto, bem assistido pela equipe, conseguiu evitar o perigo e se manteve no curso do rio.

À noite, passaram por uma ilha maior, chamada Napo, o mesmo nome do rio que, naquele local, avança em direção ao nordeste e vem misturar suas águas às do Amazonas em uma foz de mais ou menos oitocentos metros de largura, após ter banhado os territórios dos índios Koto da tribo dos Orejones.

Foi na manhã de 7 de junho que a jangada se viu lado a lado com a pequena ilha de Mango, que força o Napo a se dividir em dois braços antes de desaguar no Amazonas.

Alguns anos depois, Paul Marcoy descreveria em seus relatos a cor das águas desse afluente, que ele compara justamente à cor singular de absinto da opala verde. Além disso, ele corrigiria algumas medidas indicadas por La Condamine. Mas naquele momento, a foz do Napo estava consideravelmente ampliada pela cheia, e era com certa rapidez que seu curso – vindo das cordilheiras orientais do Cotopaxi – ia, fervilhando, misturar-se com o curso amarelado do Amazonas.

Alguns índios perambulavam pela foz desse curso d'água. Eram altos, tinham o corpo robusto, cabeleira esvoaçante, a narina traspassada por um galho de palmeira, o lóbulo da orelha alongado até o ombro pelas pesadas rodelas de madeira preciosa. Algumas mulheres os acompanhavam. Nenhum deles manifestou intenção de subir a bordo.

Dizem que esses indígenas poderiam muito bem ser canibais, mas isso é dito sobre tantas tribos ribeirinhas que, se fosse verdade, haveria mais testemunhos desses hábitos de canibalismo do que se tem hoje.

Algumas horas depois, a aldeia de Bella Vista, assentada em uma margem um pouco baixa, revelou seus buquês de belas árvores, que ultrapassavam a altura de algumas choupanas cobertas de palha sobre as quais bananeiras de tamanho mediano derramavam suas folhas largas como se fossem águas de uma bacia cheia demais.

Depois, a fim de acompanhar melhor o fluxo que os afastaria das margens, o piloto direcionou a embarcação para a margem direita do rio, da qual eles ainda não tinham se aproximado. A manobra foi realizada com algumas dificuldades, que felizmente foram vencidas com a ajuda de doses generosas do garrafão.

Isso lhe permitiu avistar, de passagem, algumas das numerosas lagunas de águas pretas que estão espalhadas ao longo do Amazonas e que muitas vezes não têm nenhuma comunicação com o rio. Uma delas, que leva o nome de laguna de Orán, tinha extensão mediana e recebia as águas do rio por um largo canal. No meio do leito surgiam muitas ilhas e duas ou três ilhotas curiosamente agrupadas, e, na margem oposta, Benito identificou a localização da antiga Orán, da qual hoje em dia só sobraram alguns vestígios incertos.

Durante dois dias, a jangada navegou tanto pela margem direita quanto pela esquerda, respeitando as exigências da corrente, sem que sua estrutura sentisse o menor impacto.

Os passageiros já tinham se acostumado com aquela nova vida. João Garral, que deixara o filho encarregado de toda a parte comercial da expedição, geralmente permanecia trancado em seu quarto, meditando e escrevendo. Não contava a ninguém o que estava escrevendo, nem mesmo a Yaquita, e no entanto o texto já adquiria a importância de um tratado.

Já Benito, de olho em tudo, conversava com o piloto e se certificava da direção que deviam tomar. Yaquita, Minha e Manoel formavam quase sempre um grupo à parte, fosse entretendo-se com projetos futuros, fosse passeando como se estivessem nos campos da fazenda. Realmente, era a mesma vida que levavam em Iquitos. O único que sentia a diferença era Benito, que ainda não tinha encontrado uma ocasião para se deixar levar pelo prazer da caça. Embora sentisse saudade das florestas de Iquitos, com suas feras, cutias, caititus e capivaras, ali os pássaros voavam em bandos sobre as margens e não tinham medo de pousar na jangada. Como era vantajoso incluí-los na refeição, por serem caça de qualidade, Benito os matava, e dessa vez sua irmã não tentava se opor, já que era para o bem de todos; contudo, a garça cinza ou a amarela e o íbis cor-de-rosa ou o branco que povoam as margens do rio eram poupados em consideração a Minha. Somente uma espécie de mergulhão não tinha graça para o jovem negociante, embora não fosse comestível: era o caiaraca, um pássaro hábil tanto no mergulho e no nado quanto no voo, de canto desagradável, mas cuja penugem tem alto valor nos diversos mercados da bacia do Amazonas.

Enfim, na noite do 11 de junho, após passar pela aldeia de Omáguas e pela foz do Ambiacu, a jangada chegou a Pebas e atracou.

Como ainda faltavam algumas horas para anoitecer, Benito desceu em terra firme, levando consigo Fragoso, que estava sempre pronto para tudo, e os dois caçadores foram explorar a mata nos arredores da pequena cidade. Uma cutia e uma capivara, sem falar de uma dúzia de perdizes, foram adicionados aos mantimentos da copa na sequência daquela feliz excursão.

Em Pebas, uma cidade com 260 habitantes, Benito poderia ter feito algumas trocas com os irmãos leigos da Missão, que de modo geral também desempenham o papel de negociantes, mas eles tinham acabado de enviar maços de salsaparrilha e algumas arrobas de borracha para o Baixo Amazonas, portanto seus estoques estavam vazios.

Então a jangada partiu novamente ao raiar do dia e entrou no pequeno arquipélago formado pelas ilhas Iatio e Cochiquinas, depois de ter se afastado da aldeia de mesmo nome que ficava à direita. A embarcação passou por diversas embocaduras de estreitos afluentes sem nome à direita do rio, nos intervalos entre as ilhas.

Surgiram por um momento nas margens alguns indígenas de cabeça raspada e tatuagens nas bochechas e na testa, usando rodelas de metal nas abas do nariz e debaixo do lábio inferior. Eles estavam armados com flechas e zarabatanas, mas não as utilizaram e nem mesmo tentaram fazer contato com a jangada.

Capítulo XI

De Pebas à fronteira

Não houve nenhum incidente de navegação durante os dias que se seguiram. As noites eram tão bonitas que a comprida embarcação se deixava levar pelo fluxo, sem precisar fazer paradas. As duas margens pitorescas do rio pareciam se deslocar lateralmente, como esses cenários de teatro que correm de um bastidor a outro. Devido a uma espécie de ilusão de ótica, parecia que a jangada permanecia imóvel entre as laterais que se moviam.

Como não foi feita nenhuma parada, Benito não pôde ir caçar nas margens, mas a caça foi vantajosamente substituída pelos frutos da pesca. Pescaram uma grande variedade de peixes excelentes: pacus, surubins, gamitanas de carne requintada e algumas daridaris – raias grandes de ventre rosado e dorso escuro, munidas de espinhos muito venenosos. Pegaram também, aos milhares, candirus, um tipo de pequeno *silurus*, sendo alguns microscópicos, que em pouco tempo atacavam as canelas dos banhistas que ousassem se aventurar imprudentemente em seu recanto.

As ricas águas do Amazonas também eram habitadas por muitos outros animais aquáticos, que escoltavam a jangada no rio por horas. Eram gigantescos pirarucus, de dez a doze pés de comprimento, protegidos por armaduras de grandes escamas de borda escarlate, e cuja carne é apreciada apenas pelos indígenas. Também não se costumava pescar os botos graciosos, que vinham brincar às centenas, bater nas vigas da jangada com a cauda, saltitar na frente, atrás, alegrando as águas do rio com reflexos coloridos e jatos de água que a luz refratada transformava em vários arco-íris.

No dia 16 de junho, a jangada, depois de se aproximar das margens para conseguir, com sucesso, desviar de alguns baixios, passou perto da grande ilha de San Pablo e, na noite do dia seguinte, parou na aldeia de Moromoros, situada na margem esquerda do Amazonas. Vinte e quatro horas depois, ultrapassou as embocaduras do Atacoari e do Cocha e, na sequência, o furo ou canal que se comunica com o lago de Caballococha; na margem direita, fez escala na altura da Missão de Cocha.

Essa era a região dos índios Marahuas, de cabelos longos e esvoaçantes, cuja boca é atravessada por uma espécie de leque de espinhos de palmeira de seis polegadas, que dá a eles um aspecto felino, e isso, segundo os registros de Paul Marcoy, na intenção de se assemelhar ao tigre, cuja audácia, força e astúcia eles admiram acima de tudo. Algumas mulheres apareceram junto com esses Marahuas e fumavam charutos conduzidos acesos entre os dentes. Todos eles, assim como o rei das florestas amazônicas, andavam praticamente nus.

Naquela época, a Missão de Cocha era administrada por um monge franciscano, que quis fazer uma visita ao Padre Peçanha. João recebeu o religioso muito bem e até o convidou para comer com a família. Justo naquele dia havia um jantar que honrava a cozinha indígena.

Um tradicional ensopado temperado com ervas aromáticas; pirão, substituto costumeiro do pão no Brasil, feito de farinha de mandioca bem impregnada de caldo de carne e de molho de tomate; carne de ave com arroz e um molho picante feito de vinagre e pimenta malagueta; um prato de verduras apimentadas e um bolo frio salpicado de canela – era o bastante para tentar um pobre monge que normalmente se limitava às refeições minguadas da paróquia. Justamente por causa disso, insistiram para que ele ficasse. Yaquita e sua filha fizeram tudo o que puderam para convencê-lo. Mas, naquela mesma noite, o franciscano tinha que visitar um índio doente em Cocha. Então ele agradeceu à hospitaleira família e partiu, não sem levar alguns presentes, que seriam bem recebidos pelos neófitos da missão.

Durante dois dias, o piloto Araújo esteve muito ocupado. O leito do rio se alargava pouco a pouco, mas as ilhas se tornavam mais numerosas e a velocidade da corrente, obstruída por obstáculos, também aumentava. Foi preciso muito cuidado para passar entre as ilhas de Caballococha, Trapore e Cacao; tiveram que fazer paradas frequentes e muitas vezes foram obrigados a desatravancar a jangada, que corria o risco de encalhar. Nessas horas todos colocavam a mão na massa. Foi nessas circunstâncias bastante complicadas que, no dia 20 de junho à noite, eles chegaram em Nuestra-Señora-de-Loreto.

Loreto era a última cidade peruana na margem esquerda do rio, antes da fronteira com o Brasil. Ela é apenas uma aldeia comum, composta por umas duas dezenas de casas, agrupadas em uma margem ligeiramente acidentada, cujas elevações são feitas de terra composta de ocre e argila.

Essa missão foi fundada por jesuítas em 1770. Os Ticunas, que habitam os territórios ao norte do rio, são indígenas de pele avermelhada, cabelos espessos e rosto zebrado de desenhos, que lembrava a laca de uma mesa chinesa; tanto os homens quanto as mulheres se vestiam de maneira simples, com tiras de algodão ao redor do peito e do lombo. Naquela época havia apenas uns duzentos deles nas bordas do Atacoari. Restou muito pouco de uma nação que outrora tinha sido poderosa sob o comando de grandes chefes.

Em Loreto viviam também alguns soldados peruanos e dois ou três negociantes portugueses que comercializavam tecidos de algodão, bacalhau e salsaparrilha.

Benito desembarcou a fim de comprar, se fosse possível, alguns maços dessa planta do gênero *Smilax*, muito requisitada nos mercados do Amazonas. João Garral, sempre muito ocupado com um trabalho que absorvia todo o seu tempo, não pôs os pés em terra firme. Yaquita e sua filha também permaneceram a bordo da jangada junto com Manoel. Isso porque os mosquitos de Loreto já têm a má fama de afastar os visitantes, que não querem ceder nem um pouco do próprio sangue a esses dípteros atrozes.

Manoel tinha justamente acabado de comentar sobre esses insetos e ninguém queria enfrentar suas picadas. Não era, de forma alguma, uma situação invejável.

– Dizem – acrescentou ele – que as nove espécies que infestam as margens do Amazonas resolveram combinar de se encontrar em Loreto. Eu quero acreditar nisso sem ter que descobrir se é mesmo verdade. Lá, minha querida Minha, você poderia escolher entre o mosquito cinza, o peludo, o de patas brancas, o anão, o trompetista, o pequeno imitador de pífaro, o urtiga, o arlequim, o grande e preto, o ruivo das matas... Ou melhor, *eles* escolheriam você como alvo e você ficaria irreconhecível! Na minha opinião, esses dípteros implacáveis protegem melhor a fronteira brasileira do que esses pobres diabos, esses soldados pálidos e magros que vemos nas margens!

– Mas se na natureza tudo tem um propósito, qual é o dos mosquitos? – perguntou a moça.

– Fazer os entomologistas felizes – respondeu Manoel. – Eu teria dificuldade em lhe dar uma explicação melhor do que essa!

O que Manoel dizia sobre os mosquitos de Loreto era a mais pura verdade. Em seguida, quando Benito voltou a bordo, tendo terminado as compras, seu rosto e suas mãos estavam completamente tatuados de pontos vermelhos, sem falar dos bichos-de-pé, que, apesar do couro dos sapatos, tinham entrado debaixo de seus dedos.

– Vamos embora, vamos embora agora mesmo! – exclamou Benito. – Ou essas malditas legiões de insetos vão invadir a jangada e ela vai ficar completamente inabitável!

– E nós acabaríamos importando eles para o Pará – acrescentou Manoel –, que já tem o bastante para consumo próprio!

Então, para que não tivessem que passar a noite naquelas margens, as amarras foram soltas e a jangada retomou o curso da corrente.

A partir de Loreto, o Amazonas se inclinava um pouco na direção sudeste, entre as ilhas Arava, Cuyari e Urutea. A jangada deslizava então sobre as águas pretas do Cajaru, mescladas às águas brancas do Amazonas. Depois de ter ultrapassado esse afluente da margem esquerda, na noite de 23 de junho, ela navegava tranquilamente ao longo da grande ilha de Jahuma.

O pôr do sol no horizonte, livre de névoa, anunciava uma dessas belas noites dos trópicos que não existem nas zonas temperadas. Uma brisa leve refrescava a atmosfera. A lua logo surgiria no fundo constelado do céu e substituiria, durante algumas horas, o crepúsculo ausente nas baixas latitudes. Mas, naquela hora ainda escura, as estrelas brilhavam com uma pureza incomparável. A imensa planície da bacia parecia se prolongar infinitamente, como o mar, e, na extremidade daquele eixo, que mede mais de 200 trilhões de léguas, surgiam, ao norte, o diamante único da estrela polar e, ao sul, os quatro brilhantes da Cruzeiro do Sul.

As silhuetas um pouco difusas das árvores da margem esquerda e da ilha de Jahuma se recortavam na noite escura. Só era possível distinguir seus contornos indefinidos: os troncos, ou melhor, os fustes das colunas das copaíbas, que se abrem como sombrinhas; os grupos de sandis, esses vináceos de oitenta pés de altura, cuja copa estremecia com a passagem de leves correntes de ar e de onde é extraído um leite espesso e açucarado que, dizem, embriaga tanto quanto o vinho. "Que belo sermão esse das florestas amazônicas!", pode-se justamente dizer. E poder-se-ia acrescentar: "Que hino majestoso esse das noites dos trópicos!".

Os pássaros cantavam suas últimas notas da noite: o bem-te-vi, que faz seu ninho nos caniços-de-água das margens; o inhambu-chororó, espécie de perdiz cujo canto é composto por um acorde perfeito de quatro notas e costuma ser reproduzido pelos imitadores de pássaros; a anhuma, de melopeia tão lamuriosa; o martim-pescador, cujo grito responde, como um sinal, aos últimos gritos de seus semelhantes; a arara-canindé, de clarim sonoro, e a arara-vermelha, que abre suas asas nas folhagens dos jequitibás, cujas cores esplêndidas a noite acabava de apagar.

Na jangada, a equipe descansava em seus postos. O piloto estava de pé na proa, sozinho, revelando sua estatura alta e indefinida à meia-luz. A tripulação de guarda, com seus croques compridos nos ombros, lembrava um acampamento de soldados tártaros. Na proa, a bandeira brasileira pendia na ponta da haste, e a brisa já não tinha força suficiente para levantar seu tecido.

Às oito horas, as três primeiras badaladas do sino do Angelus ecoaram no campanário da pequena capela. As três badaladas do segundo e terceiro versetos soaram cada uma em seu tempo, e o culto terminou com a série de batidas mais aceleradas do pequeno sino.

No final daquele dia de junho, a família toda tinha ficado sentada na varanda, a fim de respirar o ar mais fresco do exterior. Eles faziam isso todas as noites, e, enquanto João Garral, sempre silencioso, contentava-se em escutar, os jovens conversavam alegremente até a hora de dormir.

– Ah! Nosso lindo rio! Nosso magnífico Amazonas! – exclamava a moça, que era uma grande admiradora desse enorme curso d'água da América do Sul.

– É um rio como nenhum outro, isso é certo! – respondeu Manoel. – E eu aprecio todas as belezas sublimes! Nós estamos descendo agora como Orellana e La Condamine fizeram, séculos atrás, e não me surpreendo que tenham escrito relatos tão maravilhosos!

– Um pouco fantasiosos! – replicou Benito.

– Meu irmão – retomou gravemente a moça –, não fale mal do nosso Amazonas!

– Não estou falando mal, irmãzinha, apenas lembrando que existem lendas sobre ele!

– Sim, é verdade, elas existem e são maravilhosas! – respondeu Minha.

– Que lendas? – perguntou Manoel. – Tenho que admitir que elas ainda não chegaram ao Pará. Eu, pelo menos, nunca ouvir falar de nenhuma!

– Mas então o que é que vocês aprendem nos colégios em Belém? – replicou a moça rindo.

– Estou começando a perceber que não nos ensinam nada! – respondeu Manoel.

– Como assim?! – retomou Minha, simulando um tom sério. – Você não conhece, dentre muitas outras fábulas, a de um enorme réptil chamado Minhocão, que às vezes vem visitar o Amazonas e faz as águas do rio subirem ou descerem conforme mergulha ou vem à superfície de tão gigantesco que é?!

– Mas vocês já o viram alguma vez, esse fantástico Minhocão? – perguntou Manoel.

– Infelizmente, não! – respondeu Lina.

– Que pena! – Fragoso achou melhor acrescentar.

– E a Iara, a mãe d'água – retomou a moça –, extraordinária e terrível mulher cujo olhar fascina e carrega para o fundo do rio os imprudentes que a contemplam?

– Ah! Mas a Iara existe! – exclamou a ingênua Lina. – Dizem que ela ainda passeia pelas margens, mas desaparece feito uma sereia logo que alguém se aproxima dela!

– Bom, quando você a vir, venha me avisar! – respondeu Benito.

– Para que ela o pegue e o leve para o fundo do rio? Nunca, sr. Benito!

– É que Lina realmente acredita nessa história! – exclamou Minha.

– E existem muitas pessoas que acreditam no tronco de Manaus! – disse então Fragoso, sempre pronto a intervir em favor de Lina.

– Tronco de Manaus? – perguntou Manoel. – Mas o que é isso?

– Sr. Manoel – respondeu Fragoso com uma seriedade cômica –, contam que há, ou melhor, que havia antigamente um tronco de tarumã que todos os anos na mesma época descia o rio Negro, ficava alguns dias em Manaus e se dirigia ao Pará, parando em todos os portos, onde os indígenas o enfeitavam devotamente com bandeirinhas. Chegando a Belém, ele parava, dava meia-volta, subia o Amazonas novamente, depois o rio Negro e voltava para a floresta de onde misteriosamente saíra. Uma vez, quiseram puxá-lo para a terra, mas as águas do rio, furiosas, se levantaram, e eles acabaram desistindo de tirá-lo de lá. Outra vez, o capitão de um navio o arpoou e tentou puxá-lo... Dessa vez, o rio, furioso, arrebentou as amarras, e o tronco escapou como em um passe de mágica!

– E o que aconteceu com ele? – perguntou Lina.

– Parece que em sua última viagem, em vez de subir novamente o rio Negro, errou o caminho, seguiu pelo Amazonas e nunca mais foi visto! – respondeu Fragoso.

– Ah, se pudéssemos encontrá-lo! – exclamou a moça.

– Se nós o encontrarmos, Lina, vamos colocar você em cima dele, e ele a levará para sua floresta misteriosa, então você também vai passar a ser uma ninfa lendária! – disse Benito.

– Por que não? – respondeu aquela moça meio maluquinha.

– Sem dúvida existem muitas lendas – disse então Manoel –, e reconheço que elas fazem jus ao nosso rio. Mas há histórias verídicas que também fazem jus a ele. Conheço uma, e, se não soubesse que fosse entristecê-los – pois ela é realmente triste –, eu a contaria!

– Ah! Conte para nós, sr. Manoel! – pediu Lina. – Eu gosto tanto dessas histórias que nos fazem chorar!

– *Você* chorando, Lina?! – perguntou Benito.

– Sim, sr. Benito, mas eu choro e rio ao mesmo tempo!

– Vamos lá, conte essa para nós, Manoel!

– É a história de uma francesa cujas desgraças marcaram essas margens no século XVIII.

– Pode continuar – pediu Minha.

– Bom, vamos lá – disse Manoel. – Em 1741, foram enviados para uma expedição dois cientistas franceses, Bouguer e La Condamine, para realizar a medição do comprimento do arco de um grau do meridiano na linha do Equador. Junto com eles foi um importante astrônomo chamado Godin des Odonais. Mas Godin não veio sozinho para o Novo Mundo: trouxe consigo a esposa, os filhos, o sogro e o cunhado. Todos os viajantes chegaram bem a Quito. Foi ali que começou a série de desgraças para a sra. Odonais, pois, em alguns meses, ela perdeu vários de seus filhos. Quando Godin des Odonais acabou seu trabalho, no final de 1759, teve que deixar Quito e partir para Caiena. Chegando lá, quis mandar vir sua família, mas a guerra havia sido declarada, forçando-o a solicitar ao governo português uma autorização para que liberassem a passagem de sua esposa e do restante da família. Vocês acreditariam se eu dissesse que muitos anos se passaram sem que a autorização fosse concedida? Em 1765, Godin des Odonais, desesperado com a demora, resolveu subir novamente o Amazonas para buscar a esposa em Quito; mas, no momento da partida, uma enfermidade súbita o impediu de realizar a viagem. No entanto, suas insistências não tinham sido em vão, e a sra. Odonais finalmente recebeu a notícia de que o rei de Portugal, concedendo a autorização necessária, mandava preparar uma embarcação para que ela pudesse descer o rio e reencontrar seu marido. Ao mesmo tempo, uma escolta recebera ordens de esperá-la nas missões do Alto Amazonas. A sra. Odonais era uma mulher muito corajosa, como vocês vão ver em seguida. Assim, ela não hesitou em partir, apesar dos perigos de uma viagem como aquela, atravessando o continente.

– Era seu dever como esposa, Manoel, eu teria feito o mesmo! – interrompeu Yaquita.

– A sra. Odonais se dirigiu a Riobamba – retomou Manoel –, ao sul de Quito, com o cunhado, os filhos e um médico francês. Eles tinham que alcançar as missões da fronteira brasileira, onde estariam esperando por eles a embarcação e a escolta. No começo, tudo corria bem. Eles navegavam no curso dos afluentes do Amazonas, pelos quais se costumava descer de canoa. Entretanto, as dificuldades aumentavam pouco a pouco com o perigo e o cansaço, em meio a uma região dizimada pela varíola. Dos poucos guias que vinham oferecer seus serviços, a maior parte desaparecia depois de alguns dias, e um deles, o último que se manteve fiel aos viajantes, se afogou no Bobonaza ao tentar socorrer o médico francês. Logo a canoa, meio quebrada pelas rochas e pelos troncos à deriva, já não podia mais ser usada. Então eles precisaram descer em terra firme, e lá, na entrada de uma impenetrável floresta, não restava outra escolha senão construir algumas cabanas de folhagens. O médico se ofereceu para ir na frente com um negro que tinha permanecido ao lado da sra. Odonais. Os dois partiram. Os outros esperaram por eles durante vários dias... em vão! Nunca mais voltaram. Nesse meio tempo, os mantimentos se esgotaram. Os abandonados tentaram inutilmente descer o Bobonaza em uma balsa. Tiveram que entrar novamente na floresta e trilhar o caminho a pé, pelo mato quase intransponível! Era cansativo demais para os pobres coitados! Eles sucumbiram um a um, apesar dos cuidados da valente francesa. Ao final de alguns dias, os filhos, familiares, criados, todos estavam mortos!

– Ah, pobre mulher! – exclamou Lina.

– A sra. Odonais se viu então sozinha – retomou Manoel. – Ainda faltavam mil léguas para ela alcançar o oceano. Não era mais como mãe que ela prosseguia em direção ao rio! A mãe tinha perdido os filhos, os tinha enterrado com as próprias mãos...! Na verdade, era como mulher querendo rever o marido! Caminhou por dias e noites, quando finalmente encontrou o curso do Bobonaza! Lá, foi acolhida por generosos índios, que a levaram até as missões onde a escolta a esperava! Mas ela chegou sozinha, e, atrás dela, as covas traçavam o caminho percorrido! A sra. Odonais chegou a Loreto, por onde nós passamos há alguns dias. Dali, desceu o Amazonas, como estamos fazendo agora, e finalmente reencontrou o marido depois de dezenove anos de separação!

– Pobre mulher! – disse a moça.

– Mais do que isso, pobre mãe! – respondeu Yaquita.

Naquele momento, o piloto Araújo veio até a popa e disse:

– João Garral, estamos passando em frente à ilha de Ronda! Nós vamos cruzar a fronteira!!

– A fronteira! – fez João.

E, levantando-se, dirigiu-se à beira da jangada, olhando demoradamente a ilhota de Ronda, na qual quebrava o fluxo do rio. Depois, levou a mão à testa como se tentasse se lembrar de algo.

– A fronteira! – murmurou ele baixando a cabeça em um movimento involuntário. Mas, um instante depois, estava de cabeça erguida novamente, e a expressão de seu rosto era a de um homem decidido a cumprir seu dever até o fim.

Capítulo XII

Mãos à obra, Fragoso!

Há registros da palavra "brasa" na língua espanhola já no século XII. Ela deu origem à palavra "pau-brasil", que designa algumas madeiras das quais se extrai uma tintura avermelhada. É daí que vem o nome "Brasil", dado à ampla superfície da América do Sul que atravessa a linha equinocial e onde essa madeira existe em abundância. Aliás, desde o princípio ela foi mercadoria de significativo comércio com os normandos. Mesmo sendo chamada de "ibirapitanga" no local de produção, o nome "Brasil" foi mais forte e acabou se tornando o nome do país, que surge como uma imensa brasa incandescente sob os raios do sol tropical.

Os portugueses foram os primeiros a ocupar o território. Logo no início do século XVI, a reivindicação da posse portuguesa foi feita pelo navegador Pedro Álvares Cabral. Embora mais tarde a França e a Holanda tenham se estabelecido parcialmente lá, o território continuou sendo português e possui todas as qualidades que caracterizam esse bravo povo. O Brasil é atualmente um dos maiores países da América Meridional, liderado pelo inteligente e talentoso rei Dom Pedro II.

– Qual é o seu privilégio na tribo? – perguntou certa vez Michel de Montaigne a um índio que encontrou na comuna francesa do Havre.

– O privilégio de marchar à frente na batalha! – respondeu simplesmente o índio.

Todos sabem que por muito tempo a guerra foi o meio mais rápido e garantido para alcançar a civilização. Por isso, os brasileiros fizeram o mesmo que aquele índio: lutaram, defenderam sua conquista, ampliaram-na e se colocaram à frente na caminhada rumo à civilização.

Foi em 1822, catorze anos após a vinda da família real portuguesa – que fugia do exército francês –, que a independência do Brasil foi proclamada por Dom Pedro I. Faltava resolver a questão das fronteiras entre o novo império e o Peru, seu vizinho. A coisa não foi fácil.

Se por um lado o Brasil queria estender seu território até o rio Napo, a oeste, por outro o Peru reivindicava sua própria ampliação até o lago de Ega, isto é, mais oito graus para oeste.

Mas, nesse meio tempo, o país teve que intervir para impedir a retirada dos índios do Amazonas, que beneficiava as missões espanholas no Brasil. Sua estratégia para evitar esse tipo de tráfico foi fortalecer a ilha de Ronda, um pouco acima de Tabatinga, e estabelecer ali um posto.

Essa medida solucionou o problema, e desde essa época a fronteira dos dois países passa pelo meio da ilha.*

Acima, o rio é peruano e se chama Marañón, conforme dito anteriormente. Abaixo, ele é brasileiro e recebe o nome de Amazonas.

Foi no dia 25 de junho, à noite, que a jangada chegou a Tabatinga, a primeira cidade brasileira, situada na margem esquerda, na nascente do rio que leva seu nome, e subordinada à paróquia de São Paulo, fixada à jusante, na margem direita.

João Garral tinha decidido que eles ficariam 36 horas ali, a fim de dar algum descanso aos empregados. Partiriam novamente no dia 27 pela manhã.

Dessa vez, Yaquita e seus filhos, talvez menos receosos de servir de comida aos mosquitos nativos, manifestaram a vontade de descer a terra firme e visitar o vilarejo.

Estima-se atualmente que a população de Tabatinga tenha quatrocentos habitantes, quase todos indígenas,

* Atualmente, a ilha de Ronda integra o território colombiano. (N.T.)

alguns deles, sem dúvida, nômades que circulam pela região em vez de se fixar na beira do Amazonas e de seus pequenos afluentes.

O posto da ilha de Ronda foi abandonado há alguns anos e transportado à própria Tabatinga. Pode-se dizer então que é uma cidade de guarnição; em suma, a guarnição é composta de apenas nove soldados, quase todos índios, e um sargento, que é quem administra o lugar.

Uma encosta, com uns trinta pés de altura, na qual são talhados os degraus de uma escada pouco resistente, consiste na fortificação da esplanada onde se localiza o fortim. A residência do comandante inclui duas palhoças dispostas em forma de esquadro, e os soldados vivem em uma construção oval, que fica a cem passos dali, ao pé de uma grande árvore.

Esse conjunto de cabanas era exatamente igual ao de todas as aldeias e povoados espalhados nas margens do rio, a não ser por um mastro, ornado pela bandeira brasileira, que se erguia por cima de uma guarita sempre órfã de sentinela, e por quatro pequenos canhões de bronze usados para abrir fogo em qualquer embarcação que avançasse sem permissão.

Já a aldeia propriamente dita se situa em um nível mais baixo, para além do planalto. Seguindo por uma vereda, que é na verdade uma ravina protegida pela sombra de figueiras e buritis, chega-se lá em poucos minutos. Ali, em um barranco de silte com algumas fissuras, há uma dúzia de casas cobertas de folhas da palmeira babaçu, dispostas ao redor da praça central.

Tudo isso não é muito interessante, mas os arredores de Tabatinga são encantadores, sobretudo na foz do Javari, que é suficientemente amplo para conter o arquipélago das ilhas Aramaçá. Naquele local reúnem-se belas árvores e, entre elas, um grande número de palmeiras cujas fibras maleáveis, empregadas na fabricação de redes de descanso ou de pesca, são objeto de comércio. Em resumo, esse é um dos lugares mais pitorescos do Alto Amazonas.

Tabatinga, aliás, está destinada a se tornar, com o passar do tempo, um posto bastante importante e sem dúvida se desenvolverá muito rapidamente. Lá, de fato, terão que parar os barcos a vapor brasileiros que subirem o rio e os peruanos que o descerem; a cidade também será local de troca de cargas e passageiros. Se Tabatinga fosse um povoado inglês ou americano, não demoraria muito para se tornar, em alguns anos, o centro de um fluxo comercial dos mais significativos.

O rio é muito bonito nessa região. Evidentemente o efeito das marés comuns não é sentido em Tabatinga, que está situada a mais de seiscentas léguas do Atlântico. Mas o mesmo não pode ser dito da pororoca, espécie de macaréu que, durante três dias, nas grandes marés de sizígia, faz as águas do Amazonas subirem e as repele com uma velocidade de dezessete quilômetros por hora. Dizem, inclusive, que esse maremoto se propaga até a fronteira brasileira.

No dia seguinte, 26 de junho, antes da hora do almoço, a família Garral se preparou para desembarcar a fim de conhecer a cidade.

Embora João, Benito e Manoel já tivessem visitado mais de uma cidade do império brasileiro, o mesmo não se podia dizer de Yaquita e sua filha. Então, para elas, isso seria como uma conquista de território. Podemos presumir, portanto, que Yaquita e Minha deviam atribuir grande importância àquela visita.

Fragoso, por ser um barbeiro nômade, já percorrera diversas províncias da região. Por outro lado, Lina, assim como a patroa, nunca tinha pisado em solo brasileiro.

Antes de sair da jangada, Fragoso foi encontrar João Garral e teve com ele a seguinte conversa:

– Sr. Garral, desde o dia em que o senhor me recebeu na fazenda de Iquitos, me deu casa, roupa e comida...

Resumindo, o senhor foi tão hospitaleiro comigo, que eu lhe devo...

– Você não me deve absolutamente nada, meu amigo – respondeu João. – Então, não insista...

– Ora, mas não se preocupe – exclamou Fragoso –, eu não estou em condições de pagar a dívida que tenho com o senhor! Aproveito para lembrar que foi o senhor que me colocou a bordo da jangada e me proporcionou um meio de descer o rio. Pois agora estamos em terras brasileiras, que eu nunca imaginei que fosse voltar a ver! Se não fosse por aquela liana...

– É para Lina, e somente ela, que o senhor deve transmitir sua gratidão.

– Eu sei disso e nunca vou esquecer o que devo a ela. O mesmo vale para o senhor.

– Está parecendo, Fragoso, que o senhor veio se despedir de mim! Pretende ficar em Tabatinga, então? – perguntou João.

– De jeito nenhum, sr. Garral, visto que o senhor me permitiu acompanhar vocês todos a Belém, onde eu vou poder – ao menos é o que espero – retomar minha antiga profissão.

– Bom, se essa é a sua intenção, então o que é que veio me pedir, meu amigo?

– Eu vim perguntar se o senhor se importa que eu trabalhe durante a viagem. Sem isso, minhas mãos podem acabar enferrujando e, aliás, alguns punhados de réis no bolso não cairiam nada mal, principalmente se fui eu que os ganhei. O senhor sabe, sr. Garral, um barbeiro, que também é um pouco cabeleireiro – não ouso dizer médico por respeito ao sr. Manoel –, sempre encontra alguns clientes nas aldeias do Alto Amazonas.

– Principalmente brasileiros – respondeu João Garral –, porque os índios...

– Com sua licença – interrompeu Fragoso –, principalmente os índios! Ah! Mas não para fazer a barba, já que a natureza não foi muito generosa com eles nesse quesito, mas há sempre os que buscam penteados mais modernos! Esses selvagens, tanto os homens quanto as mulheres, adoram essas coisas! Em menos de dez minutos vou estar instalado na praça de Tabatinga, com o bilboquê na mão – porque é o bilboquê que chama a atenção deles no começo, e eu brinco com ele de uma maneira tão divertida –, e um círculo de índios e índias vai se formar ao meu redor. Meus serviços serão disputados! Se eu ficasse um mês aqui toda a tribo dos Ticunas viria a ser penteada pelas minhas mãos! Não demoraria muito para que soubessem que o "ferro que cacheia" – é assim que eles me chamam – está de volta a Tabatinga! Já estive aqui em duas ocasiões, e minha tesoura e meu pente fizeram maravilhas! Não sei se o senhor sabe, mas não podemos contar sempre com o mesmo público! As senhoras indígenas não se arrumam todos os dias como as nossas elegantes mulheres que vivem nas cidades brasileiras! Não! Quando elas fazem isso é uma vez por ano e, durante esse ano, tomam todo o cuidado possível para não estragar a obra que construí, ouso dizer que com algum talento! Ora, há pouco completou um ano desde a última vez que vim a Tabatinga. Então vou encontrar todos os meus monumentos em ruínas e, se o senhor concordar, sr. Garral, eu gostaria de, mais uma vez, honrar a reputação que adquiri nessa região. É uma questão de réis, antes de mais nada, e não de amor próprio, acredite!

– Então faça isso, meu amigo – respondeu João Garral sorrindo –, mas depressa! Não podemos ficar mais do que um dia em Tabatinga e vamos embora amanhã cedinho.

– Não vou perder nem mais um minuto. Será apenas o tempo de pegar meus apetrechos e logo desembarco!

– Vá, Fragoso! Que chovam réis em seus bolsos!

– Tomara, seria uma chuva abençoada que nunca caiu abundantemente sobre esse seu devotado servo.

Dito isso, Fragoso saiu rapidamente.

Logo depois, toda a família, com a exceção de João Garral, desceu a terra firme. A jangada conseguira se aproximar o bastante da margem para que o desembarque pudesse ser feito com mais facilidade. Uma escada em péssimo estado, talhada no barranco, permitiu que os visitantes chegassem ao topo da esplanada.

Yaquita e sua família foram recebidos pelo comandante do forte, um pobre-diabo que estava, contudo, familiarizado com as regras de hospitalidade e ofereceu-lhes um almoço em sua casa. Os poucos soldados do posto entravam e saíam, enquanto iam aparecendo na entrada do quartel suas mulheres, de sangue ticuna, junto com algumas crianças, frutos bem medíocres dessa mistura de raças.

No lugar de aceitar o almoço do sargento, Yaquita fez o contrário: convidou o comandante e sua esposa para comerem com eles a bordo da jangada. O comandante não pensou duas vezes, e o encontro foi marcado para as onze horas.

Enquanto esperavam, Yaquita, sua filha e a jovem mulata, acompanhadas de Manoel, foram passear nos arredores do posto, deixando que Benito se acertasse com o comandante para o pagamento do pedágio, pois o sargento era ao mesmo tempo responsável pela alfândega e pelo quartel.

Feito isso, Benito, como de hábito, iria caçar nas matas do entorno. Daquela vez, Manoel se recusara a acompanhá-lo.

Fragoso, por sua vez, também tinha deixado a jangada, mas, em vez de subir até o posto, dirigiu-se rumo à aldeia, atravessando a ravina que se abria à direita, no nível da margem. Ele apostava mais na clientela indígena de Tabatinga do que na da guarnição, e com razão. Sem dúvida, as esposas dos soldados não poderiam querer outra coisa além de usufruir de seus serviços, mas os maridos nem se preocupavam em gastar alguns réis para satisfazer os desejos de suas vaidosas companheiras.

Com os indígenas, seria outra história. O barbeiro sabia muito bem que seria melhor acolhido pelos maridos e esposas. E lá foi ele, subindo o caminho protegido pela sombra de belas figueiras, até chegar à região central de Tabatinga. Logo que chegou à praça, o famoso cabeleireiro foi avistado, reconhecido e cercado.

Fragoso não tinha caixa, tambor, nem corneta para atrair os clientes, que dirá um automóvel de metal brilhante, faróis resplandecentes, painéis enfeitados com espelhos ou um guarda-sol gigantesco – nada que pudesse animar o público, como se faz nas feiras! Não! Mas Fragoso tinha seu bilboquê, e como seus dedos brincavam com ele! Quanta destreza para encaixar a cabeça de tartaruga que servia de bola na ponta fina do cabo! Com quanta graça fazia a bola traçar aquela curva científica, cujo valor os matemáticos talvez ainda não tenham calculado, justo eles que determinaram a famosa curva de perseguição!

Todos os indígenas estavam lá, homens, mulheres, velhos e crianças, em seus trajes um tanto primitivos, olhando e escutando com toda a atenção. O gentil trabalhador declamava, metade em português, metade em língua ticuna, seu palavreado habitual no tom mais bem-humorado possível.

O que ele lhes dizia era o mesmo que dizem todos os charlatões que oferecem seus serviços ao público, sejam eles fígaros espanhóis ou peruqueiros franceses. No fundo, é a mesma audácia, a mesma consciência das fraquezas humanas, o mesmo tipo de piada repetida, a mesma desenvoltura divertida, e, da parte dos indígenas, o mesmo espanto, a mesma curiosidade, a mesma ingenuidade dos espectadores do mundo civilizado.

Dez minutos depois o público estava extasiado e se acotovelava junto de Fragoso, instalado em uma espécie de venda que servia de botequim. Essa venda pertencia a um brasileiro que morava em Tabatinga. Lá, por alguns vinténs, que são os soles da região e valem vinte réis*, os indígenas podem encontrar bebidas locais, em particular o açaí. Trata-se de um licor metade sólido e metade líquido, feito das frutas de uma palmeira, e é tomado em cuia ou em meia cabaça, de uso geral e frequente na bacia do Amazonas.

Tinha chegado a hora de os homens e as mulheres – eles tão impressionados quanto elas – ocuparem o banquinho do barbeiro. As tesouras de Fragoso certamente ficariam de fora, uma vez que não se tratava de aparar aquelas cabeleiras exuberantes, quase todas admiráveis por sua finura e qualidade característica; mas ele usaria bastante o pente e os ferros, que estavam em um canto esquentando sobre um braseiro.

E como o artista animava a multidão!

– Vejam, vejam – anunciava ele – como o penteado se mantém, meus amigos, se vocês não deitarem em cima dele! E vai ficar assim por um ano, e isso que estou mostrando a vocês é a última moda em Belém e no Rio de Janeiro! Nem as damas de honra da rainha são tão bem-arrumadas! Além do mais, vocês vão perceber que eu não economizo na pomada!

E não economizava mesmo! Na verdade, era só um pouco de gordura que ele misturava com o suco de algumas flores, mas aquilo emplastrava como cimento.

Portanto, poder-se-ia chamar de edifícios capilares aqueles monumentos erguidos pelas mãos de Fragoso e que permitiam todo tipo de arquitetura! Cachos, anéis, crespos, rabos-de-cavalo, tranças, ondas, rolos, caracóis, papelotes, tudo encontrava seu lugar. Nada falso, como apliques, coques ou perucas. Essas cabeleiras indígenas não

* Cerca de seis cêntimos.

eram como bosques enfraquecidos pelas podas, minguados pelas quedas, e sim florestas em toda sua virgindade nativa! Fragoso, no entanto, não deixava de incluir algumas flores naturais, duas ou três espinhas de peixe, finos enfeites de osso ou couro, que as vaidosas traziam para ele. Com certeza as damas sofisticadas do Diretório teriam invejado aqueles penteados muito criativos, com três ou quatro andares, e até mesmo o grande Léonard, cabeleireiro de Maria Antonieta, teria se curvado diante de seu rival do além-mar! E então os vinténs e punhados de réis – única moeda que os indígenas da Amazônia aceitavam em troca de suas mercadorias – choviam no bolso de Fragoso, que os recebia com evidente satisfação. Mas era certo que a noite chegaria antes que ele pudesse satisfazer as demandas de uma clientela que se renovava incessantemente. Não era só a população de Tabatinga que se apertava na porta da venda. A notícia da chegada de Fragoso não demorou a se espalhar. Os índios vinham de todos os lados: os ticunas da margem esquerda do rio, os mayoruna da margem direita, bem como os que habitavam as margens do Cajuru e os moradores das aldeias do Javari.

Sendo assim, uma longa fila de impacientes se formava na praça central. Os felizardos e felizardas que deixavam Fragoso iam vaidosamente de uma casa à outra, pavoneavam-se sem ousar se mexer muito, crianções que eram.

Aconteceu que, quando chegou meio-dia, o cabeleireiro, bastante ocupado, ainda não tinha tido tempo de voltar a bordo para o almoço; assim, teve que se contentar com um pouco de açaí, farinha de mandioca e ovos de tartaruga, que engolia entre um cacho e outro.

Mas foi também um ótimo negócio para o dono da venda, pois toda aquela função não ocorria sem uma grande ingestão de licores das adegas da venda. Na realidade, era um grande acontecimento para a aldeia de Tabatinga, aquela passagem do famoso Fragoso, cabeleireiro regular e singular das tribos do Alto Amazonas.

Capítulo XIII
Torres

Às cinco horas da tarde Fragoso ainda estava lá e, tomado pelo cansaço, começava a se perguntar se não acabaria tendo que trabalhar a noite inteira para atender a toda aquela multidão de pessoas que aguardava sua vez.

Naquela hora chegou à praça um forasteiro, que, vendo aquela aglomeração de indígenas, caminhou em direção à venda.

Durante alguns instantes, o recém-chegado ficou observando Fragoso atentamente, com certa prudência. Com certeza ficou satisfeito com a avaliação, pois entrou na venda.

Era um homem de uns 35 anos. Vestia um traje de viagem muito elegante, que dava uma boa impressão de sua pessoa. Mas a grande barba preta, que aparentava não ser aparada há muito tempo, e os cabelos, um pouco compridos, exigiam impreterivelmente o trabalho de um bom cabeleireiro.

– Olá, amigo, olá! – disse ele dando tapinhas nas costas de Fragoso.

Fragoso virou-se rapidamente ao escutar aquelas palavras pronunciadas em alto e bom português, e não mais na mistura de línguas dos indígenas.

– Um compatriota? – perguntou ele sem parar de enrolar o cacho rebelde de uma cabeça mayoruna.

– Isso mesmo – respondeu o forasteiro –, um compatriota que precisa dos seus serviços.

– Mas ora essa! É para já! – disse Fragoso – Assim que eu acabar essa senhora!

E isso foi feito em duas passadas de ferro.

Ainda que não fosse a vez de o recém-chegado ocupar o lugar vago, ele se sentou no banquinho, sem que isso provocasse a menor reclamação por parte dos indígenas cuja vez fora consequentemente adiada.

Fragoso substituiu os ferros pela tesoura de cabeleireiro e, seguindo o hábito de seus colegas de profissão, perguntou:

– Como posso ajudá-lo?

– Gostaria de aparar minha barba e meus cabelos – respondeu o forasteiro.

– Pois não! – disse Fragoso, passando o pente na espessa cabeleira de seu cliente.

Em seguida foi a vez de a tesoura fazer seu trabalho.

– E o senhor vem de muito longe? – perguntou Fragoso, que não conseguia trabalhar sem jogar conversa fora.

– Venho da região de Iquitos.

– Mas veja só, que coincidência! – exclamou Fragoso. – Eu também desci o Amazonas de Iquitos até Tabatinga! O senhor se incomoda se eu perguntar seu nome?

– De forma alguma – respondeu o estrangeiro. – Me chamo Torres.

Quando terminou de cortar o cabelo de seu cliente "na última moda", Fragoso começou a aparar sua barba; nessa hora, olhando bem de frente para Torres, ele se deteve, recomeçou o trabalho, e disse por fim:

– Pois... sr. Torres, será que...? Acho que estou lhe reconhecendo! Será que já não nos encontramos em algum lugar?

– Acho que não! – respondeu Torres, enérgico.

– Então devo estar me confundindo!

E ele se acomodou para terminar seu trabalho. Em seguida, Torres retomou a conversa interrompida pela pergunta de Fragoso.

– Como é que o senhor veio de Iquitos?

– De Iquitos a Tabatinga?

– Isso.

– A bordo de uma jangada, na qual me deu carona um digno fazendeiro que está descendo o Amazonas com toda a família.

– Ah, é mesmo, amigo? Que sorte a sua! E será que esse seu fazendeiro não me levaria junto...

– Então o senhor também quer descer o rio?

– Exatamente.

– Até o Pará?

– Não, só até Manaus, onde tenho um assunto a tratar.

– Bom, meu anfitrião é um homem generoso, e acho que ele teria prazer em lhe fazer esse favor.

– O senhor acha?

– Arrisco dizer que tenho certeza.

– E como é que se chama esse fazendeiro? – Torres perguntou descontraidamente.

– João Garral – respondeu Fragoso.

Naquele momento, dizia para si mesmo: "Tenho certeza de que já vi esse rosto em algum lugar!". Torres, que não era de deixar morrer uma conversa que parecia ser do interesse dele – e, nesse caso, ela era de fato –, disse:

– Pois então, o senhor acha mesmo que João Garral concordaria em me dar uma carona?

– Repito que tenho certeza – respondeu Fragoso. – O que ele fez por um pobre-diabo como eu, ele não se negará a fazer pelo senhor, que é um compatriota!

– Ele está sozinho a bordo dessa jangada?

– Não – replicou Fragoso. – Acabo de lhe dizer que ele está viajando com toda a família – uma família de pessoas boas, eu lhe garanto –, e que ele está acompanhado de um grupo de indígenas e negros, parte dos empregados da fazenda.

– Ele é rico, esse fazendeiro?

– Com certeza, muito rico. Só a madeira da jangada e a carga transportada já valem uma fortuna!

– Então quer dizer que João Garral acabou de passar pela fronteira brasileira com toda a família? – retomou Torres.

– Sim, com sua esposa, seu filho, sua filha e o noivo da srta. Minha.

– Ah! Ele tem uma filha?

– Uma moça adorável.

– E ela vai se casar...?

– Sim, com um bom rapaz, médico militar da guarnição de Belém. Eles vão se casar no final da viagem.

– Bom! – disse Torres sorrindo. – Então é o que podemos chamar de uma viagem de núpcias!

– Uma viagem de núpcias, de lazer e de negócios! – acrescentou Fragoso. – A sra. Yaquita e sua filha nunca tinham pisado em solo brasileiro e, quanto a João Garral, é a primeira vez que ele atravessa a fronteira desde que foi acolhido na fazenda do velho Magalhães.

– Suponho também que a família esteja acompanhada de alguns criados.

– É claro: a velha Cibele, que trabalha há cinquenta anos na fazenda, e uma bonita mulata, a srta. Lina, que é mais uma acompanhante da jovem patroa do que uma ajudante. Ah! Como ela é encantadora! Que coração e que olhos! E as ideias que ela tem sobre o mundo, especialmente sobre as lianas...

E como Fragoso se enveredava para aquele lado, não poderia ter parado por ali e Lina, sem dúvida, teria sido alvo de suas declarações entusiasmadas se Torres não tivesse se levantado do banquinho para dar lugar ao próximo cliente.

– Quanto lhe devo? – perguntou ele ao barbeiro.

– Nada! Afinal de contas, somos compatriotas que acabam de se encontrar na fronteira, isso está fora de questão!

– Mas eu gostaria de...

– Pois bem, acertaremos isso mais tarde, a bordo da jangada.

– Mas não sei se me atrevo a pedir a João Garral que me deixe...

– Não tenha receio! Se o senhor acha melhor, posso falar com ele. Ele ficará muito feliz em poder lhe ajudar com essa situação.

Naquele momento, Manoel e Benito, que tinham ido à cidade após o almoço, apareceram na porta da venda, ansiosos para ver Fragoso desempenhando seu trabalho.

Torres se virou na direção deles e disse de repente:

– Mas veja só! Dois rapazes que eu conheço, ou melhor, reconheço!

– O senhor os reconhece? – perguntou Fragoso muito surpreso.

– Sim, sem dúvida! Há menos de um mês, na floresta de Iquitos, eles me tiraram de uma situação muito enfadonha!

– Mas são justamente Benito Garral e Manoel Valdez.

– Eu sei! Eles me disseram seus nomes, mas não esperava encontrá-los aqui! – Torres avançou em direção aos dois rapazes, que o olhavam sem reconhecê-lo. – Os senhores não estão se lembrando de mim? – perguntou a eles.

– Espere um pouco – respondeu Benito. – Se bem me lembro, não foi o senhor que teve alguns problemas com um guariba na floresta de Iquitos...?

– Sou eu mesmo! – respondeu Torres. – Venho descendo o Amazonas há seis semanas e acabo de atravessar a fronteira ao mesmo tempo que os senhores!

– É um prazer revê-lo! – disse Benito. – Mas o senhor esqueceu que eu o tinha convidado para ir à fazenda do meu pai?

– Não esqueci de forma alguma – respondeu Torres.

– E o senhor teria feito bem em aceitar meu convite! Se tivesse vindo conosco, poderia ter aguardado nossa partida enquanto descansava e, depois, descido o rio de jangada até a fronteira! Isso teria lhe poupado tantos dias de caminhada!

– É verdade – respondeu Torres.

– Nosso compatriota não vai ficar aqui na fronteira – disse então Fragoso. – Ele vai para Manaus.

– Pois bem – respondeu Benito –, se o senhor quiser subir a bordo da jangada, será bem recebido, e tenho certeza de que meu pai vai fazer questão de lhe dar carona.

– Com prazer! – respondeu Torres. – E me permitam lhes agradecer desde já.

Manoel não tinha participado da conversa. Ele deixava o generoso Benito oferecer favores e observava atentamente Torres, de cujo rosto ele não lembrava bem. Havia uma falta absoluta de franqueza nos olhos daquele homem, cujo olhar se desviava sem parar, como se tivesse medo de se fixar em algo; mas Manoel guardava essa impressão para si, não querendo prejudicar um compatriota que precisava de ajuda.

– Senhores – disse Torres –, quando quiserem, estou pronto para acompanhá-los até o porto.

– Então venha! – respondeu Benito.

Quinze minutos depois, Torres se encontrava a bordo da jangada. Benito o apresentou ao pai, explicando a ele as circunstâncias nas quais eles tinham se conhecido e pedindo para levar Torres de carona até Manaus.

– Fico feliz em poder ajudar – respondeu João Garral.

– E eu lhe agradeço muito – disse Torres, que, no momento de estender sua mão ao anfitrião, deteve-se inconscientemente.

– Partimos amanhã cedinho – acrescentou João Garral. – Então o senhor pode ir se instalando a bordo...

– Ah, não demorarei muito! – respondeu Torres. – Não carrego nada além de mim mesmo.

– Sinta-se em casa – disse João Garral.

Naquela mesma noite, Torres ocupava uma cabine perto da do barbeiro.

Às oito horas, o barbeiro, recém de volta à jangada, narrava suas façanhas à jovem mulata, e repetia, não sem um pouco de vaidade, que a fama do ilustre Fragoso se espalhara pela bacia do Alto Amazonas.

Capítulo XIV

Rio abaixo

No dia seguinte, 27 de junho, logo cedo as amarras foram soltas, e a jangada voltou a navegar ao sabor da corrente do rio.

Havia mais alguém a bordo. De onde será que vinha esse tal de Torres? Ninguém sabia muito bem. Para onde ia? Para Manaus, ele dissera. Aliás, Torres se policiava para não levantar suspeitas de sua vida passada nem da profissão que exercia até dois meses antes. Ninguém desconfiava que a jangada estivesse abrigando um ex-capitão do mato. João Garral não quisera estragar o favor que faria a Torres com perguntas indelicadas.

Ao aceitá-lo a bordo, o fazendeiro cedera a um sentimento de humanidade. No meio daquelas regiões desabitadas, sobretudo naquela época em que os barcos a vapor ainda não percorriam o rio, era muito difícil encontrar meios de transporte rápidos e seguros. As embarcações não ofereciam um serviço regular, e, na maior parte do tempo, o viajante não tinha outra opção senão seguir pela floresta. Era isso que Torres tinha feito e teria continuado a fazer, de modo que para ele era uma oportunidade inesperada poder subir a bordo da jangada.

A partir do momento em que Benito contou a história de como tinha conhecido Torres, a apresentação estava feita, e esse último podia se considerar um passageiro de um transatlântico, que tinha liberdade para conviver com os outros tripulantes, se quisesse, mas que era livre para se retirar caso não tivesse vontade de confraternizar.

Ficou claro, ao menos durante os primeiros dias, que Torres não buscava entrar na intimidade da família Garral. Mostrava-se muito reservado, respondendo quando lhe dirigiam a palavra, mas cuidando para não encorajar nenhuma réplica.

Quando parecia mais expansivo com alguém, normalmente era com Fragoso. Ele não deveria ser grato àquele alegre companheiro pela ideia de embarcar na jangada? Às vezes perguntava sobre a situação da família Garral em Iquitos, sobre os sentimentos da moça por Manoel Valdez, e até quando fazia isso mantinha certa discrição. Na maior parte do tempo, quando não estava passeando sozinho na proa da jangada, ficava em sua cabine.

Quanto ao almoço e ao jantar, ele os compartilhava com a família Garral, mas não participava muito da conversa e se retirava assim que a refeição acabava.

Durante a manhã, a jangada se deslocou através do pitoresco grupo de ilhas do enorme estuário do Javari. Esse importante afluente do Amazonas tem um curso que corre na direção sudeste, da nascente até a foz, e não aparenta ser obstruído por nenhuma ilhota ou corredeira. Essa foz tem em torno de 3 mil pés de largura e se abre a alguns milhares de pés acima da antiga localização da aldeia de mesmo nome do rio, cuja posse foi disputada entre espanhóis e portugueses durante muito tempo.

Até a manhã do dia 30 de junho não ocorreu nada particularmente relevante. Às vezes encontravam alguns barcos deslizando ao longo das margens amarrados uns aos outros de tal maneira que um indígena conseguia conduzir todos eles sozinho. "Navegar de bubuia", como os nativos chamam esse tipo de navegação, isto é, navegar ao sabor da corrente.

Logo passaram pelas ilhas Arariá, pelo arquipélago das ilhas Calderón, pela ilha Capiatu e por muitas outras, cujos nomes ainda não chegaram ao conhecimento dos geógrafos. Em 30 de junho, o piloto indicou, à direita do rio, a pequena aldeia de Jurupari-Tapera, onde foi feita uma parada de duas ou três horas.

Manoel e Benito foram caçar nos arredores da aldeia e trouxeram de volta algumas aves, que foram bem recebidas na copa. A propósito, os dois rapazes tinham capturado um animal que teria interessado mais a um naturalista do que à cozinheira da jangada.

Tratava-se de um quadrúpede de cor escura, que se assemelhava um pouco a um grande cão da raça Terra-Nova.

– Um tamanduá-bandeira! – exclamou Benito, atirando-o no convés da jangada.

– É um espécime magnífico, que faria jus à coleção de um museu!

– Não foi difícil capturar esse animal tão curioso? – perguntou Minha.

– Mas é claro, irmãzinha – respondeu Benito –, e você não estava lá para pedir misericórdia! Ah! Eles são osso duro de roer, esses cachorros, precisamos de três balas no flanco para abatê-lo.

Aquele tamanduá era incrível, com sua cauda longa, misturada à crina acinzentada; seu focinho pontudo que mergulha nos formigueiros para comer formigas, seu principal alimento; suas patas compridas e magras, munidas de unhas pontudas de cinco polegadas de comprimento e que podem se fechar como os dedos de uma mão. Mas que mão, a do tamanduá! Quando ela segura algo, o único jeito de fazê-la soltar é cortando-a fora. É aí que se encaixa a observação precisa do viajante francês Émile Carrey de que "até o tigre perece nesse abraço".

No dia 2 de julho, pela manhã, a jangada chegava a São Paulo de Olivença, após ter passado por muitas ilhas – que, em todas as estações do ano, são cobertas de verde e protegidas pela sombra de árvores magníficas –, como a Jurupari, a Rita, a Maracanatena e a Cururu-Sapo. Além disso, muitas vezes ela teve que contornar alguns igarapés ou pequenos afluentes de águas pretas.

A coloração dessas águas é um fenômeno bastante curioso que ocorre em alguns afluentes do Amazonas, tanto nos mais quanto nos menos importantes. Manoel comentou como essa nuance era carregada de cor, já que podia ser distinguida claramente na superfície das águas esbranquiçadas do rio.

– Tentou-se explicar essa coloração de diversas maneiras – disse ele –, e no fim não acho que os mais sábios tenham conseguido fazer isso de forma satisfatória.

– Essas águas são realmente escuras e têm um maravilhoso reflexo dourado – respondeu a moça, mostrando uma leve manta cor de bronze que flutuava na mesma altura da jangada.

– Sim – respondeu Manoel –, e Humboldt já tinha observado, assim como você, minha querida Minha, esse reflexo tão intrigante. Mas, olhando mais atentamente, vemos que, na verdade, é a cor sépia que predomina em meio a todas essas cores.

– Bom! – exclamou Benito. – Mais um fenômeno sobre o qual os cientistas não conseguem chegar a um consenso!

– Talvez devêssemos perguntar a opinião dos jacarés, dos botos e dos peixes-boi sobre o assunto, pois eles claramente preferem brincar nas águas pretas – observou Fragoso.

– É verdade que esses animais são especialmente atraídos por ela – respondeu Manoel. – Mas por quê? Seria difícil dizer. Essa coloração se deveria ao fato de essas águas conterem dissolução de hidrogênio carbonado? Ou seria porque o rio corre em leito de turfa, através de camadas de hulha e antracite? Ou será que isso deveria ser atribuído à enorme quantidade de plantas minúsculas que elas carregam? Sobre essa questão não se chegou a nenhum consenso.* Em todo caso, ela é excelente para beber, tem

* Várias observações feitas por viajantes modernos contradizem essa afirmação de Humboldt. [A razão da cor escura das águas do rio Negro foi objeto de controvérsia por cerca de duzentos anos. Desde os anos 1980, sabe-se que a coloração se deve a ácidos resultantes da decomposição de matéria orgânica, que é levada pelo rio nos períodos de cheia. N.E.]

um frescor muito aprazível nesse clima, uma inocuidade perfeita e não tem retrogosto. Pegue um pouco dessa água, querida Minha, beba, não há problema algum.

De fato, a água era límpida e fresca. Ela poderia muito bem substituir as águas de mesa que tanto se consome na Europa. Foram recolhidos alguns frascos para o uso da copa.

Como foi dito anteriormente, na manhã do dia 2 de julho a jangada chegara a São Paulo de Olivença, onde são fabricados milhares de rosários cujas contas são feitas de casca de coco de piaçava. Trata-se de um comércio bastante expressivo na região. Talvez pareça estranho para alguns que os antigos donos da região, os tupinambás e tupiniquins, tenham agora como principal ocupação a confecção desses objetos do culto católico. Mas, no fim das contas, por que não? Esses índios não são mais os de antigamente. Em vez de se vestirem com o traje nacional, com cocar de penas de arara, arco e zarabatanas, não acabaram adotando a vestimenta americana, calça branca e poncho de algodão tecido por suas mulheres, que se tornaram muito hábeis nessa fabricação?

São Paulo de Olivença, uma cidade bastante importante, tem em torno de 2 mil habitantes, provenientes de todas as tribos vizinhas. Atualmente capital do Alto Amazonas, ela começou como uma simples missão, fundada por carmelitas portugueses em meados de 1692 e retomada por missionários jesuítas.

No início, aquela região era dos omáguas, cujo nome significa "cabeças chatas". Esse nome tem como origem o costume bárbaro de comprimir a cabeça dos bebês recém-nascidos entre duas pranchas, para moldar seu crânio de maneira que ficasse oval, como era a moda entre eles na época. Mas, como todas as modas, essa mudou; as cabeças recuperaram seu formato natural, e não se encontra mais nenhum vestígio da antiga deformação no crânio desses fabricantes de rosários.

Toda a família, com exceção de João Garral, desceu da jangada para visitar a cidade. Torres também preferiu ficar a bordo e não manifestou nenhuma vontade de visitar São Paulo de Olivença, que, no entanto, ele parecia não conhecer. Decididamente, se o aventureiro era taciturno, é preciso admitir que não era curioso.

Benito conseguiu realizar as transações facilmente e repor a carga da jangada. Sua família e ele foram muito bem acolhidos pelas principais autoridades da cidade, o comandante do local e o chefe da alfândega, cujas funções não os impediam de forma alguma de se dedicar ao comércio. Eles até mesmo confiaram ao jovem negociante diversos produtos da região, que ele devia vender em Manaus ou Belém.

A cidade era composta de umas sessenta casas dispostas sobre um planalto que coroava a margem do rio. Algumas daquelas palhoças eram cobertas por telhas, o que era bastante raro na região. Em contrapartida, a modesta igreja, dedicada a São Pedro e a São Paulo, era abrigada por apenas um teto de palha, que teria sido mais apropriado para um estábulo em Belém do que para uma construção dedicada ao culto religioso em um dos países mais católicos do mundo.

O comandante, o tenente e o delegado aceitaram o convite para jantar com a família e foram recebidos por João Garral com o respeito que exigiam suas posições.

Durante o jantar, Torres se mostrou mais falante do que de costume, contando histórias de algumas excursões suas pelo Brasil, mostrando que conhecia bem o país. Mas, enquanto falava de suas viagens, fez questão de perguntar ao comandante se ele conhecia Manaus, se seu colega se encontrava lá naquele momento e se o juiz de direito, o magistrado mais importante da província, tinha o hábito de se ausentar naquela época do verão. Parecia fazer aquela série de perguntas olhando dissimuladamente para João Garral. Aquele comportamento era tão descarado que Benito percebeu, não sem um pouco de espanto, que havia algo estranho e notou que o pai escutava com especial atenção as estranhas perguntas que Torres fazia.

O comandante de São Paulo de Olivença garantiu ao aventureiro que as autoridades não estavam ausentes de Manaus naquele momento e inclusive incumbiu João Garral de lhes enviar seus cumprimentos. De acordo com as previsões, dentro de sete semanas a jangada chegaria àquela cidade, entre os dias 20 e 25 de agosto.

Os convidados se despediram da família Garral no fim da tarde, e, na manhã do dia seguinte, 3 de julho, a jangada voltou a descer o rio.

Ao meio-dia, deixava-se, à esquerda, a foz do Yacurupa. Esse afluente é, para ser exato, um verdadeiro canal, uma vez que despeja suas águas no Içá, que é, ele mesmo, um afluente da esquerda do Amazonas. Trata-se de um fenômeno atípico, já que o rio, em alguns pontos, alimenta seus próprios afluentes.

Lá pelas três da tarde, a jangada ultrapassava a foz do Jandiatuba, que traz do sudoeste suas magníficas águas pretas e deságua na grande artéria através de uma boca de quatrocentos metros, após ter banhado os territórios dos índios Kulina.

Muitas ilhas foram contornadas, a Pimaticaira, a Caturia, a Chico, a Motachina; algumas habitadas, outras desertas, mas todas cobertas por uma incrível vegetação, que forma, de uma ponta a outra do Amazonas, uma espécie de guirlanda verde e contínua.

Capítulo XV

Descendo ainda

Era a noite de 5 de julho. A atmosfera, pesada desde a véspera, anunciava a chegada de um temporal. Grandes morcegos de cor avermelhada davam voos rasantes sobre o Amazonas com largos bater de asas. Dentre eles havia alguns de cor marrom escuro e ventre claro, que causavam em Minha e sobretudo em Lina uma repulsa instintiva. Isso não é de causar espanto, já que são esses horríveis vampiros que sugam o sangue do gado e atacam inclusive homens que dormem imprudentemente nos campos.

– Ah, que animais horríveis! – exclamou Lina, tapando os olhos. – Morro de medo deles!

– Eles são muito assustadores, não é mesmo, Manoel? – concordou Minha.

– Muitíssimo, é verdade – respondeu o rapaz. – Esses vampiros escolhem instintivamente locais do corpo em que o sangue escorre mais facilmente para morder, como atrás da orelha. Enquanto atacam a vítima continuam a bater as asas, produzindo um ventinho agradável que faz com que elas adormeçam ainda mais profundamente. Existem histórias de pessoas que tiveram o sangue sugado por várias horas enquanto estavam inconscientes e não acordaram mais!

– Pare de contar essas histórias, Manoel, senão nem Minha nem Lina vão conseguir dormir hoje à noite! – repreendeu Yaquita.

– Não se preocupe! Se for preciso, montaremos guarda para elas dormirem descansadas! – respondeu Manoel.

– Silêncio! – falou Benito.

– O que foi? – perguntou Manoel.

– Não estão escutando um som estranho vindo daquele lado? – perguntou Benito, apontando para a margem direita.

– É mesmo, também estou ouvindo – respondeu Yaquita.

– De onde vem esse som? – perguntou Minha. – Parecem seixos rolando nas praias das ilhas!

– Ah, já sei o que é! Amanhã, ao raiar do dia, os que gostam de comer ovos e filhotes de tartarugas frescos vão ter uma bela surpresa! – comemorou Benito.

Não restava dúvida. Aquele ruído era produzido por incontáveis quelônios de tamanhos variados, atraídos para as ilhas pela chegada do período de desova. É na areia da praia que os anfíbios escolhem o melhor local para colocar seus ovos.

Naquele momento a tartaruga-chefe já tinha saído do leito do rio para encontrar uma localização favorável. As outras milhares se empenhavam em cavar, com as nadadeiras da frente, uma vala de seiscentos pés de comprimento, doze de largura e seis de profundidade. Depois elas enterrariam os ovos, cobrindo-os com uma camada de areia, e iriam dando batidinhas com suas carapaças para aplainá-la.

A desova é um grande acontecimento para os índios ribeirinhos do Amazonas e de seus afluentes. Eles espreitam a chegada dos quelônios, procedem à extração dos ovos ao rufar de tambores e dividem a coleta em três partes: a primeira pertence aos vigilantes, a segunda aos índios e a terceira ao Estado, representado pelos capitães de praia, que são responsáveis, junto com a polícia, pela cobrança de impostos. Certas praias em que a água recua, deixando a areia descoberta, têm a particularidade de atrair o maior número de tartarugas e por isso são chamadas de "praias reais". Depois de terminar a coleta, os índios fazem a festa e se entregam aos jogos, à dança e à bebedeira – quem também faz a festa são os jacarés do rio, que se empanturram com os restos dos anfíbios.

As tartarugas e seus ovos são, portanto, objeto de um comércio extremamente importante em toda a bacia amazônica. Costuma-se virar esses tipos de quelônios, isto é, colocá-los de barriga para cima, quando eles voltam da desova e conservá-los vivos ou mantê-los em locais cercados, como nas criações de peixes, ou ainda com as patas amarradas por uma corda bastante longa que os permite ir e vir da terra para a água. Desse modo, a carne fresca desses animais está sempre disponível.

O procedimento com os filhotes de tartaruga que acabaram de eclodir é outro. Não é necessário aprisioná-los nem amarrá-los, pois sua carapaça ainda é mole, sua carne, extremamente macia, e, depois de cozidos, são comidos exatamente como as ostras. Eles são consumidos dessa forma em grandes quantidades.

No entanto, esse não é o uso mais frequente que se faz dos ovos de quelônio nas províncias do Amazonas e do Pará. A fabricação da manteiga de tartaruga, que se equipara aos melhores produtos franceses da Normandia e da Bretanha, utiliza no mínimo entre 250 e 300 milhões de ovos por ano. Existem milhares de tartarugas nos cursos d'água dessa bacia, e elas depositam quantidades incalculáveis de ovos na areia das praias.

Porém, em decorrência do consumo não só dos indígenas, mas também das aves da costa, dos urubus e dos jacarés, seu número foi reduzindo bastante, o que faz com que cada tartaruguinha custe atualmente uma pataca* brasileira.

No dia seguinte, logo de manhãzinha, Benito, Fragoso e alguns índios pegaram uma piroga e se dirigiram para a praia de uma das grandes ilhas pelas quais tinham passado durante a noite. Não era necessário que a jangada atracasse; eles conseguiriam alcançá-la.

* A pataca vale cerca de um franco.

Na praia viam-se pequenas elevações, que indicavam o local onde, naquela mesma noite, cada pacote de ovos tinha sido depositado na vala, em grupos de 160 a 190. Mas o que estava em questão ali não era pegar os ovos. Uma primeira desova tinha sido feita dois meses antes, os ovos tinham eclodido sob a ação do calor armazenado na areia, e milhares de filhotes de tartaruga já corriam pela praia.

Assim, os caçadores conseguiram capturar vários deles. A piroga ficou abarrotada daqueles curiosos anfíbios, que chegaram bem na hora do almoço. A caça foi distribuída entre a família e os empregados da jangada, e se ainda tinha sobrado alguma coisa à noite era quase nada.

Na manhã do dia 7 de julho, passavam em frente a São José de Matura, vila situada próximo a um rio repleto de plantas compridas, na beira do qual, reza a lenda, existiram índios com caudas.

No dia 8 de julho pela manhã, avistaram a aldeia de Santo Antônio do Içá e duas ou três casinhas perdidas entre as árvores e a foz do rio Içá – ou Putumayo –, que mede novecentos metros de largura.

O Putumayo é um dos afluentes mais importantes do Amazonas. No século XVI, as missões inglesas daquela região foram fundadas pelos espanhóis, depois destruídas pelos portugueses, e, hoje em dia, não resta nenhum vestígio delas. O que ainda pode ser encontrado lá são representantes de diversas tribos indígenas, facilmente reconhecíveis pela diversidade de suas tatuagens.

O Içá é um curso d'água conduzido em direção ao leste pelas montanhas da cidade de Pasto, a nordeste de Quito, através das mais belas florestas de cacaueiros selvagens. Navegável por barcos a vapor em um trecho de 140 léguas, ele mede no máximo seis pés de profundidade e um dia provavelmente se tornará uma das principais rotas fluviais do oeste da América.

A tempestade tinha chegado. Não era uma chuva constante, mas vários aguaceiros começavam a agitar a atmosfera. Aqueles raios com toda a certeza não interromperiam o deslocamento da jangada, na qual o vento não fazia nem cócegas. Além disso, sua longa extensão a tornava imune até mesmo às ondas do Amazonas. Mas durante essas chuvas torrenciais a família Garral precisava ir para dentro de casa. Era necessário arranjar uma ocupação para aquelas horas ociosas. E então eles jogavam conversa fora, contavam o que tinham visto durante o dia e falavam sem parar.

Foi aí que Torres pouco a pouco começou a participar mais ativamente das conversas. As particularidades de suas diversas viagens pelo norte do Brasil forneciam a ele vários tópicos de discussão. Com certeza aquele homem tinha visto muita coisa, mas suas observações eram as de um cético, e geralmente ele acabava ofendendo as pessoas honestas que o estavam escutando. É preciso dizer também que ele se mostrava mais inconveniente com Minha. Contudo, essas investidas, mesmo que desagradassem Manoel, não eram suficientemente evidentes para que o rapaz achasse que já era hora de intervir. Minha, aliás, sentia por Torres uma repulsa instintiva, que não tentava esconder.

No dia 9 de julho, a foz do rio Tocantins surgiu na margem esquerda do rio, formando um estuário de quatrocentos pés, pelo qual esse afluente despeja suas águas pretas, vindas do sentido oeste-nordeste, depois de banhar o território dos índios Cacenas.

Naquele local, o curso do Amazonas tinha um aspecto realmente grandioso, mas seu leito era mais obstruído ali por ilhas e ilhotas do que em qualquer outro trecho. Foi necessária toda a destreza do piloto para conduzir a embarcação através daquele arquipélago, alternando as margens, evitando baixios, fugindo de redemoinhos e mantendo sua direção inabalável.

Talvez ele pudesse ter pegado o Auatí-Paraná, espécie de canal natural, que se separa do rio um pouco abaixo da foz do Tocantins e permite entrar no curso de água principal, duzentas milhas mais longe, pelo Japurá; porém, embora a porção mais larga daquele furo meça 150 pés, a mais estreita não ultrapassa sessenta, então a jangada teria tido dificuldade em passar por ali.

Em resumo, depois de ter alcançado a ilha de Capuro, de ter ultrapassado a boca do Jutaí, que, vindo no sentido leste-sudoeste, despeja suas águas pretas por uma abertura de cem pés, e depois de ter admirado legiões de belos macacos claros como enxofre, com cara cor de vermelho cinábrio – que são adoradores insaciáveis dos frutos do jutaí, também conhecido como jatobá, árvore que dá nome ao rio –, os viajantes chegaram à pequena aldeia de Fonte Boa no dia 18 de julho. Lá, a jangada fez uma parada de doze horas para dar um descanso à equipe.

Fonte Boa, como a maior parte das cidades-missões da Amazônia, não escapou da lei caprichosa que as desloca de um lugar para o outro, por um longo período. Contudo, provavelmente os dias de existência nômade tenham chegado ao fim, e aquele povoado tenha se fixado definitivamente. Melhor assim, pois ele é bonito de se ver, com suas trinta casas cobertas de folhagens e sua igreja dedicada à Nossa Senhora de Guadalupe, a Virgem Negra do México. Fonte Boa tem uma população de 1 milhão de pessoas, composta pelos índios das duas margens, que têm grandes criações de animais nas exuberantes campinas dos arredores. Mas sua ocupação não se limita a isso: são também valentes caçadores, ou, se preferirmos, valentes pescadores de peixes-boi.

Assim, na mesma noite da chegada, os jovens puderam assistir a uma dessas interessantíssimas caçadas.

Dois desses cetáceos herbívoros acabavam de ser avistados nas águas pretas do rio Cayaratu, que deságua em Fonte Boa. Viam-se seis pontos marrons se movendo na superfície: eram os dois focinhos pontudos e as quatro nadadeiras dos peixes-boi.

Pescadores pouco experientes teriam achado, à primeira vista, que se tratava de destroços à deriva, mas os indígenas de Fonte Boa não se confundiam. Aliás, logo a respiração ruidosa indicou que as narinas dos peixes-boi expulsavam com força o ar, impróprio às suas necessidades respiratórias.

Duas ubás, levando cada uma três pescadores, afastaram-se da margem e aproximaram-se dos peixes-boi, que logo começaram a fugir. Os pontos escuros traçaram um rastro na superfície da água, e em seguida todos desapareceram ao mesmo tempo.

Os pescadores continuaram avançando com cuidado. Um deles, armado com um arpão bastante primitivo – um prego comprido na ponta de uma vara –, ficava de pé na piroga enquanto os outros remavam sem fazer barulho. Eles esperavam que a necessidade de respirar trouxesse os peixes-boi ao seu alcance. Dentro de no máximo dez minutos os animais certamente voltariam à superfície em uma área de extensão mais ou menos limitada.

De fato, tinham-se passado quase dez minutos quando os pontos escuros emergiram perto dali e dois jatos de ar misturados com vapor jorraram ruidosamente.

As ubás se aproximaram; os arpões foram lançados ao mesmo tempo; um errou a mira, mas o outro atingiu um dos cetáceos na altura da vértebra caudal.

Foi o suficiente para atordoar o animal, que não consegue se defender bem quando atingido pelo ferro de um arpão. Trouxeram-no para a ubá dando pequenos puxões na corda e o arrastaram até a praia, junto da aldeia.

Era um peixe-boi pequeno, pois media pouco menos de três pés de comprimento. Esses pobres cetáceos são tão perseguidos que estão começando a se tornar bastante raros nas águas do Amazonas e de seus afluentes. Além disso, os humanos dão tão pouco tempo a eles para crescerem que os maiores representantes da espécie não ultrapassam atualmente sete pés. Não são nada perto dos peixes-boi de doze a quinze pés ainda abundantes nos rios e lagos da África!

Mas seria muito difícil impedir sua extinção. De fato, a carne do peixe-boi é excelente, até mesmo superior à do porco, e o óleo de seu toucinho, de três polegadas de espessura, é um produto muito valioso. Essa carne se conserva por muito tempo depois de curtida e é um alimento saudável. Se acrescentarmos a isso o fato de o animal ser facilmente capturado, não se admira que sua espécie esteja se encaminhando para a completa extinção.

Hoje em dia, um peixe-boi adulto, que "renderia" dois potes de óleo de 180 libras, não dá mais do que quatro arrobas espanholas, que equivale a um quintal.

No dia 19 de julho, ao nascer do sol, a jangada saía de Fonte Boa e se lançava entre as duas margens do rio, completamente desertas, por entre as ilhas cobertas pela sombra das impressionantes florestas de cacaueiros. O céu continuava cheio de grandes nuvens carregadas, anunciando novos temporais.

O rio Juruá, vindo do sudeste, logo se separava da margem da esquerda. Ao subir por ele, uma embarcação poderia chegar até o Peru, sem encontrar obstáculos intransponíveis, navegando por águas brancas, que alimentavam um grande número de subafluentes.

– Talvez essa região seja o lugar certo para buscarmos os descendentes das mulheres guerreiras que tanto encantaram Orellana. Mas é preciso saber que, assim como suas antepassadas, elas não formam uma tribo separada. São só esposas que acompanham os maridos nas batalhas e, entre os juruás, têm uma grande reputação de valentia – comentou Manoel.

A jangada continuava a descer... Mas que labirinto o Amazonas formava ali! O rio Japurá, um dos maiores afluentes, cuja foz se abriria a oitenta milhas dali, corria quase paralelamente ao rio.

No meio deles havia canais, igarapés, lagunas, lagos temporários, em suma, um labirinto emaranhado que complica bastante a hidrografia da região.

Embora Araújo não tivesse mapa para se guiar, sua experiência acabava sendo mais eficaz, e era uma maravilha ver como ele se desvencilhava daquele caos, sem nunca sair do curso do grande rio.

Em resumo, ele foi tão bem-sucedido em suas manobras que no dia 25 de julho, à tarde, após ter passado em frente à aldeia de Parani-Tapera, a jangada atracou na entrada do lago Ega ou Tefé, no qual não fazia muito sentido eles navegarem, uma vez que seria preciso sair dali para retomar a rota do Amazonas.

No entanto, Ega é uma cidade bastante importante, o que exigia uma parada para visitação. Foi então combinado que a jangada permaneceria ali até o dia 27 e que no dia seguinte, 28, a grande piroga transportaria a família inteira até Ega. Assim, a tripulação da jangada teria seu merecido descanso.

Eles passaram a noite no atracadouro, próximo a uma costa bastante elevada, e nada perturbou sua tranquilidade. Alguns raios incendiaram o horizonte, mas eles pertenciam a um temporal longínquo, muito distante da entrada do lago.

Capítulo XVI

Ega

No dia 20 de julho, às seis horas da manhã, Yaquita, Minha, Lina e os dois rapazes se preparavam para sair da jangada.

João Garral, que não tinha manifestado intenção de visitar a cidade, foi convencido por insistência da esposa e da filha e decidiu, dessa vez, abandonar seu absorvente trabalho cotidiano para acompanhá-las no passeio.

Torres, por sua vez, não se mostrara muito interessado em visitar Ega, para grande satisfação de Manoel, que desenvolvera uma aversão por aquele homem e esperava somente a ocasião de demonstrá-la.

Já Fragoso não podia ter as mesmas razões para ir a Ega que tivera quando atracaram em Tabatinga – vilarejo insignificante se comparado à cidade em que se encontravam.

Ega tem 1.500 habitantes, e a quantidade de autoridades que lá residem atesta a importância da cidade para a região: há um comandante militar, um delegado, um juiz de paz, um juiz de direito, um professor primário e milícias comandadas por oficiais de todos os níveis hierárquicos.

Ora, em uma cidade com tantos funcionários, que têm, por sua vez, esposas e filhos, podemos supor que barbeiros e cabeleireiros não faltavam. Isso se confirmava, portanto Fragoso não teria muita sorte por lá.

Mas é claro que o amável rapaz, embora não fosse trabalhar em Ega, pretendia se juntar ao grupo, já que Lina acompanhava a patroa; mas, na hora de sair, acabou desistindo a pedido da própria Lina.

– Senhor Fragoso? – disse-lhe ela, depois de tê-lo chamado de longe.

– Pois não, senhorita Lina – respondeu Fragoso.

– Acho que seu amigo Torres não pretende nos acompanhar a Ega.

– É, provavelmente ele vai ficar por aqui, mas agradeceria muito se não o chamasse de meu amigo!

– Mas foi o senhor que o incentivou a nos pedir carona, antes mesmo de ele perguntar se podia.

– Sim... E, para ser sincero, acho que foi uma grande tolice da minha parte!

– Bom, para ser sincera também, não gosto muito desse homem.

– Também não gosto dele e continuo tendo a sensação de já tê-lo visto em algum lugar. Mas essa lembrança tão vaga só é clara em um ponto: que a impressão estava longe de ser boa!

– Em que lugar, em que época você poderia ter encontrado Torres? Não consegue se lembrar? Talvez fosse útil saber quem ele é e, acima de tudo, quem ele foi!

– Não sei... Minha memória não me ajuda... Será que faz muito tempo? Em que país teria sido, em qual situação? Não consigo lembrar!

– Sr. Fragoso?

– Srta. Lina?

– Acho que deveria permanecer a bordo da jangada para vigiar Torres enquanto estivermos fora!

– O quê? Deixar de ir a Ega com todos vocês e ficar o dia inteiro sem vê-la?

– Eu lhe peço!

– É uma ordem?

– É uma súplica!

– Está bem, então vou ficar.

– Sr. Fragoso?

– Srta. Lina?

– Obrigada!

– Agradeça me dando um bom aperto de mão, isso já vale muito!

Lina estendeu a mão para o bom rapaz, que a segurou por alguns instantes, admirando o bonito rosto da moça. E foi por isso que Fragoso não entrou na piroga e acabou virando, disfarçadamente, o vigilante de Torres. Será que o aventureiro percebia a repulsa que os outros sentiam por ele? Talvez. Mas com certeza ele tinha seus motivos para não levar em consideração a opinião deles.

Quatro léguas separavam o atracadouro da cidade de Ega. Oito léguas, ida e volta, em uma piroga ocupada por seis pessoas, mais dois negros para remar, era um trajeto que exigia algumas horas, sem falar no cansaço causado pelo calor, ainda que o céu estivesse levemente nublado.

Mas, felizmente, uma agradável brisa soprava de norte a oeste. Se ela continuasse assim, favoreceria a navegação no lago Tefé. Eles podiam ir e voltar de Ega rapidamente, sem nem virar de bordo.

A vela latina foi então içada no mastro da piroga. Lina fez um último gesto para lembrar Fragoso de vigiar Torres de perto; Benito pegou a cana do leme, e lá foram eles.

Só precisavam seguir pelo litoral sul do lago para chegar a Ega. Duas horas depois, a piroga estava no porto da antiga missão carmelita que se tornou cidade em 1759 e passou a fazer parte em definitivo do território brasileiro graças ao general Gama. Os passageiros desembarcaram na praia plana, perto da qual estavam atracadas não só as embarcações da região, mas também algumas escunas que fariam cabotagem no litoral do Atlântico.

Assim que entraram em Ega, as duas moças ficaram muito impressionadas.

– Ah! Uma cidade grande! – exclamou Minha.

– Quantas casas, quanta gente! – replicou Lina, cujos olhos se arregalavam ainda mais para ver melhor.

– Se eu não me engano tem mais de 1.500 habitantes, pelo menos duzentas casas, entre elas algumas de dois andares, e duas ou três ruas, ruas de verdade! – comentou Benito rindo.

– Meu querido Manoel, defenda-nos do meu irmão! – pediu Minha. – Ele está rindo de nós porque já visitou cidades mais bonitas na província do Amazonas e do Pará!

– Bom, então ele também vai rir de mim, pois admito que nunca tinha visto nada parecido! – acrescentou Yaquita.

– Então, vão com calma – retomou Benito –, desse jeito vão entrar em estado de choque quando estiverem em Manaus e vão cair duras quando chegarem a Belém!

– Não se preocupe com isso! Elas vão se preparando aos poucos para essas grandes surpresas à medida que formos visitando as primeiras cidades do Alto Amazonas – respondeu sorrindo Manoel.

– Como assim, você também, Manoel? Falando como o meu irmão? Zombando de nós...? – disse Minha.

– Não é nada disso, Minha! Eu juro...

– Deixe que riam à vontade! – respondeu Lina – E vamos olhar com calma, minha querida patroa, pois tudo isso é muito bonito!

Muito bonito mesmo! Uma aglomeração de casas, construídas com terra ou embranquecidas com cal, a maior parte cobertas de sapê ou folhas de palmeira, algumas, é verdade, construídas com pedra ou madeira, com varandas, portas e janelas pintadas de um verde cru em meio a um pomar cheio de laranjeiras em flor. Mas havia dois ou três prédios públicos, um quartel e uma igreja dedicada a Santa Teresa, que era quase uma catedral se comparada à modesta capela de Iquitos.

Depois, voltando-se em direção ao lago, via-se uma bela paisagem emoldurada por coqueiros e açaís, que terminava na água, e, mais adiante, a três léguas da outra margem, a pitoresca aldeia de Nogueira revelava algumas casinhas perdidas no pomar de oliveiras antigas da praia.

Mas havia outra coisa que provocava encantamento nas duas moças (encantamento muito feminino, aliás): eram as roupas das elegantes moradoras de Ega. Não era o vestuário ainda bem primitivo das indígenas do "sexo frágil", omaas ou muras catequizadas, e sim o traje das verdadeiras brasileiras! As esposas e filhas dos funcionários e principais comerciantes da cidade se vestiam pretensiosamente à moda parisiense, razoavelmente atrasadas, e isso a quinhentas léguas do Pará, que fica a muitas milhares de milhas de Paris.

– Mas veja só, olhe só, patroa, essas belas damas em seus belos vestidos!

– Lina está enlouquecendo com isso! – exclamou Benito.

– Talvez essas roupas não parecessem tão ridículas se fossem vestidas do jeito certo! – comentou Minha.

– Minha querida Minha – disse Manoel –, com seu vestido simples de algodão e seu chapéu de palha, acredite que você está mais bem-vestida do que todas essas brasileiras usando chapéus finos e enroladas em saias de babados, que não são nem de seu país, nem de sua raça!

– Se minha aparência lhe agrada, então não tem por que eu ter inveja de ninguém! – respondeu a moça.

Mas, enfim, eles tinham vindo para ver a cidade, então ficaram passeando pelas ruas, que tinham mais tendas do que lojas, e perambulando pela praça, ponto de encontro de homens e mulheres elegantes que sufocavam sob suas roupas europeias. Almoçaram em um hotel – que mais era uma hospedaria –, cuja cozinha os deixou com saudade da excelente comida que comiam todos os dias na jangada.

Depois do jantar, que consistiu unicamente em carne de tartaruga preparada de diversas formas, a família Garral foi admirar uma última vez as margens do lago, dourado pelos raios do pôr do sol; depois, todos voltaram para a piroga, um pouco decepcionados, talvez, com a grandiosidade de uma cidade que uma hora foi suficiente para visitar, um pouco cansados também do passeio por aquelas ruas abafadas, que não eram nada perto das veredas protegidas pela sombra de Iquitos. Isso não se aplicava à curiosa Lina, que não tinha desanimado nem um pouco.

Cada um ocupou seu lugar na piroga. O vento continuava soprando na direção nordeste e se tornava mais frio com a chegada da noite. A vela foi içada. Voltaram pelo mesmo caminho que tinham vindo pela manhã, pelo lago alimentado pelo rio Tefé, de águas pretas, que, de acordo com os índios, seria navegável na direção sudoeste durante quarenta dias de viagem. Às oito horas da noite, a piroga tinha aterrado no atracadouro e acostado à jangada.

Assim que Lina conseguiu puxar Fragoso para um canto, perguntou:

– Viu alguma coisa suspeita, sr. Fragoso?

– Nada. Torres quase não saiu da cabine, ficou o dia inteiro lá, lendo e escrevendo.

– Ele não entrou na casa ou na sala de jantar, como eu temia?

– Não, todo o tempo que esteve fora da cabine ficou passeando pela proa da jangada.

– E o que ele ficou fazendo?

– Ficou segurando um papel velho que parecia olhar com muita atenção e resmungando um monte de palavras incompreensíveis!

– Talvez tudo isso não seja tão irrelevante quanto o senhor pensa! Essas leituras, essas escritas, esses papéis velhos podem ter alguma importância! Esse homem lê e escreve tanto, mas não é nem um professor, nem um oficial de justiça!

– Tem razão!

– Vamos ficar de olho por mais um tempo, sr. Fragoso!

– Vamos continuar de olho.

No dia seguinte, 27 de julho, com o raiar do dia, Benito deu sinal de partida.

No entremeio das ilhas que emergem da Baía de Arenapo, a foz do Japurá, com 6.600 pés de largura, ficou visível por um instante. Esse grande afluente deságua no Amazonas através de oito bocas, como se ele se lançasse em algum oceano ou golfo. Suas águas vinham de longe, enviadas pelas montanhas da República do Equador, e seu curso era interrompido pelas quedas d'água a somente 210 léguas de sua confluência.

Levaram o dia todo para descer até a ilha de Japurá, após a qual o rio era menos obstruído, o que facilitou a navegação. O fluxo lento permitia inclusive que a jangada desviasse com bastante facilidade das ilhotas, evitando batidas ou encalhes.

No dia seguinte, a jangada ladeou grandes praias, formadas por altas dunas muito acidentadas, que funcionam como barragens para enormes campos de pastagem, nos quais se poderia criar e alimentar o gado de toda a Europa. É consenso que naquelas praias se encontra o maior número de tartarugas da bacia do Alto Amazonas.

Na noite do dia 29 de julho, as amarras da jangada foram firmemente presas na ilha de Catua a fim de passar a noite, que ameaçava ser muito escura. Nessa ilha, enquanto o sol ainda estava acima do horizonte, surgiu um grupo de índios muras, remanescentes dessa antiga e poderosa tribo, que, entre o Tefé e o Madeira, ocupava mais de cem léguas ribeirinhas.

Os indígenas iam e vinham, observando a enorme embarcação, que se encontrava parada. Havia uma centena deles, munidos de zarabatanas feitas de um caniço-de-água típico daquelas paragens, reforçadas do lado externo por um tubo feito com o caule de uma palmeira-anã cujo miolo é retirado.

João Garral interrompeu por instante o trabalho que tomava todo o seu tempo para aconselhar que tomassem cuidado e não provocassem os indígenas. Com efeito, a competição teria sido desigual. Os muras têm uma destreza impressionante para lançar, com as zarabatanas, flechas que provocam ferimentos incuráveis, a uma distância de até trezentos passos. É que essas flechas, feitas da folha da palmeira inajá, enfeitadas de algodão, de nove a dez polegadas de comprimento, pontudas como uma agulha, são envenenadas com o curare.

O curare, um licor que "mata aos pouquinhos", como dizem os indígenas, é preparado com o suco de uma espécie de euforbiácea e o de uma *Strychnos* bulbosa, e leva também uma pasta de formigas venenosas e presas de serpentes, também venenosas.

– Esse é um veneno realmente terrível! – disse Manoel. – Ele ataca diretamente no sistema nervoso os nervos responsáveis pelos movimentos subordinados à vontade. Mas não atinge o coração, que não para de bater até que haja total extinção das funções vitais. E não há antídoto contra esse envenenamento, que começa pela dormência dos membros.

Para a sorte deles, os muras não fizeram demonstrações hostis, mesmo que tivessem muito ódio dos brancos. É verdade que eles já não são mais como seus ancestrais.

Ao cair da noite, uma flauta de cinco orifícios tocou, detrás das árvores da ilha, algumas canções em tom menor. Uma outra flauta respondia à primeira. Essa troca de frases musicais durou dois ou três minutos, e então os muras desapareceram.

Fragoso, em um momento de bom humor, tentara responder-lhes com uma canção à sua maneira; mas Lina apareceu bem a tempo de tapar sua boca com a mão e impedi-lo de demonstrar seus parcos talentos de cantor, que ele tinha prazer em compartilhar.

No dia 2 de agosto, às três horas da tarde, a jangada chegava, a vinte léguas dali, à entrada do lago Apoara, que alimenta com suas águas pretas o rio de mesmo nome. Dois dias depois, lá pelas cinco horas, parava à entrada do lago de Coari.

Esse é um dos maiores lagos que têm comunicação com o Amazonas e serve de reservatório para diferentes rios. Cinco ou seis afluentes deságuam, refugiam-se e misturam-se ali, sendo despejados por um furo estreito na artéria principal.

Depois de ter vislumbrado o topo do povoado de Tahua-Miri – construído em palafitas, como pernas de pau, para se proteger das inundações das cheias que frequentemente invadem aquelas praias baixas –, a jangada atracou para passar a noite.

Atracaram com vista para a aldeia de Coari, formada por uma dúzia de casas bastante deterioradas, construídas em meio a um espesso pomar de laranjeiras e cabaceiras. Não há nada mais mutável que o aspecto desse povoado, pois, conforme a elevação ou diminuição do nível das águas, o lago pode apresentar uma ampla superfície líquida ou se reduzir a um estreito canal que não tem sequer profundidade suficiente para se comunicar com o Amazonas.

Na manhã do dia seguinte, 5 de agosto, saíram logo cedo, passaram diante do canal Yucura, que pertence ao sistema tão confuso de lagos e furos do rio Zapura, e, na manhã de 6 de agosto, chegaram à entrada do lago de Miana.

Nenhum novo incidente ocorrera a bordo, e a vida passava com uma regularidade quase metódica.

Fragoso, sempre incentivado por Lina, continuava vigiando Torres. Tentou várias vezes fazer com que o aventureiro falasse sobre sua vida pregressa, mas ele evitava qualquer conversa sobre o assunto e acabou ficando mais fechado com o barbeiro.

Quanto à sua relação com a família Garral, tudo continuou igual. Embora falasse pouco com João, sentia-se mais à vontade para se dirigir a Yaquita e sua filha, sem parecer notar a frieza evidente com que era tratado. Aliás, ambas diziam a si mesmas que depois que chegassem a Manaus Torres iria embora e nunca mais ouviriam falar dele. Nesse sentido, Yaquita seguia os conselhos do Padre Peçanha, que a incentivava a ter paciência; mas o bom padre tinha um pouco mais de dificuldade com Manoel, que estava muito disposto a colocar em seu devido lugar aquele intruso que acidentalmente embarcava na jangada.

O único acontecimento daquela noite foi o seguinte: uma piroga que descia o rio acostou à jangada, após um convite feito por João Garral.

– Vai a Manaus? – perguntou ele ao índio que conduzia a piroga.

– Sim – respondeu o índio.

– Você vai chegar lá daqui a...?

– Oito dias.

– Então vai chegar bem antes de nós. Poderia entregar uma carta a esse endereço?

– Com prazer.

– Tome então a carta, amigo, e leve-a até Manaus.

O índio pegou a carta que João Garral lhe estendia e recebeu um punhado de réis por aquela incumbência.

Nenhum membro da família tomou conhecimento desse fato, pois naquela hora todos estavam recolhidos em seus quartos. Torres foi a única testemunha. Ele conseguiu até mesmo ouvir algumas palavras da conversa entre João e o índio. Pela expressão de seu rosto, era fácil ver que o envio da carta não deixava de surpreendê-lo um pouco.

Capítulo XVII
O ataque

Embora Manoel evitasse dizer alguma coisa para não provocar brigas a bordo, no dia seguinte decidiu discutir com Benito o caso de Torres.

– Benito – disse após tê-lo trazido à proa da jangada –, preciso falar com você.

Benito, normalmente tão sorridente, deteve-se ao olhar para Manoel, e seu rosto se anuviou.

– Eu sei do que se trata. É sobre Torres, não é?

– Sim, Benito!

– Bom, também tenho que falar com você sobre ele.

– Você percebeu então suas investidas para o lado da Minha? – perguntou Manoel empalidecendo.

– Ah! Não vá me dizer que é ciúmes que o coloca contra um homem desses?

– É claro que não! Deus me livre de cometer tal injúria com a moça que vai se tornar minha esposa! Não, Benito! Ela tem horror a esse aventureiro! Não é nada disso, mas me enoja vê-lo impor constantemente sua presença à sua mãe e à sua irmã, sendo inconveniente e tentando entrar na intimidade da sua família, da qual também já faço parte!

– Manoel – respondeu gravemente Benito –, compartilho da sua repulsa por esse tipo duvidoso. Se eu tivesse levado em conta apenas os meus sentimentos, já teria expulsado Torres da jangada! Mas não tive coragem!

– Não teve coragem? – replicou Manoel, agarrando a mão do amigo. – Não teve coragem!

– Escute, Manoel – retomou Benito. – Você andou observando Torres de perto, não é? Percebeu como ele fica perto demais da minha irmã! É a mais pura verdade! Mas, enquanto isso, não enxergava que esse homem perturbador não perde meu pai de vista e que parece ter segundas intenções odiosas, olhando-o com uma obstinação inexplicável!

– Mas do que você está falando, Benito? Você tem motivos para achar que Torres quer o mal do seu pai?

– Nenhum... Não acho nada! – respondeu Benito. – É só um pressentimento! Mas observe bem Torres, observe bem sua fisionomia e vai ver o sorriso maldoso que ele dá quando meu pai entra no seu campo de visão!

– Bom, sendo assim, mais um motivo para expulsá-lo!

– Mais um motivo para fazer isso... ou mais um motivo para não fazer... Manoel, tenho medo que... Não sei, na verdade... mas fazer meu pai expulsar Torres... pode ser imprudente! Eu repito, tenho medo, sem que nenhum fato concreto me permita explicar por quê!

Uma espécie de tremor de raiva agitava Benito enquanto ele falava.

– Então você acha que temos que esperar? – perguntou Manoel.

– Sim... Esperar antes de tomar uma posição, mas sobretudo temos que ficar alerta!

– Afinal de contas – respondeu Manoel –, daqui a uns vinte dias teremos chegado a Manaus. É lá que Torres disse que ficaria, e é lá que vamos deixá-lo. Vamos nos ver livres dele para sempre! Até lá, vamos ficar de olho!

– Você está entendendo o que eu digo, Manoel.

– Sim, estou, meu amigo, meu irmão! – retomou Manoel. – Mesmo que eu não sinta os mesmos medos que você! Que ligação poderia haver entre seu pai e esse aventureiro? É óbvio que seu pai não o conhece!

– Eu não disse que meu pai conhece Torres, e sim que tenho a impressão de que ele conhece meu pai! O que esse homem estava fazendo nos arredores da fazenda quando o encontramos na floresta de Iquitos? Por que naquele momento ele recusou a hospitalidade que nós lhe oferecemos para logo depois dar um jeito de virar quase inevitavelmente nosso companheiro de viagem? Chegamos a Tabatinga e lá estava ele como se estivesse nos esperando! Será que tudo isso é obra do acaso ou o resultado de um plano preconcebido? Quando vejo aquele olhar fugidio mas ao mesmo tempo obstinado de Torres, tudo isso me vem à mente! Não sei... Me perco em meio a tantas coisas inexplicáveis... Ah! Por que fui ter essa ideia de convidá-lo para embarcar na jangada?

– Fique calmo, Benito, eu lhe peço!

– Manoel! – exclamou Benito, parecendo não conseguir mais se segurar. – Acredite, se dependesse só de mim eu não hesitaria em expulsar do barco esse homem que só nos inspira repulsa e asco. Mas, de fato, se isso diz respeito a meu pai, temo que ceder aos meus pressentimentos seria dar um tiro no pé! Algo me diz que com esse ser tortuoso possa ser arriscado agir antes de termos algum indício que nos dê direito a fazer isso... direito e dever! Enfim, na jangada ele está em nossas mãos, e, se ficarmos de olho no meu pai, conseguiremos forçá-lo a se desmascarar, a se trair, por mais segura que seja sua jogada! Então vamos esperar mais um pouco!

A chegada de Torres na proa da jangada interrompeu a conversa dos dois rapazes. Torres olhava-os com um ar desconfiado, mas não lhes dirigiu a palavra.

Benito tinha razão quando dizia que os olhos do aventureiro estavam voltados para João Garral sempre que ele achava que não estava sendo observado. Sim! Ele tinha razão quando afirmava que o rosto de Torres adquiria uma expressão sinistra quando olhava para seu pai! Qual seria o laço misterioso que ligava esses dois homens, um deles a nobreza em pessoa, que com certeza não sabia de nada?

Sendo essa a situação, certamente era difícil que Torres, agora observado ao mesmo tempo pelos dois rapazes e por Fragoso e Lina, pudesse fazer um movimento que não fosse imediatamente reprimido. Talvez ele já tivesse se dado conta disso. Em todo caso, não demonstrou saber de nada e não mudou sua maneira de agir.

Satisfeitos por terem conversado sobre o assunto, Manoel e Benito prometeram um ao outro que iriam vigiá-lo sem levantar suspeitas.

Durante os dias que se seguiram, a jangada passou pela entrada dos furos Camara, Aru e Yuripari, na margem direita, que em vez de desaguarem no Amazonas alimentam o rio Purus, ao sul, e voltam ao grande rio através dele. No dia 10 de agosto, às cinco horas da tarde, eles faziam escala na ilha de Cocos.

Lá havia um seringal onde se fabricava borracha extraída da seringueira, cujo nome científico é *Hevea brasiliensis*.

Dizem que, por negligência ou má exploração, o número dessas árvores diminuiu na bacia amazônica, mas continua expressivo nas margens do Madeira, do Purus e de outros afluentes do rio.

Havia uns vinte índios extraindo e manipulando o látex, operação que é feita principalmente nos meses de maio, junho e julho.

Ao constatarem que as árvores – com seus troncos encharcados até quatro pés de altura por causa da cheia do rio – encontravam-se em boas condições para a coleta, os índios se entregaram à tarefa.

Depois de fazer as incisões no alburno das seringueiras, tinham amarrado, debaixo do corte, pequenos potes que em 24 horas estariam cheios de um líquido leitoso, que pode ser recolhido também por bambus ocos ou recipientes colocados ao pé da árvore.

Após terem extraído o líquido, a fim de evitar a separação das partículas resinosas, os índios o submetem a uma fumigação sobre o fogo de caroços de açaí. Espalhando o líquido em uma concha de madeira que é agitada na fumaça, obtém-se quase instantaneamente sua coagulação. As camadas que vão se formando são retiradas uma a uma da concha e, por fim, são expostas ao sol, onde endurecem ainda mais e adquirem sua cor marrom característica. Nesse momento, a fabricação está completa.

Benito, achando aquela uma excelente oportunidade, comprou dos índios toda a borracha armazenada em suas palafitas. O preço que lhes ofereceu era bem justo, e eles ficaram muito satisfeitos.

Quatro dias depois, no dia 14 de agosto, a jangada passava pela embocadura do Purus, outro grande tributário à direita do Amazonas, que parece oferecer mais de quinhentas léguas de curso navegável, mesmo para embarcações grandes. Ele avança em direção ao sudoeste, e sua foz mede quase 4 mil pés. Depois de ter corrido sob a sombra de figueiras, tauaris, palmeiras Nypa e embaúbas, deságua no Amazonas por meio de cinco braços.*

Naquele local, o piloto Araújo podia manobrar mais facilmente: o curso do rio era menos obstruído pelas ilhas e, além disso, de uma margem a outra, sua largura estimada era de pelo menos duas léguas. Assim, a corrente conduzia a jangada mais livremente e, no dia 18 de agosto, pararam na aldeia de Pesquero para pernoitar.

O sol já estava quase no horizonte e, com a rapidez típica daquela latitude, desceu quase perpendicularmente, como um enorme meteorito. A noite substituiria o dia quase sem crepúsculo, como as noites de teatro produzidas pelo apagar brusco das luzes da ribalta.

João Garral e a esposa, Lina e a velha Cibele estavam na frente da casa. Torres, depois de ter rondado João Garral como se quisesse falar com ele em particular, constrangido talvez pela chegada do Padre Peçanha, que vinha desejar boa noite à família, entrou por fim em sua cabine.

---

* O cientista e geógrafo inglês Henry Walter Bates recentemente estudou um trecho de seiscentas léguas do rio.

Os índios e os negros, espalhados pelo barco, permaneciam em suas posições; Araújo, sentado na proa, estudava a corrente do rio, cujo curso se estendia em linha reta.

Manoel e Benito estavam atentos, mas conversavam e fumavam com um ar indiferente enquanto passeavam pela parte central da jangada, esperando a hora de dormir.

De repente, Manoel parou Benito com um gesto e disse:

– Que cheiro estranho! Será que estou imaginando coisas? Você está sentindo? Parece...

– ...parece cheiro de almíscar morno! – completou Benito. – Jacarés devem estar dormindo na praia vizinha!

– Bom, a natureza foi muito sábia ao permitir que eles acusassem sua presença desse jeito!

– Sim! Ainda mais porque são animais bastante perigosos.

Geralmente, esses lagartos gostam de se estender nas areias das praias no final do dia, onde se instalam mais comodamente para passar a noite. Lá, aninhados em buracos em que entram de ré, dormem com a boca aberta e a mandíbula superior em posição vertical – isso quando não estão esperando para atacar uma presa. Avançar para pegá-la, seja a nado, usando a cauda como propulsor, seja correndo pela praia com uma rapidez que o homem não consegue acompanhar, não passa de uma brincadeira para esses anfíbios.

É lá, naquelas grandes praias, que os jacarés nascem, vivem e morrem, não sem antes alcançar uma extraordinária longevidade. Os velhos, os centenários, são reconhecidos não só pelo musgo esverdeado que recobre sua carapaça e pelas verrugas espalhadas por ela, mas também pela ferocidade natural que desenvolvem com a idade. Como disse Benito, esses animais podem ser perigosos, e é conveniente se manter alerta a seus ataques.

De repente, ouviram-se gritos vindos da proa:

– Jacaré! Jacaré!

Manoel e Benito se viraram para olhar: três grandes lagartos, de quinze a vinte pés de comprimento, tinham conseguido escalar a plataforma da jangada.

– As espingardas! Peguem as espingardas! – exclamou Benito, sinalizando aos índios e negros que se posicionassem atrás dele para lhe dar cobertura.

– Não, para dentro de casa! Rápido! – gritou Manoel.

Com efeito, como eles não podiam lutar diretamente com os animais, o melhor era, antes de mais nada, manter-se a salvo deles. E foi o que fizeram, em um instante. A família Garral já estava abrigada na casa, e os dois rapazes se uniram a ela. Os índios e os negros tinham voltado para suas cabanas e choupanas.

Na hora de fechar a porta da casa, Manoel disse:

– E Minha?

– Ela não está aqui! – respondeu Lina, que acabara de correr até o quarto da patroa.

– Meu Deus! Onde ela está? – perguntou sua mãe.

E todos começaram a chamar seu nome ao mesmo tempo: "Minha! Minha!". Nenhuma resposta.

– Será que ela está na proa da jangada? – perguntou Benito.

– Minha! – chamou Manoel.

Esquecendo-se do perigo, Manoel, Benito, Fragoso e João correram para fora com as espingardas na mão. Eles mal tinham posto os pés para fora de casa quando dois jacarés deram meia-volta, avançando em sua direção.

Benito conseguiu deter um dos monstros com uma bala na cabeça, perto do olho. O animal, mortalmente ferido, debateu-se em convulsões violentas e caiu de lado.

Mas logo o segundo jacaré vinha correndo em sua direção, e eles não tinham como escapar. O enorme bicho investira contra João Garral e, depois de tê-lo derrubado com uma rabada, voltava-se contra ele, com a boca bem aberta.

Nessa hora, Torres, saltando para fora de sua cabine com um machado na mão, desferiu um golpe tão certeiro que a lâmina atravessou a mandíbula do jacaré e ali ficou cravada, sem que ele pudesse se desvencilhar. Cego pelo sangue, o animal recuou e, propositalmente ou não, caiu no rio e desapareceu.

– Minha! Minha! – continuava gritando, perturbado, Manoel, que tinha alcançado a proa da jangada.

De repente, a moça apareceu. Primeiro ela tinha se refugiado na cabana de Araújo, que acabara de ser derrubada pelo potente golpe do terceiro jacaré, e agora fugia em direção à popa, perseguida pelo monstro, que se encontrava a menos de seis passos dela.

Minha caiu.

Uma segunda bala de Benito não foi capaz de deter o jacaré! Atingiu apenas a carapaça do animal, cujas escamas saltaram em pedaços, sem penetrá-la.

Manoel correu em direção à moça para levantá-la, carregá-la, puxá-la dos braços da morte! Mas uma rabada, dada lateralmente pelo animal, derrubou-o.

Minha, exausta, estava desesperada, e a boca do jacaré já se abria para abocanhá-la.

Foi então que Fragoso, jogando-se sobre o animal, cravou-lhe uma faca no fundo da garganta, arriscando ter o braço arrancado pelas duas mandíbulas, caso se fechassem bruscamente.

Ele conseguiu retirar o braço a tempo; mas não pôde evitar a colisão com o jacaré e foi atirado no rio, cujas águas foram se tingindo de vermelho.

– Fragoso! Fragoso! – gritava Lina, ajoelhada na borda da jangada.

Um instante depois, Fragoso ressurgia na superfície do Amazonas... Ele estava são e salvo. Tinha arriscado sua vida para salvar a de Minha, que já voltava a si. Manoel, Yaquita, Minha e Lina lhe estendiam as mãos e, como não sabia qual segurar, Fragoso acabou por agarrar a da jovem mulata.

Contudo, embora Fragoso tivesse salvado Minha, era graças a Torres que João Garral ainda estava vivo.

Isso provava que não era a morte do fazendeiro que Torres desejava. Diante daquele fato evidente, não havia como negar isso.

Manoel interpelou Benito em voz baixa.

– É verdade – respondeu Benito constrangido –, você tem razão. Agora é uma preocupação a menos! Mas mesmo assim, Manoel, continuo tendo minhas suspeitas! Podemos ser o maior inimigo de um homem sem desejarmos sua morte!

João Garral tinha se aproximado de Torres.

– Obrigado, Torres! – agradeceu ele, estendendo-lhe a mão.

O aventureiro deu alguns passos para trás sem dizer nada.

– Torres – retomou João –, lamento que estejamos chegando ao final da sua viagem e que iremos nos separar dentro de alguns dias! Eu lhe devo...

– João Garral – interrompeu Torres –, o senhor não me deve nada! Sua vida, dentre todas as outras, é muito preciosa para mim! Mas, se me permite, andei pensando e, em vez de descer em Manaus, gostaria de ir até Belém. O senhor aceita me levar até lá?

João Garral assentiu.

Ouvindo aquele pedido, Benito, em um gesto impensado, esteve prestes a intervir, mas Manoel o deteve, e o rapaz, com muito esforço, conseguiu se conter.

Capítulo XVIII
O jantar de noivado

No dia seguinte, após uma noite que quase não fora suficiente para acalmar tantas emoções, desatracaram a jangada da praia dos jacarés e partiram. Se continuassem naquele ritmo, em menos de cinco dias estariam chegando ao porto de Manaus.

Minha tinha se recuperado completamente do susto; seu olhar e sorriso pareciam agradecer a todos aqueles que arriscaram a vida por ela. Já Lina parecia se sentir mais grata ao corajoso Fragoso por ter salvado sua patroa do que se ela mesma tivesse sido salva!

– Vou recompensá-lo cedo ou tarde, sr. Fragoso! – disse ela sorrindo.

– E como, senhorita Lina?

– Ah, o senhor sabe como!

– Bom, se é o que estou pensando, que seja cedo, e não tarde! – respondeu o amável rapaz.

E, naquele dia, estava claro que a bela Lina tinha ficado noiva de Fragoso, que o casamento seria realizado junto com o de Minha e Manoel, e que o casal permaneceria em Belém, perto deles.

– Pois bem, pois bem – repetia sem parar Fragoso –, eu nunca teria imaginado que o Pará ficasse tão longe!

Manoel e Benito, por sua vez, tiveram uma longa discussão sobre os últimos acontecimentos. Não havia mais jeito de convencer João Garral a expulsar seu salvador da jangada.

"Sua vida, dentre todas as outras, é muito preciosa para mim!", dissera Torres. Benito tinha escutado e memorizado a resposta, ao mesmo tempo hiperbólica e enigmática, que escapara dos lábios do aventureiro.

Por enquanto, os dois rapazes não podiam fazer nada. Mais do que nunca, tinham que se submeter à espera – e já não eram só mais quatro ou cinco dias, mas mais sete ou oito semanas, isto é, o tempo que a jangada levaria para descer até Belém.

– Isso tudo é tão misterioso que eu não consigo entender! – disse Benito.

– Sim, mas podemos ficar sossegados com relação a uma coisa – respondeu Manoel. – Ficou bem claro que Torres não deseja a morte do seu pai. Quanto ao resto, continuaremos de olho nele!

Aliás, a partir daquele dia, Torres se mostrou mais reservado. Ele não tentava de forma alguma impor sua presença à família e foi, inclusive, menos inconveniente com Minha. A situação, cuja gravidade era sentida por todos, exceto talvez por João Garral, tornou-se então menos tensa.

Na noite do mesmo dia, deixavam, à direita do rio, a ilha do Barroso, formada por um furo de mesmo nome, e o lago Manaoari, que é alimentado por um conjunto confuso de pequenos afluentes.

Embora João Garral tivesse recomendado a todos que tomassem muito cuidado, a noite passou sem imprevistos.

No dia seguinte, 20 de agosto, o piloto, que procurava seguir de perto a margem direita para fugir dos redemoinhos que surgiam repentinamente à esquerda, metia-se entre a margem e as ilhas.

Para além daquela margem, o território contava com muitos lagos grandes e pequenos, como o Calderón, o Huarandeina e algumas lagunas de águas pretas. Esse sistema hidrográfico indicava que estavam se aproximando do rio Negro, o mais impressionante de todos os afluentes do Amazonas. Na realidade, naquele trecho, o rio ainda era chamado de Solimões; mas, passada a foz do rio Negro, recebia o nome que o tornou o mais conhecido de todos os cursos d'água do mundo.

Durante aquele dia, a jangada navegaria em condições bastante incomuns. O braço de rio pelo qual o piloto seguia, entre a ilha Calderón e a terra, embora parecesse suficientemente largo, era na verdade muito estreito. Isso se devia ao fato de que grande parte da ilha, pouco acima do nível do rio, ainda estava encoberta devido às cheias.

Dos dois lados havia densas florestas de árvores gigantescas, cujas copas chegavam a cinquenta pés acima do solo e que, unindo-se de uma margem a outra, formavam um imenso berço.

À esquerda, nada mais pitoresco do que aquela floresta alagada, que parecia ter sido plantada no meio de um lago. Os troncos das árvores emergiam das águas tranquilas e puras, nas quais se refletia o entrelaçamento dos galhos com uma nitidez incomparável. Mesmo que fossem colocadas em cima de um pedaço imenso de gelo, como esses arbustos em miniatura de alguns arranjos de centro de mesa, ainda assim seu reflexo não seria tão perfeito. Seria impossível distinguir a diferença entre imagem e realidade. De mesmo tamanho, as duas pontas, terminadas em um enorme guarda-sol verde, lembravam dois hemisférios, e a jangada parecia seguir por dentro de uma das grandes circunferências.

Eles não tinham outra opção senão deixar a embarcação se aventurar sob os arcos que interrompiam o curso veloz do rio. Era impossível recuar. Por isso, tinham que realizar manobras de extrema precisão para evitar colisões à direita e à esquerda.

Foi nesse momento que Araújo – que foi, aliás, perfeitamente assistido por sua equipe – revelou toda sua habilidade. As árvores da floresta forneciam firmes pontos de apoio para os croques compridos, permitindo que a embarcação seguisse na mesma direção. A menor batida, que poderia emborcar a jangada, provocaria a destruição completa da estrutura da embarcação e causaria a perda, se não dos passageiros, ao menos da carga transportada.

– Tudo isso é tão bonito! – disse Minha. – Seria muito agradável se pudéssemos viajar sempre desse modo, protegidos dos raios do sol, nessas águas tão tranquilas!

– Seria ao mesmo tempo agradável e perigoso, querida Minha – respondeu Manoel. – Se fosse uma piroga, não teríamos nada a temer navegando assim; mas, em uma embarcação comprida como essa, é melhor um curso livre e desobstruído.

– Em menos de duas horas teremos atravessado a floresta – avisou o piloto.

– Então, vamos aproveitar a vista! – exclamou Lina. – Essas coisas bonitas passam tão depressa! Ah! Minha querida patroa, veja aqueles bandos de macacos brincando nos galhos altos das árvores e os pássaros se olhando nesse espelho d'água tão límpido!

– E essas flores que desabrocham na superfície e que o rio acalenta como uma brisa! – comentou Minha.

– E essas lianas compridas, que se estendem vaidosamente de uma árvore a outra! – acrescentou a jovem mulata.

– E sem Fragoso no final! – disse o noivo de Lina. – Mas foi uma flor muito bonita que a senhorita colheu na floresta de Iquitos!

– Uma flor única no mundo! – respondeu Lina, caçoando dele. – Ah, patroa, olhe essas plantas maravilhosas!

E Lina apontava para as vitórias-régias de folhas enormes, cujas flores carregavam botões grandes como cocos. Havia ainda, no local em que se delineavam as margens submersas, feixes de caniços-de-água mucumus de grandes folhas, cujos caules elásticos se afastam para dar passagem a uma piroga e depois vêm se fechar atrás dela. Certamente era um lugar tentador para um caçador, pois vários tipos de pássaros aquáticos voejavam por entre as plantas agitadas pela corrente do rio.

Íbis pousados em velhos troncos meio caídos, em poses epigráficas; garças cinza, imóveis sobre uma só pata; flamingos sérios, que de longe lembram sombrinhas cor-de-rosa abertas nas folhagens; e também outras aves aquáticas de todas as cores, que davam vida àquele pântano temporário.

Além disso, perto da superfície da água, deslizavam rápidas e compridas cobras-d'água, talvez algumas das temíveis tuviras, cujas descargas elétricas, se repetidas sucessivamente, podem paralisar qualquer homem ou animal, por mais corpulento que seja, e acabar matando-o.

Era preciso tomar cuidado com elas, e talvez mais ainda com as serpentes sucuris. Enroladas no galho de alguma árvore, elas se desenroscam, saltam, agarram a presa e a comprimem com seus anéis tão fortes que são capazes de triturar um boi. Não é verdade que foi encontrado nas florestas amazônicas um desses répteis de 35 pés de comprimento? E mais, conforme os relatos de Émile Carrey, não existem algumas serpentes cujo comprimento chega a 47 pés e que têm a largura de um barril? Na realidade, se uma dessas sucuris se jogasse para dentro da jangada, seria tão perigosa quanto um jacaré!

Felizmente, os passageiros não tiveram que lutar nem contra as tuviras nem contra as serpentes, e a travessia pela floresta alagada, que durou cerca de duas horas, terminou sem imprevistos.

Três dias se passaram. Estavam chegando a Manaus. Dali a 24 horas, a jangada estaria na embocadura do rio Negro, em frente à capital da província do Amazonas.

No dia 23 de agosto, às cinco horas da tarde, ela parava na ponta setentrional da ilha dos Muras, na margem direita do rio. Para chegar ao porto, só precisavam percorrer, perpendicularmente, uma distância de algumas milhas, mas Araújo não quis, com razão, arriscar fazer isso naquele mesmo dia, pois já estava começando a escurecer. Eles levariam três horas para percorrer as três milhas que faltavam, e, para cortar caminho no curso do rio, era preciso, acima de tudo, enxergar bem.

Naquela noite, o jantar, que seria o último da primeira parte da viagem, foi servido com certa cerimônia. A jangada já atravessara metade do curso do Amazonas, e isso merecia ser comemorado com uma bela refeição. Combinaram de fazer um brinde ao rio Amazonas, bebendo algumas taças do excelente licor destilado nas encostas do Porto ou de Setúbal.

Além do mais, seria como um jantar de noivado de Fragoso e da adorável Lina. O de Manoel e Minha acontecera na fazenda de Iquitos, algumas semanas antes. Depois do jovem patrão e da jovem patroa, era a vez desse fiel casal, ligado a eles por muitos laços de gratidão!

E mais, rodeados por aquela honesta família, Lina, que continuaria aos serviços da patroa, e Fragoso, que começaria a trabalhar para Manoel Valdez, sentaram-se à mesa comum, em lugares de honra reservados a eles.

Torres assistia com naturalidade ao formidável jantar da copa e da cozinha da jangada. Sentado de frente para João Garral, que estava sempre taciturno, o aventureiro escutava o que era dito, mas não participava da conversa. Disfarçadamente, Benito o observava com atenção. Os olhares de Torres, constantemente voltados para João, emitiam um brilho diferente: lembravam os de uma fera que busca hipnotizar sua presa antes de atacá-la.

Manoel, por sua vez, conversava mais com Minha. Entretanto, seus olhos também se voltavam para Torres; mas, de maneira geral, ele, mais do que Benito, se conformara com a situação, que certamente terminaria em Belém.

O jantar foi bastante alegre. Lina o animava com seu bom humor; Fragoso, com suas respostas engraçadas. O Padre Peçanha olhava contente aquele pequeno grupo de pessoas a quem ele queria tão bem e os dois jovens casais que ele logo abençoaria nas terras do Pará.

– Coma bem, padre – disse Benito, que acabou se juntando à conversa geral –, aproveite essa refeição de noivado! O senhor vai precisar de energia para celebrar tantos casamentos de uma só vez!

– Ora essa, meu filho – replicou o Padre Peçanha –, experimente encontrar uma moça bonita e honesta que o queira bem para ver se eu não dou conta de casar mais vocês dois!

– Boa resposta, padre! – exclamou Manoel. – Vamos brindar ao futuro casamento de Benito!

– Em Belém, vamos procurar uma noiva jovem e bonita para Benito, e ele vai ter que fazer o mesmo que todo mundo! – disse Minha.

– Ao casamento do sr. Benito! – disse Fragoso, que queria que o mundo inteiro celebrasse o casamento junto com ele.

– Eles têm razão, meu filho – disse Yaquita. – Também vou brindar ao seu casamento e desejar que você seja feliz como Minha e Manoel vão ser e como fui com seu pai!

– E como sempre será, é o que se espera! – disse Torres bebendo uma taça de vinho do Porto, sem brindar à saúde de ninguém. – A felicidade está nas mãos de cada um de nós!

Era difícil explicar, mas esses votos do aventureiro provocavam uma sensação desagradável. Manoel percebeu isso e, querendo dissipar aquele sentimento, disse:

– Vamos ver, padre, já que tocamos no assunto, será que não há alguns casais que ainda não se casaram na jangada?

– Acho que não – respondeu o Padre Peçanha –, a menos que... Torres, creio que o senhor não é casado... ou é?

– Não, sou e sempre fui solteiro! – Benito e Manoel pensaram ter visto que, ao falar daquele jeito, o olhar de Torres fora procurar o de Minha.

– E o que o está impedindo de se casar? – retomou o Padre Peçanha. – Em Belém, o senhor poderia encontrar uma moça da sua idade e talvez conseguisse se mudar definitivamente para lá. Seria melhor para o senhor do que essa vida errante que até agora não lhe trouxe grandes vantagens!

– O senhor tem razão, padre – respondeu Torres. – Não digo que não! Aliás, o exemplo contagia! Ver todos esses jovens noivos abriu meu apetite para o casamento! Mas sou completamente estrangeiro na cidade de Belém, e isso provavelmente dificultaria minha adaptação.

– De onde o senhor vem, então? – perguntou Fragoso, que continuava com a impressão de já ter visto Torres em algum lugar.

– Da província de Minas Gerais.

– E o senhor nasceu...?

– Na própria capital diamantina, no Arraial do Tijuco.

Quem olhasse para João Garral naquele momento teria ficado assustado com a fixidez de seu olhar, que se cruzava com o de Torres.

Capítulo XIX
Uma velha história

A conversa continuou com Fragoso, que respondeu quase imediatamente com as seguintes palavras:

– O quê? O senhor é de Arraial do Tijuco, da própria capital do Distrito Diamantino?

– Sou! O senhor também é de lá? – perguntou Torres.

– Não! Minha terra natal fica nas províncias do litoral do Atlântico, no norte do Brasil – respondeu Fragoso.

– O senhor já esteve alguma vez na região dos diamantes, sr. Manoel? – perguntou Torres.

O rapaz respondeu apenas com um gesto negativo.

– E o sr. Benito – retomou Torres, dirigindo-se ao rapaz, visivelmente com a intenção de fazer com que ele se juntasse à conversa –, nunca teve curiosidade de ir visitar o arraial diamantino?

– Nunca – respondeu Benito secamente.

– Ah! Eu teria adorado conhecer essa região! – exclamou Fragoso, que, sem se dar conta, entrava no jogo de Torres. – Algo me diz que teria encontrado um diamante muito valioso!

– E o que é que o senhor teria feito com esse diamante valioso? – perguntou Lina.

– Teria vendido, ué!

– Quer dizer que o senhor seria um homem rico agora?

– Riquíssimo!

– Bom, mas se o senhor tivesse enriquecido apenas três meses atrás, jamais teria tido a ideia... daquela liana.

– E se eu não tivesse tido essa ideia uma moça bonita não teria vindo e... Pois bem, decididamente Deus escreve certo por linhas tortas!

– Cuidado com o que diz, Fragoso, é por causa Dele que o senhor vai se casar com a nossa Lina! Diamante por diamante, o senhor não perde nada! – respondeu Minha.

– Mas como assim, srta. Minha? – exclamou galantemente Fragoso. – Eu saí ganhando!

Sem dúvida Torres não queria mudar de assunto, pois voltou a falar:

– Na realidade, em Arraial do Tijuco muitos fizeram fortuna da noite para o dia, deixando todos boquiabertos! Não ouviram falar daquele famoso roubo do diamante de Abaeté, cujo valor estimado era de mais de 2 milhões de contos de réis?* Bem, essa pedra, que pesava uma onça, foi produzida nas minas do Brasil! Pois é, três pessoas foram condenadas! Três condenados ao exílio perpétuo! Esse diamante foi encontrado por acaso no rio Abaeté, a noventa quilômetros da comarca do Serro do Frio!

– E eles conseguiram fazer fortuna? – perguntou Fragoso.

– Não! – respondeu Torres. – O diamante foi restituído ao governador-geral das minas. O valor da pedra foi avaliado, e o rei Dom João VI de Portugal mandou perfurá-la e a usava ao redor do pescoço nas grandes cerimônias. Os condenados foram perdoados, e ficou por isso mesmo. Pessoas mais espertas teriam lucrado bastante com isso!

– O senhor, sem dúvida? – disse secamente Benito.

– Sim, eu, por que não? E o senhor, nunca visitou o Distrito Diamantino? – perguntou Torres, dirigindo-se desta vez a João Garral.

– Nunca – respondeu João olhando para ele.

– É uma pena, o senhor deveria fazer essa viagem algum dia. É muito interessante, eu garanto! O Distrito Diamantino é um enclave no grande império brasileiro,

* O equivalente a 7,5 bilhões de francos, segundo a estimativa, sem dúvida bastante exagerada, do mineralogista Jean-Baptiste Louis Romé de L'Isle.

uma espécie de parque de doze léguas de circunferência, que, pela natureza do solo, pela vegetação, pelos terrenos arenosos cercados por morros, é muito diferente da província ao seu redor. Mas, como eu já disse, é lá que está a maior fortuna do mundo, já que, de 1807 a 1817, a produção anual foi de cerca de 18 mil quilates.* Ah! Havia muitas oportunidades, não só para os garimpeiros que procuravam as pedras preciosas até no alto dos morros, mas também para os bandidos que as contrabandeavam! Agora a extração já não é tão fácil, e os 2 mil escravos que trabalham nas minas para o governo são obrigados a desviar cursos d'água para retirar a areia com os diamantes. Antigamente era mais fácil!

– É verdade – respondeu Fragoso –, os bons tempos acabaram!

– Mas o que continua fácil é conseguir diamantes à maneira dos bandidos, isto é, roubando. E, escutem só, em meados de 1826 – eu tinha oito anos na época –, lá mesmo em Arraial do Tijuco, houve uma tragédia terrível, que mostra que os criminosos são capazes de tudo quando se trata de se arriscar para ganhar uma grande fortuna! Mas com certeza essa história não lhes interessa...

– Pelo contrário, Torres. Continue, por favor – pediu João Garral, com uma voz estranhamente calma.

– Certo! – retomou Torres. – O plano era roubar diamantes. Um punhado daquelas bonitas pedras valia 1 milhão, talvez dois!

Torres, cujo semblante revelava os mais sórdidos sentimentos de ganância, fez, quase inconscientemente, o gesto de abrir e fechar a mão.

– Bom, mas vamos à história! – retomou ele. – Em Arraial do Tijuco, costuma-se despachar de uma só vez todos os diamantes recolhidos durante o ano. Depois de separados em doze peneiras fabricadas com tramas

---

* O quilate equivale a quatro grãos ou 212 miligramas.

diferentes, eles são divididos em dois lotes, de acordo com o tamanho. Esses lotes são colocados em sacos e despachados para o Rio de Janeiro. Mas, como valem muitos milhões, vocês podem imaginar que são muito bem escoltados. O comboio é formado por um empregado escolhido pelo capataz, quatro soldados do regimento da província a cavalo e dez homens a pé. Primeiro eles vão até Vila Rica, onde o comandante-geral carimba os sacos, e então o comboio segue para o Rio de Janeiro. Por precaução, a data da partida é sempre mantida em segredo. Em 1826, havia um jovem empregado de sobrenome Da Costa, na época com 22 anos, no máximo 23, que já trabalhava no escritório do governador-geral, em Arraial do Tijuco, havia alguns anos. Ele planejou o seguinte golpe: entrou em acordo com um grupo de contrabandistas e avisou a eles o dia da partida do comboio. Os bandidos, numerosos e bem armados, tomaram as medidas necessárias. Na noite do dia 22 de janeiro, a escolta foi surpreendida pelo grupo ao deixar Vila Rica. Eles tentaram se defender corajosamente, mas todos os acompanhantes acabaram sendo massacrados, com exceção de um, que, mesmo estando gravemente ferido, conseguiu fugir e comunicar o terrível ataque às autoridades. O empregado que os acompanhava tampouco foi poupado. Morto pelos bandidos, foi arrastado e sem dúvida atirado em algum precipício, pois seu corpo jamais foi encontrado.

– E esse tal de Da Costa? – perguntou João Garral.

– Bom, ele não conseguiu colher os frutos do crime. Em decorrência de diferentes circunstâncias, as suspeitas logo recaíram sobre ele. Foi acusado de ter planejado a coisa toda. Ele alegava sua inocência em vão. Graças à sua posição, ele tinha como saber o dia da partida do comboio. Era o único que podia ter avisado os bandidos. Foi acusado, preso, julgado e sentenciado à morte. A execução deveria ser realizada dentro de 24 horas.

– E mataram o infeliz? – perguntou Fragoso.

– Não – respondeu Torres. – Foi trancafiado na prisão de Vila Rica e, durante a noite, algumas horas antes da execução, conseguiu escapar, não se sabe se sozinho ou se com a ajuda de cúmplices.

– Desde então nunca mais ouviram falar desse homem? – perguntou João.

– Nunca mais! – respondeu Torres. – Ele deve ter deixado o Brasil e agora, sem dúvida, leva uma vida feliz em algum lugar bem longe daqui, com o espólio do crime.

– Ou talvez ele tenha tido uma vida muito triste – respondeu João Garral.

– Ou talvez Deus o tenha feito sentir remorsos por seu crime! – acrescentou o Padre Peçanha.

Nesse momento, os convidados se levantaram da mesa e, como o jantar tinha chegado ao fim, todos saíram para tomar um pouco de ar fresco. O sol descia no horizonte, mas ainda faltava mais uma hora para o cair da noite.

– Essas histórias não são nada alegres! – comentou Fragoso. – Nosso jantar de noivado tinha começado de um jeito melhor!

– Mas é culpa sua, sr. Fragoso – respondeu Lina.

– Como assim, culpa minha?

– Sim! Foi o senhor que continuou a falar do Distrito e dos diamantes quando não devia!

– É verdade, é culpa minha! – respondeu Fragoso. – Mas nunca imaginei que a história fosse terminar daquele jeito!

– Então o senhor é o primeiro culpado!

– E o primeiro castigado, já que não pude ouvir sua risada na hora da sobremesa!

Toda a família ia então se dirigindo para a proa da jangada. Manoel e Benito caminhavam lado a lado, sem se falar. Yaquita e sua filha os seguiam, também em silêncio, e todos sentiam uma inexplicável tristeza, como se pressentissem alguma desgraça.

Torres se mantinha perto de João Garral – que estava com a cabeça inclinada e parecia profundamente absorto em suas reflexões – e, naquele momento, colocando a mão no ombro do fazendeiro, disse:

– João Garral, será que o senhor teria uma meia horinha para conversarmos?

João Garral olhou para Torres:

– Aqui?

– Não, em particular!

– Venha comigo!

Ambos retornaram à casa e fecharam a porta atrás deles.

Seria difícil descrever o que cada um sentiu quando João e Torres se retiraram. O que aquele aventureiro e o honesto fazendeiro podiam ter em comum? Era como se uma terrível desgraça pairasse sobre toda a família, e eles sequer tinham coragem de falar sobre o assunto.

– Manoel – disse Benito, segurando o braço do amigo e puxando-o para um canto –, o que quer que aconteça, esse homem desembarca amanhã em Manaus!

– Sim, isso tem que acontecer! – concordou Manoel.

– E se ele... se ele fizer qualquer mal ao meu pai... eu juro que vou matá-lo!

Capítulo XX
Entre os dois homens

Por um instante, sozinhos naquela sala em que ninguém conseguia ouvi-los ou vê-los, João Garral e Torres ficaram se olhando sem dizer uma única palavra. O aventureiro estava hesitante em falar? Será que ele achava que João Garral responderia às exigências que ele lhe faria apenas com um silêncio desdenhoso?

Sim, sem dúvida era isso! E era por isso que Torres não falava nada. No início da conversa, ele foi assertivo e assumiu o papel de acusador.

– João, seu sobrenome não é Garral, e sim Da Costa.

Ao ouvir o nome criminoso pelo qual Torres lhe chamava, João Garral não pôde conter um leve tremor, mas não respondeu nada.

– O senhor se chama João da Costa – retomou Torres –, trabalhou há 23 anos no escritório do governador-geral do Arraial do Tijuco e foi o senhor que foi condenando por roubo e assassinato!

Nenhuma resposta de João Garral, cuja estranha calma surpreendia o aventureiro. Será que ele estava enganado ao acusar seu anfitrião? Não, pois João Garral não se sobressaltava ao ouvir aquelas horríveis acusações. Sem dúvida, ele se perguntava aonde Torres queria chegar.

– João da Costa – continuou ele –, eu repito: foi o senhor o acusado no caso dos diamantes, declarado culpado pelo crime e sentenciado à morte e foi o senhor que fugiu da prisão de Vila Rica algumas horas antes da execução! Não vai me responder?

Essa intimação que Torres acabava de fazer foi seguida de um longo silêncio. João Garral, sempre calmo, foi se sentar. Descansou o cotovelo em uma mesinha e se pôs a olhar fixamente seu acusador, sem baixar a cabeça.

– Não vai responder? – repetiu Torres.

– O que quer que eu responda? – disse simplesmente João Garral.

– Algo que me impeça de procurar o delegado de Manaus e dizer: "Sei de um homem que está aqui cuja identidade pode ser facilmente conferida e que pode ser reconhecido mesmo depois de vinte anos de sumiço. Esse homem é o responsável pelo roubo dos diamantes do Arraial de Tijuco, é o cúmplice dos assassinos dos soldados da escolta, é o condenado que escapou da punição. Esse homem é João Garral, mas seu verdadeiro nome é João da Costa" – replicou Torres.

– Sendo assim, não preciso temer nada vindo do senhor, Torres, se lhe der a resposta que espera?

– Nada, pois nem o senhor nem eu teríamos interesse em falar desse caso, não é mesmo?

– Nem eu nem o senhor? Quer dizer que não é com dinheiro que devo comprar seu silêncio?

– Não! E não importa a quantia que me ofereça!

– O que quer, então?

– João Garral, escute bem minha proposta. Não se apresse em respondê-la com uma recusa formal e lembre-se de que o senhor está em minhas mãos.

– Que proposta é essa?

Torres se retraiu por um instante. A atitude daquele homem culpado, cuja vida estava em suas mãos, surpreendia-o bastante. Ele esperava que houvesse uma discussão violenta, com muitas súplicas e lágrimas, afinal, quem estava diante dele era um homem declarado culpado pelos crimes mais graves e, no entanto, esse homem nem pestanejava.

– O senhor tem uma filha – disse ele. – Ela me agrada, e quero me casar com ela!

Sem dúvida João Garral esperava qualquer coisa da parte de um homem daqueles, de modo que aquele pedido não o fez perder a calma.

– Quer dizer que o honrado Torres quer fazer parte da família de um assassino, de um ladrão?

– Sou o único responsável por minhas próprias decisões – respondeu Torres. – Quero ser o genro de João Garral e vou ser.

– Será que o senhor não está esquecendo, Torres, que minha filha vai se casar com Manoel Valdez?

– O senhor vai se livrar pessoalmente dele.

– E se minha filha recusar?

– O senhor vai lhe contar tudo, e, se a conheço bem, ela vai concordar – Torres respondeu sem pudor.

– Tudo?

– Se for preciso, tudo. Entre seus próprios sentimentos e a honra da sua família, a vida do seu pai, sei que ela não vai hesitar em escolher pelo nosso matrimônio!

– O senhor é um grande canalha, Torres! – disse tranquilamente João Garral, que mantinha o sangue-frio.

– Um canalha e um assassino têm tudo para se entenderem bem!

Ao ouvir essas palavras, João Garral se levantou e foi em direção ao aventureiro, que olhava diretamente nos olhos, dizendo:

– Torres, se o senhor está pedindo para fazer parte da família de João da Costa é porque sabe que ele é inocente!

– Sei mesmo!

– E digo mais, o senhor tem a prova da sua inocência e está guardando-a para o dia em que se casar com a sua filha!

– Vamos colocar as cartas na mesa, João Garral – respondeu Torres, baixando o tom de voz. – Quando tiver me escutado até o fim, veremos se tem coragem de me recusar a sua filha!

– Estou ouvindo, Torres.

– Bom, sim – disse o aventureiro, escolhendo suas palavras, como se fosse se arrepender de deixá-las escapar de sua boca –, o senhor é inocente! Eu sei disso, pois sei quem é o verdadeiro culpado e tenho como provar a sua inocência!

– E o infeliz que cometeu o crime...?

– Está morto.

– Morto! – exclamou João Garral, que empalideceu ao ouvir essa palavra, como se ela tivesse acabado com a possibilidade de ele ser inocentado.

– Morto. Mas esse homem, que conheci muito tempo depois do crime, sem saber que era um criminoso, escreveu à mão, de cabo a rabo, o relato desse caso dos diamantes, preservando cada detalhe. Sentindo que seu fim estava próximo, ele se encheu de remorsos. Sabia onde João da Costa se refugiara e com que sobrenome tinha refeito a vida. Ele sabia que esse homem era rico, que vivia em uma família feliz, mas que ele próprio provavelmente não o devia ser! Bom, ele quis dar essa felicidade a João, devolvendo-lhe a dignidade que lhe era de direito! Mas a morte estava próxima... Então ele me encarregou, a mim, seu companheiro, de fazer aquilo que já não conseguiria mais fazer! Ele me entregou as provas da inocência de João da Costa com a intenção de fazer com que chegassem até ele e, por fim, morreu.

– O nome desse homem! – exclamou João Garral, em um tom que não conseguiu controlar.

– O senhor vai saber quando eu fizer parte da família!

– E a confissão...?

João Garral esteve prestes a partir para cima de Torres para revistá-lo, para arrancar dele a prova de sua inocência.

– Foi escrita em um papel que está em um lugar seguro e será seu depois que sua filha se tornar minha esposa. E agora, ainda vai me recusá-la?

– Vou. Mas, em troca desse documento, ofereço metade da minha fortuna!

– A metade da sua fortuna! – exclamou Torres – Eu aceito, com a condição de que Minha me entregue no casamento!

– Então é assim que o senhor respeita as vontades de um moribundo, de um criminoso que foi tomado pelo remorso e que lhe encarregou de reparar, na medida do possível, o mal que tinha feito?

– É assim mesmo.

– Mais uma vez, Torres, o senhor é um grande canalha!

– Que seja.

– E eu, como não sou um criminoso, não me entendo bem com o senhor!

– Isso quer dizer que o senhor recusa...?

– Recuso!

– Então azar o seu, João Garral. As investigações que já foram feitas apontam para o senhor! O senhor está condenado à morte e, como sabe, nas condenações por crimes como esse, o governo não pode comutar a pena. Se for denunciado, o senhor irá preso! Depois de preso, executado... E pode apostar que eu vou denunciá-lo!

Mesmo sendo uma pessoa calma e comedida, João Garral não conseguia mais se controlar. Ele ia partir para cima de Torres...

Um gesto do patife fez sua raiva desaparecer.

– Tome cuidado – disse Torres. – Sua esposa não sabe que é casada com João da Costa, seus filhos não sabem que são filhos de João da Costa e desse jeito o senhor vai acabar revelando tudo a eles!

João Garral se deteve. Recompôs-se e seu rosto recuperou sua calma habitual.

– Essa discussão está durando tempo demais – disse ele, caminhando em direção à porta –, e já sei o que preciso fazer.

– Tome cuidado, João Garral! – disse uma última vez Torres, sem conseguir acreditar que sua desprezível tentativa de chantagem fracassara.

João Garral não respondeu nada. Empurrou a porta que se abria para a varanda, fez sinal para Torres segui-lo e os dois foram em direção ao centro da jangada, onde a família estava reunida.

Benito, Manoel, todos eles, visivelmente muito ansiosos, levantaram-se. Eles conseguiam perceber que o gesto de Torres era ameaçador e que o fogo do ódio ardia em seus olhos.

Em um extraordinário contraste, João Garral se mostrava calmo, quase sorridente. Os dois pararam diante de Yaquita e da família. Ninguém tinha coragem de lhes dirigir a palavra. Foi Torres que, em voz baixa e com sua habitual imprudência, rompeu o doloroso silêncio:

– Pela última vez, João Garral, peço uma resposta definitiva!

– Minha resposta é essa aqui.

E, voltando-se para sua esposa, disse:

– Yaquita, circunstâncias atípicas me obrigam a alterar o que tínhamos combinado anteriormente com relação ao casamento de Minha e Manoel.

– Até que enfim! – exclamou Torres.

João Garral lançou para o aventureiro um olhar do mais profundo desdém, sem responder nada. Mas Manoel, ao ouvir essas palavras, sentiu seu coração bater mais forte, como se fosse pular para fora do peito. A moça se levantou, muito pálida, como se procurasse um apoio da parte da mãe. Yaquita abriu os braços para protegê-la, para defendê-la!

– Pai – exclamou Benito, que se colocara entre João Garral e Torres –, o que o senhor quer dizer com isso?

– Quero dizer – respondeu João Garral, elevando a voz – que esperar nossa chegada ao Pará para casar Minha e Manoel é esperar tempo demais! O casamento será celebrado aqui mesmo na jangada, amanhã, pelo Padre Peçanha. Isto é, se Manoel concordar comigo que é melhor resolvermos isso de uma vez!

– Ah, pai! – exclamou o rapaz.

– Espere mais um pouco antes de me chamar assim, Manoel – pediu João Garral, com um tom de indescritível sofrimento. Naquele momento, Torres, cruzou os braços, lançando para toda a família olhares muito insolentes.

– Quer dizer que essa é sua palavra final? – perguntou ele, estendendo a mão para João Garral.

– Não, essa não é minha palavra final.

– Qual é, então?

– É a seguinte, Torres: sou eu que mando aqui! Se o senhor não se importar, e ainda que se importe, peço que vá embora dessa jangada agora mesmo!

– É, agora mesmo – exclamou Benito. – Ou eu o atiro no rio!

Torres deu de ombros.

– Chega de ameaças! – disse ele. – Não vai adiantar de nada! Para mim também é melhor desembarcar agora mesmo. Mas o senhor há de se lembrar de mim, João Garral! Em breve nos reencontraremos!

– Se depender de mim – respondeu João Garral –, nos encontraremos talvez mais cedo do que o senhor gostaria! Amanhã irei ver Ribeiro, o juiz de direito, o mais alto cargo de magistrado da província, a quem já avisei da minha chegada em Manaus. Encontre-me lá se tiver coragem!

– O juiz Ribeiro...! – respondeu Torres visivelmente perplexo.

– O juiz Ribeiro – respondeu João Garral.

Indicando a piroga a Torres com um gesto de profundo desprezo, João Garral encarregou quatro de seus empregados de fazê-lo desembarcar sem demora no ponto mais próximo da ilha.

Por fim, o tratante desapareceu.

A família, ainda abalada, respeitava o silêncio do patriarca. Mas Fragoso, sem de fato se dar conta da gravidade da situação e movido por seu ânimo habitual, tinha se aproximado de João Garral.

– Se o casamento da srta. Minha e do sr. Manoel vai ser realizado amanhã, na jangada, quer dizer que...

– O seu vai ser realizado ao mesmo tempo, meu amigo – respondeu João Garral com ternura. E, fazendo um sinal para Manoel, retirou-se com ele para o quarto.

A conversa de João Garral e Manoel durou cerca de meia hora. Para a família, parecia que um século tinha se passado quando a porta da casa finalmente se abriu.

Manoel saiu sozinho. Seu semblante brilhava de determinação.

Ele foi em direção a Yaquita dizendo "minha mãe!", a Minha dizendo "minha esposa!", a Benito dizendo "meu irmão!" e, virando-se para Lina e Fragoso, disse a todos "nos vemos amanhã!".

Agora Manoel sabia tudo o que tinha acontecido entre João Garral e Torres. Descobriu que o fazendeiro contava com o apoio do juiz Ribeiro e que, após uma troca de correspondências entre os dois havia um ano, sem que ninguém soubesse, eles tinham conseguido bolar um plano para conseguir sua absolvição. Ficou sabendo também que João decidira viajar com o único objetivo de pedir a revisão do terrível processo de que fora vítima e de não deixar cair sobre seu genro e sua filha o peso daquela situação horrível que ele mesmo conseguira suportar por tempo demais!

Sim, Manoel sabia de tudo isso, mas sabia também que João Garral, ou melhor, João da Costa, era inocente, e seu infortúnio fazia com que ele o admirasse e estimasse ainda mais.

O que ele não sabia era que a prova material da inocência do fazendeiro existia e que ela estava nas mãos de Torres. João Garral tinha preferido revelar a existência dessa prova – que, se Torres dizia a verdade, iria inocentá-lo – apenas para o juiz.

Manoel se limitou a anunciar que iria ter com o Padre Peçanha para lhe pedir que preparasse tudo para os dois casamentos.

No dia seguinte, 24 de agosto, pouco menos de uma hora antes do início da cerimônia, uma grande piroga, vinda da margem esquerda do rio, acostou-se à jangada.

Ela tinha sido conduzida rapidamente de Manaus até lá por uma dúzia de remadores e, além de alguns guardas, trazia o delegado, que se identificou e subiu a bordo.

Naquele momento, João Garral e sua família, já prontos para a festa, saíam da casa.

– João Garral! – chamou o delegado.

– Sou eu – respondeu João.

– João Garral, sabemos que o senhor é João da Costa! Esses dois nomes remetem ao mesmo homem! O senhor está preso.

Ao ouvir isso, Yaquita e Minha, atingidas pelo estupor, detiveram-se, paralisadas.

– Meu pai, um assassino! – exclamou Benito, precipitando-se na direção de João Garral. Com um gesto, o pai lhe pediu silêncio.

– Só tenho uma pergunta – disse João Garral, com uma voz firme, dirigindo-se ao delegado. – Esse mandado de prisão vem da parte do juiz Ribeiro, de Manaus?

– Não – respondeu o delegado –, foi entregue a mim pelo seu substituto, com ordens de executá-lo imediatamente. O juiz Ribeiro foi acometido por uma apoplexia na noite passada e morreu hoje mesmo, às duas da manhã, sem ter recuperado a consciência.

– Morto! – exclamou João Garral, aterrado pela notícia. – Morto...! Morto...!

Mas em seguida, erguendo a cabeça, dirigiu-se à esposa e aos filhos:

– O juiz Ribeiro era o único que sabia que eu era inocente, meus amados! A morte desse juiz pode ser fatal para mim, mas não é motivo para eu me desesperar!

E, virando-se para Manoel, disse:

– Que Deus nos ajude! Vejamos se agora haverá justiça divina!

O delegado fizera um sinal para os guardas, que se aproximaram para levar João Garral.

– Mas então diga alguma coisa, pai! – exclamou Benito, fora de si de tanto desespero. – Diga qualquer coisa e vamos conseguir remediar, mesmo que à força, esse horrível engano de que o senhor está sendo vítima!

– Não há engano algum aqui, meu filho. João da Costa e João Garral são a mesma pessoa. Eu sou João da Costa! Sou eu o honesto homem que um equívoco judicial condenou injustamente à morte, no lugar do verdadeiro culpado, há 23 anos. De uma vez por todas, meus filhos, juro por Deus, por vocês e por sua mãe que sou completamente inocente!

– Está proibida qualquer comunicação entre o senhor e a sua família – informou então o delegado. – O senhor é meu prisioneiro, João Garral, e executarei este mandado com seu devido rigor.

João Garral conteve seus filhos e empregados, consternados, com um gesto e disse:

– Que seja feita a justiça dos homens, enquanto esperamos pela justiça de Deus!

E, de cabeça erguida, embarcou na piroga.

De todos os presentes, João Garral parecia ser o único que não se deixara abater por aquele choque inesperado!

SEGUNDA PARTE

Capítulo I
Manaus

A cidade de Manaus se situa a exatamente 3º8'4" de latitude austral e 67º27' de longitude a oeste do meridiano de Paris. Quatrocentos e vinte léguas quilométricas separam-na de Belém, e apenas dez quilômetros separam-na da foz do rio Negro.

Manaus não foi construída à margem do rio Amazonas. Foi à margem esquerda do rio Negro – o mais importante e notável dos afluentes da grande artéria brasileira – que a capital da província foi erguida, estendendo-se sobre a campina que circunda o pitoresco conjunto de moradias privadas e prédios públicos. O rio Negro, descoberto em 1645 pelo espanhol Pedro da Costa Favela, começa na encosta das montanhas situadas, a noroeste, entre o Brasil e a República de Nova Granada, no limite da província de Popayán, e encontra o rio Orinoco, nas Guianas*, por meio de dois de seus afluentes, o Pimichin e o Cassiquiare.

Após correr extraordinários 1.700 quilômetros, o rio Negro verte suas águas pretas no Amazonas por uma foz de 1.100 toesas, e esse encontro é tão poderoso e intenso que as águas dos dois rios só vão se confundir diversas milhas adiante. Ali, as duas margens se alargam, formando uma

* Hoje o rio Orinoco encontra-se no território da Venezuela. (N.T.)

vasta baía de quinze léguas de profundidade, que se estende até o arquipélago de Anavilhanas.

É em uma das estreitas endentações do rio que se localiza o porto de Manaus, onde se encontram diversas embarcações: algumas ancoradas no rio, esperando por um vento favorável, e outras em manutenção nos numerosos igarapés ou canais que desenham caprichosamente a cidade, conferindo-lhe um aspecto um tanto quanto holandês.

Com a paragem dos barcos a vapor, que logo se consolidará perto da junção dos dois rios, o comércio de Manaus provavelmente crescerá bastante. Mercadorias como madeira para construção e carpintaria, cacau, borracha, café, salsaparrilha, cana-de-açúcar, anil, noz-moscada, bacalhau e manteiga de tartaruga podem ser transportados por diversos cursos d'água para todas as direções: pelo rio Negro para o norte e oeste, pelo rio Madeira para o sul e oeste, e finalmente pelo Amazonas, que corre para o leste até o litoral do Atlântico. Assim, Manaus se encontra em uma localização privilegiada, o que contribuirá muito para sua prosperidade.

O primeiro nome de Manaus – ou Manáos, na época – foi Barra do Rio Negro. De 1755 a 1832, Manaus fez parte da capitania de São José do Rio Negro, da qual foi sede algumas vezes. O nome da cidade, capital da província das Amazonas, foi emprestado da tribo indígena dos manáos, que já habitava a região muito tempo antes da chegada dos portugueses.

Diversas vezes viajantes mal informados confundiram a cidade com a famosa Manoa, cidade fantástica supostamente situada às margens do lendário lago Parima, que ao que tudo indica é o rio Branco, um simples afluente do rio Negro. Era lá que se localizaria o império de Eldorado, cujo soberano, se acreditarmos nas fábulas do país, mandava cobrir seu corpo com ouro em pó, de tão abundante que era o precioso metal, garimpado aos montes naquelas terras abençoadas. No entanto, quando os exploradores foram lá averiguar, desiludiram-se, pois toda a suposta riqueza aurífera se reduzira à presença de numerosos micáceos sem valor, frustrando a ávida corrida do ouro.

Resumindo, Manaus não tem nenhum dos fabulosos esplendores da mitológica Eldorado. Aliás, não passa de uma cidade de uns 5 mil habitantes, com pelo menos 3 mil funcionários, que trabalham nos seguintes estabelecimentos públicos de Manaus: câmara legislativa, palácio presidencial, tesouraria geral, correios, alfândega, sem contar um colégio fundado em 1848 e um hospital recém-inaugurado em 1851. Por fim, o cemitério que ocupa a vertente oriental da colina onde foi erguida, em 1669, uma fortaleza contra os piratas do Amazonas, agora já destruída, permite-nos entender a importância das instituições públicas para a cidade.

Quanto aos prédios religiosos, seria difícil citar mais de dois, o que é pouco para uma cidade de origem espanhola: há a pequena igreja da Conceição e a capela de Nossa Senhora dos Remédios, construída em uma espécie de planície no alto de um relevo que se ergue sobre Manaus. A esses dois monumentos podemos adicionar ainda um convento de carmelitas, incendiado em 1850 e do qual restam apenas ruínas.

A população de Manaus cresce respeitando a proporção mencionada anteriormente, e, fora os funcionários públicos, empregados e soldados, é composta também de negociantes portugueses e indígenas de diversas tribos do rio Negro.

A cidade tem três ruas principais, bastante irregulares, que levam nomes importantes para o país e pintam bem sua cor local: são as ruas Deus Pai, Deus Filho e Deus Espírito Santo. Além disso, em direção ao pôr do sol se estende uma magnífica avenida de laranjeiras centenárias, que os arquitetos que renovaram a antiga cidade respeitaram religiosamente.

Em torno das ruas principais se entrecruzam ruelas de chão batido, cortadas sucessivamente por quatro canais acessíveis por passarelas de madeira. Em alguns pontos, os igarapés conduzem suas águas escuras por amplos terrenos vazios cobertos de ervas daninhas e de flores com cores vibrantes, formando piscinas naturais, abrigadas pela sombra de árvores magníficas, dentre as quais predomina a sumaúma, gigantesca árvore revestida com uma casca branca e cuja grande copa se arredonda como um guarda-sol sobre seus galhos retorcidos.

Já as moradias privadas consistiam em algumas centenas de casas bastante rudimentares, algumas cobertas com telhas, outras penteadas com folhas de palmeira justapostas, com seus balcões e suas lojas no térreo, administradas principalmente por negociantes portugueses.

E que tipo de pessoa vemos sair nas horas de passeio, tanto dos estabelecimentos públicos quanto das moradias privadas? Cavalheiros de fina estampa, com redingote preto, chapéu de seda, sapatos de verniz, luvas de cores sóbrias e diamantes no nó da gravata; mulheres em grandes e extravagantes vestimentas, com vestidos de armação e chapéus da última moda; e finalmente indígenas, que também estão se europeizando, acabando com tudo o que resta da cor local daquela parte média da bacia do Amazonas.

Essa é Manaus, cidade que o leitor tinha que conhecer melhor para poder entender esta história. Lá a viagem da jangada acabava de ser tragicamente interrompida na metade do caminho, e é lá que se desenrolarão, muito em breve, as aventuras desse misterioso caso...

Capítulo II
Tensões iniciais

A piroga que levava João Garral, ou melhor, João da Costa – devolvamos-lhe seu verdadeiro nome –, mal tinha partido e Benito, ansioso, já foi falar com Manoel:

– O que você sabe?

– Que seu pai é inocente! Isso mesmo, inocente! – repetiu Manoel. – E que há 23 anos foi condenado à pena de morte por um crime que não cometeu!

– Ele lhe contou tudo?

– Tudo, Benito! Ele, como o honesto fazendeiro que é, não queria esconder nada do seu passado de mim, o homem que, ao se casar com sua filha, se tornará seu segundo filho!

– E agora meu pai pode finalmente provar ao mundo sua inocência?

– Essa prova, Benito, está nos 23 anos de vida honesta e honrosa que ele levou, está na atitude do seu pai de vir à justiça dizer: "Estou aqui! Não quero mais essa falsa existência! Não quero mais me esconder atrás de um sobrenome que não é meu! Vocês condenaram um inocente! Absolvam-no!".

– E quando meu pai lhe disse isso, você... você não duvidou nem por um instante? – perguntou Benito.

– Juro que não, meu irmão!

As mãos dos dois jovens se uniram em um aperto cordial. Depois disso, Benito se dirigiu ao Padre Peçanha:

– Padre, faça o favor de levar minha mãe e minha irmã aos seus aposentos! Não as deixe sozinhas nem por um segundo! Ninguém aqui duvida da inocência do meu pai, ninguém... e o senhor sabe disso! Amanhã, eu e minha mãe vamos encontrar o delegado. Não vão nos impedir de entrar na prisão. Não! Seria cruel demais. Vamos visitar meu pai e decidir o que fazer para conseguir sua absolvição!

Yaquita permanecia quase imóvel, mas a valente mulher, inicialmente abatida pelo súbito choque, logo se recomporia. Yaquita da Costa seria a mesma mulher que fora Yaquita Garral. Ela não duvidava da inocência do marido. Sequer passava pela sua cabeça culpar João por ter se casado com ela usando um sobrenome que não era seu. Ela só pensava na vida repleta de felicidade que aquele homem íntegro, injustamente acusado, lhe proporcionara! Sim! No dia seguinte ela estaria à porta da prisão e não arredaria o pé de lá até que a abrissem para ela!

O Padre Peçanha acompanhou Yaquita e Minha, que não conseguia conter suas lágrimas, e os três se recolheram na área interna da jangada. Os dois jovens se encontraram novamente a sós.

– Agora você tem que me contar tudo o que meu pai lhe falou, Manoel.

– Não tenho nada a esconder de você, Benito.

– O que Torres veio fazer a bordo da jangada?

– Veio chantagear João com o segredo do seu passado.

– Então, quando encontramos Torres nas florestas de Iquitos, ele já pretendia encontrar meu pai?

– É possível que sim. O salafrário estava indo para a fazenda com o objetivo de fazer uma chantagem desprezível, há muito tempo planejada.

– E quando ficou sabendo que meu pai e todos nós nos preparávamos para atravessar a fronteira, resolveu mudar bruscamente de plano?

– Sim, Benito, porque uma vez que João da Costa estivesse em território brasileiro, ficaria mais suscetível às manobras de Torres do que no lado peruano da fronteira. É por isso que Torres estava nos esperando em Tabatinga e espreitando nossa chegada.

– E eu o convidei para embarcar na jangada! – repreendeu-se Benito, em um gesto de desespero.

– Irmão, não se culpe por nada! Torres teria nos alcançado mais cedo ou mais tarde! Ele não parece ser homem de abandonar uma oportunidade dessas! Se não tivesse nos encontrado em Tabatinga, com certeza nos encontraria em Manaus!

– É, Manoel, você tem razão. Não adianta pensar no passado agora... Temos que nos concentrar no presente! Chega de recriminações inúteis!

Benito, passando a mão na testa, procurava relembrar todos os detalhes do lamentável caso.

– Vejamos, como Torres descobriu que meu pai tinha sido condenado há 23 anos pelo terrível crime do Arraial do Tijuco? – perguntou.

– Não sei, e tudo me leva a pensar que seu pai também não sabe.

– Mas Torres sabia que João da Costa usava o sobrenome Garral para se esconder?

– Com certeza.

– E sabia que tinha sido no Peru, em Iquitos, que há tantos anos meu pai se refugiara?

– Sim, mas como ele sabia disso é o que não consigo entender!

– Uma última pergunta: que proposta Torres fez para o meu pai durante a conversa que eles tiveram antes de ele ser expulso da jangada?

– Ele ameaçou denunciar a verdadeira identidade do seu pai caso ele se recusasse a comprar seu silêncio.

– E o preço?

– A mão da sua irmã! – respondeu Manoel, sem hesitar, vermelho de raiva.

– Mas a que ponto chegou o desgraçado!

– E você viu como seu pai respondeu a essa proposta infame!

– Claro que vi, Manoel! Foi a resposta de um homem honesto absolutamente indignado! Ele expulsou Torres! Mas isso não foi suficiente! Não! Para mim isso não é suficiente! Meu pai foi preso por causa da denúncia de Torres, não é verdade?

– Sim, foi por causa dele!

– Então, preciso encontrar Torres! – exclamou Benito, apontando o dedo para a margem esquerda do rio em um gesto ameaçador. – Preciso descobrir como ele ficou sabendo desse segredo! Ele precisa me dizer se sabe quem é o verdadeiro autor do crime! Ele vai ter que me contar tudo! E se ele se recusar a contar... aí já sei o que vou ter que fazer!

– O que *nós* vamos ter que fazer! – acrescentou Manoel mais friamente, mas igualmente determinado.

– Não, Manoel, o que *eu* vou ter que fazer!

– Somos irmãos, Benito: essa vingança é nossa!

Benito não rebateu. Sobre esse assunto, ele já estava decidido. Nesse momento, o piloto Araújo, que tinha acabado de avaliar as condições do rio, aproximava-se dos dois jovens.

– Os senhores já decidiram se a jangada deve permanecer atracada na ilha dos Muras ou se devemos ir até o porto de Manaus? – perguntou.

Eles precisavam estudar a questão com cuidado e pensar em uma solução antes do anoitecer. Certamente a notícia da prisão de João da Costa já se espalhara pela cidade. Não havia dúvida de que o acontecimento atiçaria a curiosidade da população de Manaus, mas será que ele não acabaria provocando mais do que curiosidade em relação ao condenado do crime do Arraial do Tijuco, que outrora tivera tanta repercussão? Será que eles não deveriam se preocupar com a possibilidade de haver algum tipo de levante popular por causa do crime, que sequer fora expiado? Nesse caso, não seria melhor deixar a jangada atracada próximo à ilha dos Muras, na margem direita do rio, a algumas milhas de Manaus? Os prós e os contras da questão foram analisados.

– Não! – exclamou Benito. – Ficar aqui seria o mesmo que abandonar meu pai e duvidar da sua inocência! Seria o mesmo que ter receio de apoiá-lo! Precisamos ir já para Manaus!

– Você tem razão, Benito! Vamos lá! – apoiou Manoel.

Araújo assentiu com a cabeça e começou a se preparar para deixar a ilha. A manobra demandava cuidado. Era necessário pegar obliquamente a corrente do Amazonas, reforçada pela corrente do rio Negro, e se dirigir à foz desse afluente, que se abria doze milhas abaixo, na margem esquerda.

As amarras foram soltas, e a jangada, outra vez no leito do rio, começou a navegar diagonalmente. Araújo, aproveitando as curvas da corrente, quebrada pelas irregularidades das margens, e contando com a ajuda dos longos croques da equipe, conseguiu orientar a imensa embarcação habilmente.

Duas horas depois, a jangada se encontrava na outra margem do Amazonas, um pouco acima da foz do rio Negro, e foi a corrente que se encarregou de conduzi-la até o fim da vasta baía localizada à margem esquerda do afluente.

Finalmente, às cinco horas da tarde, a jangada era fortemente atada à margem, não no porto de Manaus, que ela não conseguiria alcançar sem ter que navegar contra uma forte corrente, mas menos de uma milha abaixo. A embarcação repousava então nas águas pretas do rio Negro, próximo a uma encosta bastante alta, cheia de embaúbas com botões dourados e cercada de caniços-de-água de haste longa chamados frouxas, que os índios usam para fazer armas.

Alguns moradores locais passavam por aquela margem. Era, sem dúvida, a curiosidade que os atraía para a jangada ancorada. A notícia da prisão de João da Costa não tardou a se espalhar, mas a curiosidade dos manauenses não chegava à indiscrição, e eles se mantinham reservados.

Benito tinha a intenção de descer em terra firme logo que chegassem, naquela mesma noite, mas foi dissuadido por Manoel.

– Espere até amanhã! Logo vai anoitecer, e não podemos abandonar a jangada!

– Está bem... Até amanhã, então! – respondeu Benito.

Naquele momento, Yaquita, seguida da filha e do Padre Peçanha, saía do quarto. Enquanto Minha ainda chorava, a mãe tinha o rosto seco e se mostrava enérgica e decidida. A mulher parecia estar pronta para tudo, para cumprir seu dever e exigir seus direitos.

Yaquita se dirigiu lentamente ao genro:

– Manoel, escute o que vou lhe dizer, pois lhe falarei de acordo com a minha consciência.

– Sou todo ouvidos!

Yaquita olhou diretamente em seus olhos.

– Ontem, depois do encontro que teve com meu marido, você veio até mim e me chamou de "minha mãe"! Você segurou a mão de Minha e lhe disse: "minha esposa"! Isso quer dizer que você sabe de tudo! João lhe revelou seu passado!

– Sim, e que Deus me perdoe se titubeei mesmo que por um segundo!

– Tudo bem, Manoel, mas naquele momento João ainda não estava preso. Agora a situação é outra. Ainda que seja inocente, meu esposo está nas mãos da justiça, seu passado foi revelado publicamente, e Minha é filha de um condenado à pena de morte...!

– Minha da Costa ou Minha Garral, pouco me importa! – exclamou Manoel, sem conseguir se conter.

– Manoel! – murmurou a jovem moça.

E Minha teria certamente esmorecido se os braços de Lina não estivessem lá para segurá-la.

– Mãe, se a senhora não quer matá-la, considere-me seu filho! – disse por fim Manoel.

– Meu filho! Minha criança! – foi tudo o que Yaquita conseguiu dizer, e as lágrimas, que segurava com tanta dificuldade, enfim jorraram de seus olhos.

Todos voltaram para dentro da jangada. Mas a honesta família, posta à prova de maneira tão cruel, não teria sequer uma hora de sono durante aquela longa noite.

Capítulo III
De volta ao passado

A morte do juiz Ribeiro, com quem João da Costa tinha certeza absoluta de que podia contar, era uma terrível fatalidade!

Ribeiro conhecera João da Costa antes de se tornar juiz de direito e o mais importante magistrado da província de Manaus, justamente na época em que João tinha sido acusado pelo crime do arraial diamantino. Ribeiro era então advogado em Vila Rica e se encarregou de defender o jovem empregado do tribunal. O advogado se comprometeu com essa causa e se dedicou a ela de todo coração. Após estudar minuciosamente o caso e os acontecimentos, teve certeza de que seu cliente estava sendo injustamente incriminado e de que não tinha qualquer envolvimento com o assassinato dos soldados da escolta e com o roubo de diamantes; sabia também que as investigações tomaram o caminho errado e, finalmente, que João da Costa era inocente.

No entanto, apesar de seu talento e dedicação, o advogado Ribeiro não conseguiu convencer o júri de sua certeza. Quem era o culpado, então? Se não era João da Costa, o único que podia ter informado os bandidos sobre a partida secreta do comboio, quem era? Como o empregado que acompanhava a escolta morrera junto com quase todos os soldados, não podia ser alvo de suspeitas. Tudo levava à conclusão de que João da Costa era o único e verdadeiro autor do crime.

Ribeiro o defendeu com unhas e dentes! Dedicou-se tanto a essa causa... mas não conseguiu salvá-lo. O veredito do júri foi categórico quanto a todas as questões. João da Costa, declarado culpado por homicídio premeditado, não obteve sequer o benefício das circunstâncias atenuantes, sendo assim condenado à morte.

Não restava nenhuma esperança ao acusado. Nenhuma comutação de pena era possível, já que se tratava de um crime relacionado ao arraial diamantino. O condenado já estava com os dias contados... Mas, durante a noite anterior à execução, quando a forca já estava preparada, João da Costa conseguiu fugir da prisão de Vila Rica. E o resto da história nós já conhecemos.

Vinte anos depois, o advogado Ribeiro era nomeado juiz de direito em Manaus. No exílio, o fazendeiro de Iquitos ficou sabendo da notícia e viu ali uma ótima oportunidade de pedir a revisão de seu processo, com alguma probabilidade de êxito. Ele sabia que provavelmente o advogado mantinha as mesmas convicções a seu respeito e decidiu, então, tentar de tudo para conseguir sua absolvição. Sem a nomeação de Ribeiro às funções de magistrado supremo da província do Amazonas, talvez João da Costa hesitasse, pois não tinha nenhuma nova prova material de sua inocência. E, embora sofresse terrivelmente por ter que se esconder no exílio de Iquitos, talvez tivesse delegado ao tempo a tarefa de apagar ainda mais as lembranças daquele horrível caso, se não houvesse essa razão singular que o levava a agir sem demora.

De fato, muito antes de Yaquita lhe contar, João da Costa já percebera que Manoel amava sua filha. A união entre o médico militar e a moça lhe convinha em todos os aspectos. Era evidente que haveria, mais cedo ou mais tarde, um pedido de casamento, e João não queria ser pego desprevenido.

Mas, por fim, não conseguiu suportar a ideia de que seria necessário casar sua filha com um sobrenome falso, de que Manoel Valdez, jurando entrar para a família Garral, entrava, na verdade, para a família Da Costa, cujo chefe passara a vida fugindo da forca. Não! Esse casamento não ocorreria do mesmo jeito que o seu! Jamais!

Relembremos o que aconteceu naquela época. Quatro anos após a chegada de João à fazenda de Iquitos, Magalhães, já seu sócio, foi levado à fazenda mortalmente ferido. Restavam-lhe apenas alguns dias de vida. O velho português se apavorou com a ideia de deixar sua filha sozinha, sem amparo, e, sabendo que João e Yaquita se amavam, quis casá-los sem demora.

João inicialmente recusou a proposta e se ofereceu para ser apenas o protetor, o empregado de Yaquita, sem a esposar, mas Magalhães, à beira da morte, insistiu tanto que foi inútil resistir. Yaquita pousou sua mão na de João, e ele não a retirou.

Sim! Foi algo grave! Sim! João da Costa devia ter confessado tudo ou fugido para sempre daquela casa onde fora tão bem recebido, daquela propriedade que tornara próspera! Sim! Antes confessar tudo do que dar à filha de seu benfeitor um sobrenome que não era seu ou o sobrenome de um condenado à morte por um crime de assassinato – ainda que fosse inocente perante Deus!

Mas as circunstâncias exigiam pressa. O velho fazendeiro, prestes a morrer, estendeu as mãos aos jovens. João da Costa não disse nada, o casamento ocorreu, e toda a vida do jovem fazendeiro foi consagrada à felicidade da mulher que se tornou sua esposa.

"O dia em que eu confessar tudo a Yaquita, ela vai me perdoar!", repetia João para si mesmo. "Ela não vai duvidar de mim nem por um instante! Mas, se tive que enganá-la, é certo que não vou enganar o honesto homem que quiser entrar em nossa família se casando com Minha! Não! Eu escolho me libertar e acabar com essa vida!"

É claro que João pensou em contar à esposa sobre seu passado mais de cem vezes! A confissão estava na ponta da língua, principalmente quando ela lhe implorava para visitarem o Brasil, para descerem, com a filha, o belo rio Amazonas! Ele conhecia Yaquita suficientemente bem para ter certeza de que sua afeição por ele não diminuiria... Só lhe faltava coragem! Quem não o compreenderia, tendo uma família tão feliz, que ele amava tanto e que poderia acabar destruindo para sempre?

Essa foi sua vida durante vários anos, essa foi a fonte incessante de um terrível sofrimento que tinha que manter em segredo, e essa foi, enfim, a vida de um homem que não tinha nada a esconder, mas que foi obrigado a fugir por causa de uma enorme injustiça!

Mas, enfim, quando chegou o dia em que teve certeza absoluta do amor de Manoel por Minha, quando soube que em menos de um ano daria seu consentimento a essa união, João deixou a hesitação de lado e se preparou para agir o mais rápido possível.

Escreveu uma carta, endereçada ao juiz Ribeiro, em que revelava o segredo da existência de João da Costa, o nome que usava para se esconder, o local onde vivia com a família e sua intenção formal de se entregar à justiça de seu país para pedir a revisão do seu processo – do qual sairia ou absolvido ou executado pelo injusto julgamento de Vila Rica.

O que o honesto magistrado sentiu ao ler a carta? Não é difícil adivinhar. Não era mais ao advogado que o condenado apelava, mas ao juiz supremo da província. João da Costa se abriu totalmente com ele e sequer lhe pediu segredo.

O juiz Ribeiro, de início assustado com a revelação inesperada, logo se recompôs e ponderou com cuidado os deveres que a situação lhe impunha. Ele era encarregado da perseguição de criminosos, e eis que vinha um se entregar. É verdade que ele defendera o criminoso em questão, que ele não tinha dúvidas de que João tinha sido injustamente condenado e que sua felicidade fora imensa ao vê-lo escapar no último segundo... Verdade seja dita, ele tinha incentivado, facilitado a fuga! Mas será que, atualmente, como magistrado, ele poderia repetir o que fizera um dia enquanto advogado?

"Bom... Sim!", disse o juiz a si mesmo. "Minha consciência não me permite abandonar esse homem justo! Sua atitude hoje é uma nova prova da sua inocência, uma prova moral. Ele não tem outras provas, mas essa pode ser a mais convincente de todas! Não! Eu não vou abandoná-lo!"

A partir daquele dia, o magistrado e João da Costa mantiveram uma correspondência secreta. Inicialmente, Ribeiro orientou seu cliente a não se comprometer com um ato imprudente. O juiz queria retomar o caso, reler o dossiê, revisar todas as informações. Era necessário descobrir se não ocorrera nada de novo em relação ao grave caso do arraial diamantino. Será que nenhum dos cúmplices do crime ou dos contrabandistas que atacaram o comboio tinha sido preso desde o atentado? Será que não houvera novas confissões? Sabemos que, independentemente disso, João da Costa ainda defenderia sua inocência. Mas isso não era suficiente, e o juiz Ribeiro queria descobrir, através dos próprios elementos do caso, quem era, de fato, o criminoso.

João da Costa prometeu agir com prudência, mas foi um imenso consolo para ele saber que, depois de tantos percalços, seu antigo advogado, já juiz supremo, ainda tinha plena convicção de que ele não era culpado. Sim! João da Costa, apesar de condenado, era uma vítima, um mártir, um homem honesto, com quem a sociedade devia se retratar. E quando o magistrado tomou conhecimento do passado do fazendeiro de Iquitos desde a condenação, da situação atual de sua família, de toda sua vida de dedicação e trabalho, sem medir esforços para garantir a felicidade do lar, ele não ficou mais convencido, e sim mais comovido e jurou a si mesmo fazer de tudo para conseguir a absolvição do injustiçado.

A troca de correspondências durou seis meses. Um dia, enfim, João da Costa, apressado pelas circunstâncias, escreveu ao juiz Ribeiro: "Em dois meses estarei aí com Vossa Excelência, à disposição do mais importante magistrado da província!", ao que o juiz respondeu com um breve "Estou lhe esperando!".

A jangada já estava pronta para descer o rio. Todos embarcaram – mulheres, crianças, empregados e, claro, João da Costa. Durante a viagem, para a surpresa da esposa e dos filhos, João raramente desceu da embarcação. Na maior parte das vezes, ficava trancado no quarto, escrevendo, trabalhando – não em contas comerciais, mas, sem nada explicar, em manuscritos que chamava de "história da minha vida" e que serviriam para a revisão do processo.

Oito dias antes da mais recente prisão, decorrente da denúncia de Torres, que anteciparia e talvez acabaria com seus projetos, João dera a um índio da Amazônia uma carta em que avisava o juiz Ribeiro que logo estaria chegando. O magistrado recebeu a carta e aguardava ansiosamente o acusado para retomar o difícil caso, que ele tinha esperança de que terminasse bem.

Mas, na noite anterior à chegada da jangada em Manaus, o juiz foi acometido por um ataque de apoplexia. E embora a chantagem de Torres tivesse sido um fracasso graças à nobre indignação da vítima, a denúncia, por outro lado, surtiu efeito. João foi preso na frente dos familiares, e seu antigo advogado não estava mais lá para defendê-lo!

Sim, foi mesmo um choque terrível! Mas o mal estava feito, e não era mais possível voltar atrás. João da Costa se levantava, então, da queda que o derrubara assim, tão inesperadamente. Já não era apenas sua honra que estava em jogo, mas a honra de toda a sua família!

Capítulo IV

Provas morais

O mandado de prisão de João da Costa, também conhecido como João Garral, havia sido emitido pelo substituto do juiz Ribeiro, que ocuparia seu cargo na província do Amazonas até que fosse nomeado um sucessor.

O substituto em questão se chamava Vicente Jarriquez. Era um homenzinho rude, cujos quarenta anos de experiência em processos criminais não tinham contribuído para torná-lo benevolente com os acusados. Instruíra tantos processos como aquele, condenara tantos criminosos, que a inocência de um réu, não importava quem fosse, parecia-lhe, em princípio, impensável. Ele certamente não ia contra sua consciência, mas essa, já calejada, não se deixava levar facilmente pelos incidentes do interrogatório ou pelos argumentos da defesa. Como muitos presidentes de tribunal, ele logo reagia à indulgência do júri, e, quando um acusado, após ter passado pelo crivo dos inquéritos, das informações e das instruções, encontrava-se diante dele, era certo que era culpado.

Entretanto, Jarriquez não era um homem mau. Nervoso, inquieto, loquaz, astuto e sutil, era curioso observar a combinação de sua grande cabeça com seu corpo miúdo, a cabeleira desgrenhada que fazia jus à peruca branca dos juízes de outrora, os pequeninos olhos de águia, o nariz proeminente – com o qual, se pudesse, ele certamente gesticularia –, as orelhas enormes que conseguiam ouvir o que se dizia mesmo fora do alcance normal de um aparelho auditivo, os dedos que tamborilavam sem parar na mesa do tribunal como os dedos de um pianista que ensaia discretamente, o tronco demasiadamente longo para pernas muito curtas e os pés que cruzava e descruzava sem parar do alto da cadeira de magistrado.

No plano pessoal, o juiz Jarriquez, solteiro convicto, só trocava os livros de Direito Penal pela mesa, que nunca recusava, pelo jogo de uíste, que muito apreciava, pelo xadrez, em que era mestre, e principalmente pelos quebra-cabeças chineses, enigmas, charadas, rébus, anagramas, logogrifos, entre outros, que constituíam, como era o caso de mais de um magistrado europeu – verdadeiras esfinges tanto por gosto como por profissão –, seu principal passatempo.

Percebe-se que era um homem bastante peculiar, e ficava evidente o quanto João da Costa perderia com a morte do juiz Ribeiro, já que agora seu caso estava nas mãos daquele magistrado um tanto excêntrico.

No caso de João, a tarefa de Jarriquez seria bastante simples. Ele não teria que agir como inquiridor ou como instrutor, nem que comandar debates, dar seu veredito, assegurar a aplicação dos artigos do Código Penal nem, por fim, pronunciar uma condenação. Infelizmente para o fazendeiro de Iquitos, tantas formalidades já não eram mais necessárias. João da Costa tinha sido preso, julgado e condenado havia 23 anos pelo crime do Arraial do Tijuco; não houve prescrição, e não era possível nenhum pedido de comutação de pena ou recurso. Em suma, o que o juiz precisava fazer era confirmar a identidade de João e esperar que a ordem de execução viesse do Rio de Janeiro para a justiça seguir seu rumo.

Mas sem dúvida João da Costa protestaria por sua inocência e diria ter sido injustamente condenado. O dever do magistrado, independentemente de sua opinião, era escutá-lo. A questão era saber o que o condenado apresentaria como prova de suas alegações. E se ele não tinha conseguido provar sua inocência para os primeiros juízes, conseguiria prová-la agora? Essa seria a grande questão do interrogatório.

Deve-se admitir, contudo, que o fato de um contumaz bem-sucedido e em segurança no exterior ter largado tudo de boa vontade para afrontar a justiça, da qual seu passado devia ter ensinado a desconfiar, consistia em um caso curioso, raro, que interessaria mesmo um magistrado já entediado com as reviravoltas de um debate judiciário. Seria essa uma atitude desaforada da parte do condenado do Arraial do Tijuco, já cansado da vida, ou um arroubo de consciência de alguém que quer reparar uma injustiça a qualquer preço? O caso era estranho, há de se convir.

No dia seguinte à detenção de João da Costa, o juiz Jarriquez se dirigiu à prisão, na rua Deus Filho, onde estava o acusado. A prisão era um antigo convento de missionários, construído à beira de um dos principais igarapés da cidade. Naquele prédio, pouco apropriado para a nova função, aos detidos voluntários de outros tempos sucederam os detidos contra a própria vontade. Assim, o quarto ocupado por João da Costa não era uma dessas tristes celas do sistema penitenciário moderno, mas o antigo aposento de um monge: tinha uma janela que dava para um terreno baldio, sem cortinas, mas gradeada, um banco em um canto, um catre em outro, alguns utensílios rústicos e mais nada.

Foi naquele quarto que, naquele 25 de agosto, por volta das onze horas da manhã, João foi chamado e levado para a sala de interrogatório, situada no antigo salão comum do convento.

O juiz Jarriquez estava lá, em sua mesa, empoleirado na alta cadeira, com as costas voltadas para a janela, de modo que permanecia à sombra, enquanto o acusado era iluminado. O escrivão, com uma caneta de pena atrás da orelha, tinha se acomodado à ponta da mesa e, com a indiferença típica dos funcionários da justiça, estava pronto para registrar as perguntas e as respostas.

João da Costa foi levado à sala. Ao sinal do magistrado, os guardas que o acompanhavam se retiraram.

O juiz ficou observando por algum tempo o acusado, que tinha se curvado perante o magistrado e mantinha uma atitude adequada – nem insolente, nem humilde –, enquanto aguardava com dignidade que lhe fizessem as perguntas.

– Seu nome? – perguntou o juiz.

– João da Costa.

– Sua idade?

– Cinquenta e dois anos.

– O senhor mora...?

– No Peru, na cidade de Iquitos.

– Com que sobrenome?

– Com o sobrenome da minha mãe: Garral.

– E por que o senhor usava este sobrenome?

– Porque, durante 23 anos da minha vida, fugi da justiça brasileira.

As respostas eram tão precisas, mostrando que João da Costa estava decidido a revelar todo o seu passado e presente, que o juiz, pouco habituado a presenciar uma atitude daquelas, manteve a cabeça mais erguida do que de hábito.

– E por que a justiça brasileira o perseguia? – retomou ele.

– Porque fui condenado à pena de morte, em 1826, pelo caso dos diamantes do Arraial do Tijuco.

– O senhor confessa, portanto, que é João da Costa?

– Sim, sou João da Costa.

Tudo isso foi respondido com muita calma, da maneira mais simples possível. Os olhos do juiz, revirando-se sob as pálpebras, pareciam dizer: "Eis um caso que se resolverá por si só!".

Mas estava chegando o momento em que seria feita a inevitável pergunta que levava à inevitável resposta de todo e qualquer acusado.

O juiz Jarriquez começou a tamborilar os dedos de modo leve e ritmado na mesa.

– João da Costa, o que o senhor faz em Iquitos?

– Sou fazendeiro e administro uma propriedade agrícola bastante razoável.

– Esta propriedade é próspera?

– Muito.

– E quando foi que o senhor deixou sua fazenda?

– Há mais ou menos nove semanas.

– E por quê?

– Para vir para cá, Vossa Excelência, criei um pretexto, quando na verdade tinha um motivo.

– Qual era o pretexto?

– Levar ao Pará uma jangada carregada de diversos produtos da Amazônia.

– Ah! – fez o juiz. – E qual o verdadeiro motivo da sua partida?

E, ao fazer essa pergunta, dizia para si mesmo: "Chegou a hora das negações e das mentiras!".

– O verdadeiro motivo – respondeu João da Costa com uma voz firme – foi a minha decisão de me entregar à justiça do meu país!

– Entregar-se! – exclamou o juiz, levantando-se da cadeira. – Entregar-se por vontade própria?

– Sim!

– E por quê?

– Porque não aguentava mais, porque não queria mais aquela vida de mentiras, em que tinha que esconder meu próprio sobrenome. Uma vida em que não podia dar à minha mulher e aos meus filhos o que é deles por direito. Enfim, senhor juiz, porque...

– Porque...?

– Sou inocente.

"Era o que eu estava esperando!", falou para si o juiz Jarriquez.

E, enquanto tamborilava os dedos em um ritmo já mais acelerado, fez um sinal com a cabeça para João da Costa como se dissesse: “Ande! Conte sua história! Eu a conheço, mas não posso lhe impedir de contá-la como bem entender!”.

João da Costa percebeu a disposição pouco encorajadora do magistrado, mas preferiu não demonstrar. Contou, então, toda sua história de vida. Falava calmamente, sem abandonar o estado de espírito a que se propusera e sem omitir nenhuma das circunstâncias que precederam ou sucederam sua condenação. Não insistiu mais na vida honrada que levara desde a fuga, nem nos deveres de chefe de família, marido e pai, que cumprira de maneira tão digna. Reforçou apenas os motivos que o levaram, por livre e espontânea vontade, até Manaus para pedir a revisão de seu processo e sua absolvição.

O juiz Jarriquez, sempre desconfiado em relação a qualquer acusado, não o interrompeu. Limitou-se a abrir e fechar os olhos várias vezes como quem escuta a mesma história pela centésima vez e, quando João da Costa colocou sobre a mesa o manuscrito que tinha redigido, não se mexeu para pegá-lo.

– O senhor acabou? – perguntou o juiz.

– Sim, Vossa Excelência.

– E o senhor insiste em dizer que saiu de Iquitos apenas para pedir a revisão do seu julgamento?

– Não tenho outro motivo.

– E que provas se tem disto? Que provas se tem de que, sem a denúncia que o levou à prisão, o senhor teria se entregado?

– Este manuscrito.

– Este manuscrito estava em suas mãos e nada pode provar que, se o senhor não tivesse sido preso, teria feito o que disse.

– Existe, senhor juiz, ao menos uma prova, que não está mais em minhas mãos, cuja autenticidade não pode ser posta em questão.

– E que prova seria esta...?

– A carta que escrevi ao seu predecessor, o juiz Ribeiro, avisando-o da minha chegada.

– Ah! O senhor escreveu...?

– Sim, e esta carta, que já deve ter chegado ao endereço do juiz Ribeiro, não deve tardar a chegar às suas mãos.

– É mesmo? – respondeu o juiz Jarriquez com um tom um tanto incrédulo. – E posso saber por que o senhor escreveu ao juiz Ribeiro...?

– Antes de ser juiz de direito desta província, o juiz Ribeiro era advogado em Vila Rica. Foi ele quem me defendeu no processo criminal do Arraial do Tijuco. Ele não tinha dúvida de que eu era inocente. Fez de tudo para me salvar. Vinte anos depois, quando o juiz se tornou chefe de justiça em Manaus, eu lhe contei o que tinha acontecido até então, onde estava e o que pretendia fazer. Sua convicção em relação a mim não mudara, e foi aconselhado por ele que deixei a fazenda para vir, pessoalmente, pedir minha absolvição. Mas a morte o arrebatou subitamente, e talvez eu esteja perdido, Vossa Excelência, se, no juiz Jarriquez, não encontrar o juiz Ribeiro!

O magistrado, diretamente interpelado, quase pulou da cadeira, a despeito de todas as convenções do tribunal; no entanto, conseguiu se conter, limitando-se a murmurar as seguintes palavras: "Faz sentido...". O juiz Jarriquez tinha, evidentemente, o coração calejado e dificilmente se surpreendia com alguma coisa.

Naquele momento, um guarda entrou na sala e entregou ao magistrado um envelope lacrado. O juiz o abriu e encontrou uma carta, que leu com o cenho franzido. Então disse:

– Não tenho motivos para esconder do senhor, João da Costa, que tenho em minhas mãos a carta que o senhor acaba de mencionar, endereçada ao juiz Ribeiro. Não há, portanto, nenhuma razão para duvidar do que o senhor disse quanto a isto.

– Não apenas quanto a isto, mas quanto a todo o resto que acabo de lhe contar e que o senhor juiz não precisa questionar!

– Alto lá, João da Costa! – respondeu de um ímpeto o juiz. – O senhor alega ser inocente, mas é exatamente isso que todos os acusados fazem! No final das contas, o senhor só apresenta indícios morais! E prova material, o senhor tem alguma?

– Talvez, Vossa Excelência – respondeu João da Costa.

Com essa resposta, o juiz Jarriquez levantou-se da cadeira. Aquilo tinha sido mais forte do que ele, que precisou dar duas ou três voltas na sala para se recompor.

Capítulo V

Provas materiais

Quando retornou a seu lugar, já se sentindo mais calmo e controlado, o juiz se recostou na cadeira, erguendo a cabeça e olhando para o teto. Com a mais pura indiferença, sem sequer olhar para o acusado, disse:

– Fale.

João da Costa se retraiu por um instante, como se hesitasse entrar no assunto, mas logo respondeu:

– Até agora, senhor juiz, para provar minha inocência forneci apenas indícios morais, baseados na dignidade, na integridade e na honestidade com que sempre levei minha vida. Eu jurava que essas fossem as provas mais dignas que um homem pudesse apresentar à justiça...

O juiz Jarriquez não se conteve e deu de ombros, mostrando que não compartilhava da mesma opinião.

– Mas já que essas provas não são suficientes, eis as provas materiais que talvez eu possa apresentar – retomou João. – Eu digo "talvez" pois não sei ainda qual sua validade. Além disso, senhor juiz, não mencionei isto nem à minha mulher nem aos meus filhos, porque não queria lhes dar falsas esperanças.

– Vá direto ao ponto – respondeu o juiz.

– Tenho diversos motivos para crer que minha prisão, na véspera da chegada da jangada a Manaus, ocorreu devido a uma denúncia feita ao delegado.

– O senhor não está errado, João da Costa, mas devo lhe dizer que esta denúncia é anônima.

– Não importa, sei que ela só pode ter vindo de um miserável chamado Torres.

– E posso saber com que direito o senhor chama dessa maneira este... denunciante?

– Um miserável, sim, senhor juiz! – respondeu João com veemência. – Este homem, que acolhi com muita hospitalidade, se aproximou de mim apenas para que eu comprasse seu silêncio, para me oferecer uma troca repugnante, que eu nunca vou me arrepender de ter recusado, por piores que sejam as consequências desta denúncia!

"Sempre essa tática! Acusar os outros para se livrar da culpa!", pensou o juiz Jarriquez. Mas ainda assim não deixou de escutar com extrema atenção o que o acusado lhe contava da sua relação com o aventureiro, até o momento em que Torres procurou o fazendeiro para dizer que sabia quem era o verdadeiro autor do crime do Arraial do Tijuco e que podia revelar seu nome.

– E qual o nome do culpado? – perguntou o juiz, já não mais tão indiferente.

– Não faço ideia – respondeu João. – Torres não me disse.

– E o culpado está vivo...?

– Não, morto.

O juiz, tamborilando os dedos mais rapidamente, não se conteve:

– É sempre assim! O homem que pode provar a inocência de um acusado sempre está morto!

– O verdadeiro culpado está morto, senhor juiz, mas Torres está vivo e me disse que tem a prova escrita pelo punho do próprio autor do crime! Ele tentou vendê-la para mim!

– Bom, João da Costa, pagar com toda a sua fortuna não teria sido caro demais! – respondeu o juiz.

– Se Torres tivesse pedido apenas minha fortuna, eu a teria entregado, e ninguém da minha família teria protestado! Vossa Excelência tem razão, nossa honra não tem preço! Mas esse tratante, sabendo que meu destino estava em suas mãos, exigiu mais do que a minha fortuna!

– O quê?

– A mão da minha filha! Eu recusei, ele me denunciou, e é por isso que estou aqui perante o senhor!

– E se Torres não o tivesse denunciado, se ele não o tivesse encontrado no caminho, o que o senhor teria feito quando ficasse sabendo da morte do juiz Ribeiro? Teria vindo se entregar à justiça mesmo assim?

– Sem dúvida alguma, senhor juiz – respondeu João da Costa com uma voz firme –, já que, repito, esse era meu único objetivo quando deixei Iquitos para vir a Manaus.

Isso fora dito com tamanho tom de veracidade que o juiz Jarriquez sentiu uma espécie de emoção atingi-lo naquele lugar do coração em que se formam as convicções; no entanto, não foi suficiente para que ele se rendesse.

Não é de causar espanto. O magistrado não sabia nada do que sabem os que acompanham esta história desde o começo. Esses não têm dúvida de que Torres tem em mãos a prova material da inocência de João da Costa e talvez estejam pensando que o juiz Jarriquez seja de uma incredulidade implacável. No entanto, devem lembrar que o juiz se encontra em outra situação, que ele está acostumado a ouvir sempre as mesmas coisas dos réus. O juiz não tem acesso ao documento de que fala João da Costa; ele sequer sabe se esse documento existe de fato e, no final das contas, está diante de um homem cuja culpa tem para ele força de coisa julgada.

No entanto, queria, talvez por curiosidade, encurralar João da Costa e levar o interrogatório até as últimas consequências.

– Então todas as suas esperanças estão depositadas na palavra de Torres? – perguntou.

– Sim, senhor juiz, já que toda minha vida não depõe a meu favor!

– Onde o senhor acha que Torres se encontra agora?

– Acho que está em Manaus.

– E o senhor espera que ele lhe conte, que ele faça a boa ação de lhe entregar o documento que o senhor se recusou a comprar pelo valor que ele queria?

– Espero que sim, Vossa Excelência. A situação de Torres é outra agora. Ele me denunciou, então não pode esperar que a negociação seja feita nas mesmas condições que antes. Mas ainda assim este documento pode lhe valer uma fortuna e, seja eu condenado ou absolvido, esta é a sua única chance de ganhá-la. E, ora, já que ele quer vendê-lo sem perder nada, acredito que agirá conforme seu interesse.

Não era possível contestar o raciocínio de João da Costa, e o juiz Jarriquez sabia disso. Assim, fez a única objeção possível:

– Tudo bem, sem dúvida Torres tem o interesse de lhe vender este documento... isso se ele existir!

– Se o documento não existir, Vossa Excelência – começou João da Costa com um tom de voz imponente –, só me restará obedecer à justiça dos homens, enquanto aguardo a justiça de Deus!

Ao ouvir essas palavras, o juiz se levantou e, com um tom menos indiferente, disse:

– João da Costa, ao deixá-lo contar os percalços da sua vida e alegar sua inocência neste interrogatório, fiz mais do que manda meu dever. Já houve uma investigação neste caso, e o senhor compareceu perante o júri de Vila Rica, cujo veredito foi unânime, sem admissão de circunstâncias atenuantes. O senhor foi condenado à morte por instigação ao crime e por cumplicidade no assassinato dos soldados e no roubo dos diamantes do Arraial do Tijuco e só escapou da sentença porque fugiu. Mas, tendo vindo se entregar à justiça ou não, 23 anos depois, o senhor continua sendo considerado culpado. Pela última vez, o senhor admite ser João da Costa, o condenado no caso do arraial diamantino?

– Sim, João da Costa sou eu.

– O senhor está pronto para assinar esta declaração?

– Sim.

E, sem tremer a mão, João da Costa assinou o relatório redigido pelo escrivão.

– O relatório, endereçado ao Ministério da Justiça, será enviado ao Rio de Janeiro – disse o magistrado. – Levará vários dias até recebermos a ordem de execução da sua condenação. Se é verdade mesmo que Torres tem a prova da sua inocência, faça tudo o que puder, mobilize seus familiares, para consegui-la a tempo. Uma vez que a ordem chegar, nenhum adiamento será possível, e a justiça seguirá seu rumo!

João da Costa inclinou o corpo para frente:

– Poderei ver minha esposa e meus filhos agora?

– A partir de hoje, sempre que quiser – respondeu o juiz. – O senhor não está mais confinado, e seus familiares poderão vê-lo assim que se apresentarem.

O magistrado tocou então uma sineta. Os guardas entraram na sala e levaram João da Costa.

O juiz Jarriquez, balançando a cabeça, ficou observando-o partir:

– É... Isso é muito mais estranho do que eu imaginava... – murmurou.

Capítulo VI
O golpe fatal

Enquanto João da Costa estava no interrogatório, Yaquita ficava sabendo por Manoel que ela e os filhos poderiam visitar o prisioneiro naquele mesmo dia, às quatro horas da tarde.

Desde a véspera, Yaquita ainda não tinha saído do quarto. Minha e Lina ficaram ao seu lado, esperando o momento em que poderiam ver João. Fosse Yaquita Garral ou Yaquita da Costa, ela continuaria sendo a mesma mulher dedicada, a mesma companheira corajosa de toda a sua vida.

Naquele dia, por volta das onze horas, Benito se juntou a Manoel e a Fragoso, que conversavam na popa da jangada.

– Manoel, tenho um favor para lhe pedir – disse Benito.

– Qual?

– Ao senhor também, Fragoso.

– Estou às ordens, sr. Benito – respondeu o barbeiro.

– O que é? – perguntou Manoel, observando o amigo, cuja atitude era a de um homem que tomara uma decisão inabalável.

– Vocês ainda acreditam na inocência do meu pai, não é? – perguntou Benito.

– Por favor, seria mais fácil para mim acreditar que fui eu que cometi o crime! – exclamou Fragoso.

– Bom, precisamos colocar em ação hoje mesmo o plano que bolei ontem.

– O plano de encontrar Torres? – perguntou Manoel.

– Sim, e descobrir como ele ficou sabendo do paradeiro do meu pai! Há muitas coisas sem explicação por aqui! Será que ele conhecia meu pai de outros tempos? Não faz sentido! Havia mais de vinte anos que meu pai não saía de Iquitos, e esse verme não deve ter nem trinta anos de idade! Mas, antes de o sol se pôr, descobrirei tudo isso ou senão... Torres vai se ver comigo!

A decisão de Benito não admitia qualquer questionamento, embora nem Manoel nem Fragoso tivessem sequer cogitado dissuadi-lo desse plano.

– Peço aos dois que me acompanhem, então – retomou Benito. – Vamos partir agora. Não podemos deixar que Torres saia de Manaus. Ele pode acabar se dando conta de que já não tem mais como vender seu silêncio! Vamos!

Os três desembarcaram na margem do rio Negro e se dirigiram à cidade.

Manaus não era tão grande que não pudesse ser inteiramente percorrida em algumas horas. Eles bateriam de porta em porta, se fosse necessário, até encontrar Torres. Mas antes seria melhor perguntar aos donos das hospedarias e dos armazéns se não sabiam onde o aventureiro podia estar. Certamente o ex-capitão do mato não dera seu verdadeiro nome e talvez tivesse razões pessoais para evitar toda e qualquer relação com a justiça. No entanto, se não tinha saído de Manaus, era impossível que escapasse às buscas dos rapazes. De qualquer forma, eles não tinham como pedir ajuda para a polícia, pois muito provavelmente – e disso nós já temos certeza – sua denúncia tinha sido anônima.

Por uma hora, Benito, Manoel e Fragoso percorreram as principais ruas da cidade, interrogando os proprietários das lojas e dos botequins e mesmo as pessoas que caminhavam nas ruas, mas ninguém reconheceu o indivíduo pelas características que os três descreviam com extrema precisão.

Teria Torres deixado Manaus? Não haveria mais esperanças de encontrá-lo?

Manoel tentava em vão acalmar Benito, que estava prestes a explodir. Custasse o que custasse, tinham que encontrá-lo!

A sorte estava a favor deles, e foi Fragoso quem encontrou uma pista que poderia levá-los até Torres. Em um hotel na rua Deus Espírito Santo, após ouvir a descrição que o barbeiro fez do aventureiro, o dono do estabelecimento disse que o indivíduo em questão havia chegado lá na noite anterior.

– Ele dormiu na hospedaria? – perguntou Fragoso.

– Sim – respondeu o dono do hotel.

– E ele se encontra no momento?

– Não, saiu.

– Mas já deixou tudo pago, como se fosse ir embora?

– Não, não. Saiu do quarto faz uma hora e certamente vai voltar para a janta.

– O senhor sabe em que direção ele foi?

– Foi em direção ao Amazonas, descendo pela cidade baixa. É provável que o encontrem do lado de cá do rio.

Fragoso não tinha mais nada a perguntar. Foi encontrar os dois rapazes e lhes disse:

– Tenho uma pista do paradeiro de Torres!

– Ele está aqui! – exclamou Benito.

– Não, acaba de sair. Viram ele atravessar a campina, pro lado do rio.

– Vamos! – respondeu Benito.

Tinham que voltar para o rio e, para cortar caminho, pegaram a margem esquerda do rio Negro até a foz. Deixaram rapidamente as últimas casas da cidade para trás e continuaram costeando a margem, apenas fazendo um desvio para não passar pela jangada.

Naquela hora a planície estava deserta. Era possível enxergar longe, através da campina, onde as plantações tinham substituído as florestas de outrora. Benito não falava: ele não teria conseguido articular uma palavra sequer.

Manoel e Fragoso respeitavam seu silêncio. Os três iam assim, observando o entorno, da margem do rio Negro à margem do Amazonas. Quarenta e cinco minutos após terem saído de Manaus, ainda não tinham encontrado nada.

Passaram mais de uma vez por índios que trabalhavam perto da margem. Manoel fez algumas perguntas, e por fim um deles lhe disse que um homem parecido com o que descreviam tinha acabado de passar por ali, indo em direção ao ponto em que os dois rios se encontravam, formando um ângulo.

Sem perguntar mais nada, Benito, em um rompante, saiu em disparada, e os dois companheiros tiveram que se apressar para não o perderem de vista. A margem esquerda do Amazonas surgia a menos de um quarto de milha dali. Uma espécie de escarpa se desenhava, escondendo parte do horizonte e limitando o alcance da vista a um raio de algumas centenas de passos.

Benito, que saíra correndo na frente, logo desapareceu atrás de um dos morros.

– Mais rápido! Mais rápido! – gritou Manoel a Fragoso. – Não podemos deixá-lo sozinho nem por um segundo!

E os dois correram naquela direção quando de repente ouviram um grito. Benito teria avistado Torres? Torres o vira? Benito e Torres já tinham se encontrado?

Manoel e Fragoso ultrapassaram o morro e viram então, a cinquenta passos de distância deles, dois homens parados, encarando-se.

Eram Torres e Benito.

Manoel e Fragoso os alcançaram imediatamente. No estado de agitação em que Benito se encontrava, parecia que seria impossível contê-lo quando visse o aventureiro. Não foi o que aconteceu.

No momento em que o jovem se viu diante de Torres e teve certeza de que ele não poderia escapar, houve uma mudança completa em sua atitude: desestufou o peito, esfriou a cabeça e recobrou o autocontrole.

Os dois ficaram se olhando por alguns segundos sem trocar uma palavra. Torres foi o primeiro a quebrar o silêncio, e o fez, como sempre, com um tom atrevido:

– Ora, ora! Se não é o sr. Benito Garral...!

– Não! Benito da Costa!

– É verdade, minhas desculpas. Se não é o sr. Benito da Costa, acompanhado do sr. Manoel Valdez e do meu amigo Fragoso!

Devido à qualificação ultrajante que o aventureiro lhe conferia, Fragoso, bastante disposto a aniquilá-lo, estava prestes a partir para o ataque quando Benito, ainda impassível, segurou-o:

– Mas o que é isso, meu caro? – exclamou Torres, recuando alguns passos. – Acho melhor eu me preparar!

E dizendo isso tirou do poncho um machete, arma de defesa ou de ataque – fica à escolha – que um brasileiro não abandona jamais. Um pouco curvado, ficou aguardando no lugar.

– Eu o estava procurando, Torres – disse Benito, que não reagira àquela atitude provocadora.

– Me procurando? Mas não é difícil me encontrar! E posso saber por que é que me procurava?

– Queria ouvir da sua boca o que o senhor supostamente sabe sobre o meu pai!

– Não diga!

– Sim! Espero que me diga como o reconheceu, por que estava rondando nossa fazenda em Iquitos e por que nos aguardava em Tabatinga!

– Mas me parece um tanto óbvio! – respondeu Torres com um tom zombeteiro. – Eu o esperei para embarcar na jangada e embarquei para lhe propor um acordo muito simples... que, ora, talvez ele não devesse ter recusado!

Ao escutar essas palavras, Manoel não conseguiu se conter. Vermelho, com os olhos em chamas, caminhou em direção a Torres. Benito, querendo esgotar todos os meios de conciliação, colocou-se entre os dois:

– Contenha-se, Manoel! Pode ver que eu estou me contendo!

Em seguida, retomou:

– Sim, Torres, sei quais foram os motivos que o levaram a subir a bordo da jangada. Sabendo de um segredo que alguém lhe confiou, sem dúvida o senhor quis chantagear meu pai! Mas não é disso que estou falando.

– É do que, então?

– Quero saber como conseguiu descobrir que João da Costa e o fazendeiro de Iquitos eram a mesma pessoa!

– Como descobri! Ora essa, isso não é da sua conta, não tenho obrigação nenhuma de contar nada a ninguém! O que interessa é que não me enganei ao denunciá-lo como o verdadeiro autor do crime do Arraial do Tijuco!

– O senhor vai ter que me dizer ou eu...! – exclamou Benito, começando a perder a cabeça.

– Eu não vou dizer nada! – rebateu Torres. – João da Costa recusou minha proposta! Ele se negou a me aceitar em sua família! Bom, agora que todos conhecem seu segredo, agora que está preso, sou eu que me nego a entrar para a sua família – a família de um ladrão, de um assassino, de um condenado cujo único destino é a forca!

– Seu miserável! – gritou Benito, também tirando um machete da cintura e partindo para o ataque.

Manoel e Fragoso, com o mesmo movimento, também se armaram rapidamente.

– Três contra um! – disse Torres.

– Não! Um contra um! – respondeu Benito.

– Mas veja só...! Vindo do filho de um assassino, o que eu esperava era um assassinato!

– Torres! – exclamou Benito. – Defenda-se ou o mato como um cão raivoso!

– Cão raivoso, essa é boa! Mas eu mordo, Benito, cuidado com as mordidas!

Em seguida, Torres, empunhando o machete, colocou-se em guarda, pronto para atacar o adversário. Benito deu alguns passos para trás.

– Torres – disse ele, retomando o autocontrole que tinha perdido por um momento –, o senhor era o hóspede do meu pai. O senhor o ameaçou, o traiu, o denunciou, acusou um inocente, então, se Deus quiser, eu vou matá-lo!

Torres esboçou o mais insolente sorriso. Talvez o miserável tenha, naquele momento, pensado em interromper o combate, e ele podia fazê-lo. De fato, ele se deu conta de que João da Costa não tinha dito nada a respeito do documento que consistia na única prova material de sua inocência.

Ora, ao revelar a Benito que trazia consigo tal prova, Torres o teria desarmado em um piscar de olhos. Mas, além de querer esperar até o último instante, sem dúvida para conseguir o melhor preço pelo documento, a lembrança dos insultos do jovem e a raiva que tinha de toda aquela família chegaram a fazer com que esquecesse seus próprios interesses.

Além de muito acostumado a manejar o machete, pois tivera muitas oportunidades de usá-lo, o aventureiro era forte, habilidoso e ágil. Assim, em comparação a um adversário de apenas vinte anos, que não podia ter nem sua força nem sua destreza, a balança pesava para seu lado.

Manoel, em uma última tentativa, insistiu mais uma vez para lutar no lugar de Benito.

– Não, Manoel – respondeu friamente o jovem –, cabe a mim vingar meu pai, e, como tudo tem que ocorrer conforme a lei, você será minha testemunha.

– Benito...!

– Fragoso, o senhor não se importaria se eu lhe pedisse para servir de testemunha para esse sujeito?

– Como quiser – respondeu Fragoso –, ainda que eu não veja nenhuma honra nisso! Eu o teria sacrificado sem cerimônia, como um gado de abate.

O duelo se daria em um morro que tinha em torno de quarenta passos de largura e quinze pés de altura. A escarpa era bastante íngreme e adentrava o rio de modo abrupto. Lá embaixo, o rio corria lentamente, banhando os caniços-de-água que a circundavam.

Naquele ponto, já que o morro era bastante íngreme e estreito, o rio não dispunha de muita margem; assim, o adversário que perdesse a batalha ficaria encurralado e cairia imediatamente lá de cima, dentro do rio.

Ao sinal de Manoel, Torres e Benito avançaram um em direção ao outro.

Benito, defensor de uma causa justa, tinha muito mais controle da situação do que Torres, cuja consciência, por mais insensível e calejada que fosse, devia, naquele momento, atrapalhar sua visão.

Quando começou o embate, o primeiro golpe veio de Benito. Torres o rebateu. Os adversários recuaram. Mas, quase no mesmo instante, partiram de novo para o ataque, tentando agarrar o ombro do inimigo com a mão esquerda... e depois disso não se soltaram mais.

Torres, mais corpulento, deu um golpe lateral com o machete, do qual Benito não conseguiu se esquivar. O jovem foi atingido ao lado do ventre, manchando o poncho de sangue, mas reagiu de imediato, ferindo a mão de Torres superficialmente.

Os dois trocaram diversos golpes, sem que nenhum fosse decisivo. O olhar de Benito, sempre sereno, penetrava o de Torres como uma lâmina que perfura o coração. O patife visivelmente começava a ceder. Recuou um pouco, empurrado pelo implacável justiceiro, que estava mais disposto a acabar com a vida do denunciante do que a defender a sua. Benito só pensava em atacar, enquanto Torres tentava se defender dos golpes.

Logo Torres se viu na beirada, em um ponto em que o morro, com uma leve reentrância, projetava-se sobre o rio. Percebendo o perigo, tentou voltar a atacar para recuperar o terreno perdido... Seu rosto, cada vez mais pálido, esboçava uma expressão de medo... Finalmente, teve que se curvar diante do inimigo.

– Morra! – gritou Benito.

E acertou em cheio o peito de Torres, mas algo duro debaixo do poncho impediu a entrada da ponta do machete.

Benito repetiu o ataque. Torres tentou revidar, mas não conseguiu, e, atordoado, foi obrigado a recuar ainda mais. Quis então gritar... gritar que a vida de João da Costa dependia da sua...! Mas não teve tempo.

Pela segunda vez, Benito cravou o machete no peito do aventureiro, dessa vez até atingir seu coração. Torres bambeou para trás e, já sem chão, caiu do morro. Como última tentativa, agarrou-se desesperadamente a um tufo de caniços-de-água, mas isso não foi suficiente para salvá-lo... Torres desapareceu nas águas do rio.

Benito se apoiou no ombro de Manoel, e Fragoso parabenizou-o com um aperto de mão. Ele não quis sequer deixar que os companheiros fizessem um curativo no ferimento, que era superficial.

– Para a jangada! Para a jangada! – disse.

Manoel e Fragoso, profundamente abalados, seguiram-no sem dizer nada.

Quinze minutos depois, os três chegaram à margem em que a jangada estava atracada. Benito e Manoel correram para o quarto de Yaquita e de Minha e as colocaram a par dos últimos acontecimentos.

"Meu filho!", "Meu irmão!" foram os gritos que ressoaram lá dentro.

– Para a prisão! – disse Benito.

– Sim! Vamos, vamos! – respondeu Yaquita. Benito, seguido de Manoel, conduziu a mãe pelo braço. Os três desceram da embarcação, dirigiram-se a Manaus e, meia hora depois, chegaram à prisão da cidade.

Por uma ordem deixada pelo juiz Jarriquez, os três foram imediatamente recebidos e levados à cela do prisioneiro. A porta foi aberta, e João da Costa viu a esposa, o filho e Manoel entrarem.

– Ah! João, meu amor! – exclamou Yaquita.

– Yaquita! Minha esposa! Meus filhos! – respondeu o prisioneiro, abrindo os braços e os apertando firmemente contra o peito.

– Meu João inocente!

– Inocente e vingado! – exclamou Benito.

– Vingado? O que quer dizer com isso, meu filho?

– Torres está morto, pai, e fui eu que o matei!

– Morto...! Torres...! Morto...! – exclamou João. – Não posso acreditar, meu filho! Você pôs tudo a perder!

Capítulo VII

Resoluções

Algumas horas mais tarde, de volta à jangada, a família inteira se reuniu no salão. Estavam todos lá, exceto aquele que tinha acabado de ser atingido por um golpe fatal!

Benito, inconsolável, recriminava-se por ter arruinado a última chance do pai. Se não fossem as súplicas de Yaquita, de sua irmã, do Padre Peçanha e de Manoel, o triste jovem talvez tivesse, nesse primeiro momento de desespero, cometido um ato drástico contra si mesmo. Mas não o tinham perdido de vista, não o tinham deixado só. E, no entanto, tinha sido tão nobre sua conduta! Uma vingança legítima do delator de seu pai!

Ah! Por que João da Costa não contara tudo antes de sair da jangada?! Por que decidira falar apenas com o juiz sobre a prova material de sua inocência?! Por que, no encontro com Manoel, após a expulsão de Torres, não falara sobre o documento que o aventureiro alegava ter em mãos?! Mas, afinal, será que ele podia acreditar no que Torres dizia? Será que ele podia ter certeza de que o tratante realmente tinha aquele documento?

De qualquer forma, agora a família sabia de tudo, e da boca do próprio João da Costa. Eles sabiam que, segundo Torres, existia uma prova da inocência do condenado do Arraial do Tijuco; que o documento tinha sido escrito pelo próprio autor do atentado; que o criminoso, cheio de remorsos, o deixara com seu companheiro Torres antes de morrer; e que esse, em vez de realizar a última vontade do morto, se aproveitara do documento para fazer uma chantagem...! Mas eles também sabiam que Torres acabava de dar seu último suspiro em um duelo com Benito, que seu corpo tinha sido engolido pelas águas do Amazonas e que morrera sem pronunciar o nome do verdadeiro culpado!

A menos que houvesse um milagre, podia-se dizer que não havia mais esperanças para João da Costa. De um lado, a morte do juiz Ribeiro, de outro, a morte de Torres: era um golpe duplo do qual ele não conseguiria se reerguer!

Vale dizer que, em Manaus, a opinião pública, injustamente exaltada como sempre, colocava-se contra o prisioneiro. A prisão inesperada de João da Costa trazia à tona a lembrança do terrível atentado do Arraial do Tijuco, esquecido por 23 anos. O processo do jovem empregado do arraial diamantino, sua condenação à pena de morte, sua fuga algumas horas antes do suplício – tudo tinha sido resgatado, relembrado, comentado. Um artigo que acabava de ser publicado no Diário do Grão-Pará, o jornal mais importante da região, relatando todas as circunstâncias do crime, era claramente hostil ao prisioneiro. Por que acreditariam na inocência de João da Costa se não sabiam tudo o que apenas sua família sabia?!

Além disso, rapidamente a prisão de João causou um grande alvoroço na cidade. Uma multidão de índios e negros, completamente cega pela situação, não tardou a se aglomerar na porta prisão, pedindo aos gritos a morte do acusado. Naquele continente, onde se aplicava com frequência a lei americana de Lynch, que deu origem à palavra "linchamento", a população logo se entregou a seus instintos cruéis, e temia-se até mesmo que quisessem fazer justiça com as próprias mãos!

Que noite triste para os passageiros da jangada! Patrões e empregados estavam abalados pelo acontecimento. Ora, os empregados não faziam também parte da família? Todos queriam velar pela segurança de Yaquita e de seus filhos. Na margem do rio Negro, índios andavam para lá e para cá sem parar, certamente agitados pela prisão de João da Costa. E sabe-se lá do que esses bárbaros eram capazes!

Contudo, a noite passou sem que ninguém atacasse a jangada. No dia seguinte, 26 de agosto, ao nascer do sol, Manoel e Fragoso, que não tinham deixado Benito sozinho durante aquela noite de angústia, tentaram tirá-lo do estado de desespero. Levaram-no para um canto e fizeram-no compreender que não tinham tempo a perder, que precisavam agir!

– Benito, volte para a realidade, volte a se comportar como um homem, como um filho! – disse Manoel.

– Meu pai! Eu o matei...! – era só o que Benito conseguia responder.

– Não, e se Deus quiser nem tudo está perdido!

– Escute-nos, sr. Benito – disse Fragoso.

O jovem, esfregando a mão nos olhos, fez um grande esforço para se controlar.

– Benito – retomou Manoel –, Torres nunca disse nada que pudesse nos dar pistas do seu passado. Não vamos conseguir descobrir quem é o autor do crime do Arraial do Tijuco, nem como ele o cometeu. Insistir nisso seria perda de tempo!

– E nós temos pressa! – completou Fragoso.

– Aliás, mesmo que consigamos descobrir quem era o companheiro de Torres, ele está morto e não pode testemunhar pela inocência de João. Mas sabemos que essa prova existe, e não há por que duvidar da existência de um documento, já que Torres veio até nós para vendê-lo. Ele mesmo disse isso. Esse documento é uma confissão inteiramente escrita pelo culpado, onde ele conta nos mínimos detalhes como ocorreu o atentado, inocentando nosso pai! Esse documento existe, sim! – disse Manoel.

– Mas é Torres quem não existe mais! – exclamou Benito. – E o documento se perdeu junto com aquele miserável...!

– Espere! Ainda não é hora de se desesperar! – respondeu Manoel. – Você se lembra como conhecemos

Torres? Foi na floresta de Iquitos. Ele estava perseguindo um macaco, que tinha roubado um estojo de metal que era muito importante para ele, e a perseguição já durava duas horas quando atiramos no animal. Bom, você acha que era por causa de algumas moedas de ouro que Torres lutava tanto para conseguir o estojo de volta? E você se lembra da sua imensa felicidade ao recuperá-lo?

– Sim...! Sim...! – exclamou Benito. – Eu peguei o estojo na mão e o entreguei para ele! Talvez ali dentro estivesse...!

– Isso é mais do que provável! É certo! – respondeu Manoel.

– E tem mais! – disse Fragoso. – Agora me lembro bem. Quando paramos em Ega, Lina me aconselhou a ficar na jangada vigiando Torres, e então eu o vi lendo e relendo um papel velho e amarelado, resmungando coisas que eu não conseguia entender!

– Era o documento! – exclamou Benito, agarrando-se a essa esperança. – Mas será que ele não o guardou em um lugar seguro?

– Duvido muito! – respondeu Manoel. – Ele era precioso demais para que Torres sequer cogitasse abandoná-lo! Provavelmente ele o carregava sempre consigo, e sem dúvida alguma dentro daquele estojo!

– Espere um pouco... Manoel! – exclamou Benito. – Eu me lembro! Sim! Me lembro bem! Naquele duelo, quando dei o primeiro golpe no peito de Torres, meu machete bateu em algo duro debaixo do seu poncho... Em alguma coisa como uma placa de metal...

– Era o estojo! – exclamou Fragoso.

– Com certeza! – respondeu Manoel. – Ele guardava o estojo em um bolso do casaco!

– Bom... Mas e o cadáver de Torres?

– Nós vamos encontrá-lo!

– E o papel? A água deve ter entrado no estojo e deve ter destruído todo o documento. Não vamos conseguir ler uma palavra.

– Por que, se o estojo de metal era hermeticamente fechado?! – retrucou Manoel.

– Você tem razão! – exclamou Benito. – Temos que encontrar o cadáver de Torres! Vamos revirar todo esse pedaço do rio, se for necessário, mas vamos encontrá-lo!

O piloto Araújo foi imediatamente chamado e informado do plano.

– Bem! – respondeu Araújo. – Eu conheço bem os redemoinhos e as correntezas na confluência do rio Negro com o Amazonas. Pode ser que encontremos Torres. Peguemos as duas pirogas, as duas ubás, uns doze índios e vamos!

O Padre Peçanha saía então do quarto de Yaquita. Benito foi até ele e contou o que fariam para tentar reaver o documento.

– Por favor, não diga nada à minha mãe ou à minha irmã por enquanto! O fracasso dessa última tentativa as mataria!

– Vá, meu filho, vá – respondeu o padre. – E que Deus lhes guarde nas suas buscas!

Cinco minutos mais tarde, as quatro embarcações deixavam a jangada. Logo depois, desceram o rio Negro em direção ao morro do Amazonas, o local em que Torres desaparecera nas águas do rio.

Capítulo VIII
Primeira tentativa

As buscas deviam começar rapidamente por duas importantes razões: a primeira – questão de vida ou morte – era provar a inocência de João da Costa antes que uma ordem chegasse do Rio de Janeiro. Uma vez que a identidade do condenado fosse confirmada, a ordem certamente seria de execução. A segunda razão era que o corpo de Torres devia ficar o menor tempo possível na água para que pudessem encontrar o estojo de metal e seu conteúdo intactos.

Naquela conjuntura, Araújo demonstrou não apenas zelo e inteligência, mas também perfeito conhecimento do Amazonas, no ponto de confluência com o rio Negro.

– Se Torres tiver sido carregado pela corrente, vamos precisar dragar uma grande área do rio, pois vai levar muitos dias até que o corpo suba sozinho à superfície pela decomposição – disse ele aos jovens.

– Não temos tempo a perder! – respondeu Manoel. – Temos que encontrá-lo hoje mesmo!

– No entanto, se o corpo estiver enredado na vegetação, próximo à margem, não levaremos nem uma hora para encontrá-lo.

– Então, mãos à obra! – respondeu Benito.

Não havia outra maneira de proceder. As embarcações se aproximaram da margem do rio, e os índios, munidos de longos croques, começaram a vasculhar todo o leito até o local em que se dera o combate.

O local, aliás, pôde ser facilmente reconhecido. Um rastro de sangue manchava a parte lamacenta do talude, que descia perpendicularmente até a superfície do rio. Lá, várias gotas de sangue respingadas nos caniços-de-água indicavam o ponto exato em que o cadáver tinha desaparecido.

Uma reentrância da margem, cinquenta metros a jusante, mantinha as águas presas em um leve redemoinho, como em uma larga bacia. Nenhuma corrente se propagava perto da praia, e os caniços-de-água permaneciam em absoluta rigidez. Assim, podia-se esperar que o corpo de Torres não tivesse sido carregado rio afora. E, se o leito do rio tivesse um certo declive, o corpo poderia ter deslizado a alguns metros do talude – onde, mesmo assim, não passava nenhuma corrente.

As ubás e as pirogas dividiram a tarefa e limitaram o campo de busca à área que circundava o redemoinho, e, da circunferência ao centro, os longos croques da equipe não deixaram sequer um ponto inexplorado.

Mas o corpo do aventureiro não foi encontrado nem no emaranhado de caniços-de-água, nem no fundo do leito, cujas laterais foram inspecionadas muito detidamente.

Duas horas após o início dos trabalhos, tiveram que reconhecer que o corpo, que sem dúvida tinha se chocado contra o talude, provavelmente caíra obliquamente e saíra dos limites do redemoinho, onde se começava a sentir a ação da corrente.

– Mas não podemos nos desesperar e muito menos desistir das nossas buscas! – disse Manoel.

– Será que deveríamos escavar todo o comprimento e a largura do rio, então? – perguntou Benito.

– Toda a largura, talvez – respondeu Araújo. – Todo o comprimento... não! Felizmente!

– E por quê? – perguntou Manoel.

– Porque o Amazonas, a uma milha a jusante do ponto de confluência com o rio Negro, faz uma curva muito acentuada, ao mesmo tempo em que o fundo do leito sobe bruscamente. Isso forma uma espécie de barragem natural, conhecida pelos marinheiros como barragem de Frias, que só pode ser atravessada por objetos que flutuam. No entanto, é impossível que os objetos carregados pela corrente entre duas camadas de água consigam ultrapassar o talude dessa depressão!

Há de se convir que, se Araújo não estivesse enganado, essa era uma situação bastante favorável. E, além de tudo, a experiência daquele velho navegador do Amazonas merecia total confiança. Nesses trinta anos em que Araújo exercia a função de piloto, a passagem pela barragem de Frias, onde a corrente se intensificava em razão do estreitamento do rio, causara-lhe problemas diversas vezes. A estreiteza e a profundidade do canal tornavam a passagem bastante difícil, e mais de uma embarcação se viu ali em maus lençóis.

Assim, Araújo tinha razão quando dizia que, se o corpo de Torres estivesse sendo mantido no fundo arenoso do leito por seu peso específico, não podia ter sido carregado para além da barragem. Entretanto, todos sabiam que, mais tarde, quando o corpo subisse à superfície após a expansão dos gases, seria levado pela corrente e se perderia irremediavelmente, a jusante, abaixo da barragem. Mas esse fenômeno puramente físico só ocorreria alguns dias depois.

Não havia homem mais hábil ou mais conhecedor daqueles arredores do que o piloto Araújo. Então, se ele dizia que o corpo de Torres não podia ter sido levado para além do estreito canal, a uma distância de uma milha ou mais, é porque necessariamente o encontrariam naquele trecho do rio.

Nenhuma ilha ou ilhota obstruía o curso do Amazonas naquele ponto. Por isso, uma vez que a base das duas margens do rio tivesse sido explorada até a barragem, seria no próprio fundo do leito, de quinhentos pés de largura, que conviria conduzir as buscas mais minuciosas.

E foi assim que eles procederam. As embarcações, seguindo pela direita e pela esquerda do Amazonas, percorreram as duas margens, vasculhando a vegetação com os croques. Nenhuma das mínimas saliências das margens, às quais um corpo poderia se prender, escapou às buscas de Araújo e seus índios.

Mas todo aquele trabalho não deu qualquer resultado, e metade do dia já tinha se passado sem que o corpo desaparecido subisse à superfície. Uma hora de descanso foi concedida aos índios. Eles comeram alguma coisa e logo retornaram à labuta.

Dessa vez, as quatro embarcações – dirigidas por Araújo, Benito, Fragoso e Manoel – dividiram em quatro zonas o espaço entre a foz do rio Negro e a barragem de Frias e se puseram a explorar o leito do rio. Em alguns pontos, o manuseio dos croques não era suficiente para o esquadrinhamento; por isso, instrumentos como dragas ou grades, feitos de pedras e ferro-velho dispostos em uma forte rede, foram trazidos a bordo, e, à medida que as embarcações eram conduzidas perpendicularmente às margens, mergulhava-se esses rastelos para varrer o fundo do rio, em todas as direções.

Foi a essa árdua tarefa que Benito e seus companheiros se dedicaram até o fim do dia. As ubás e as pirogas, manobradas com remos, percorreram toda a superfície da bacia que terminava, a jusante, na barragem de Frias.

É claro que houve momentos de emoção durante o período de buscas, quando as grades, presas a algum objeto no fundo do rio, apresentavam resistência. Então eram puxadas para a superfície, mas, em vez do corpo tão ansiosamente procurado, traziam apenas algumas pedras pesadas ou pedaços de vegetação arrancados da camada de areia.

Todavia, ninguém pensava em abandonar as buscas; todos se entregavam a elas de corpo e alma. Benito, Manoel e Araújo nem precisavam incentivar os índios: aqueles bravos indivíduos sabiam que trabalhavam pelo fazendeiro de Iquitos, pelo homem que amavam, pelo chefe daquela nobre família que mantinha em um mesmo patamar de igualdade os senhores e seus empregados! Sim! Se fosse necessário, passariam a noite esquadrinhando o fundo da bacia sem sequer pensar no cansaço. Todos sabiam o quanto cada minuto perdido era valioso.

Porém, um pouco antes de o sol se pôr, Araújo, achando inútil continuar a operação no escuro, fez sinal para as embarcações se reunirem, e todas foram se encontrar na confluência com o rio Negro para retornar à jangada.

A empreitada, ainda que conduzida com tamanha minúcia e inteligência, não tinha sido bem-sucedida! Na volta, Manoel e Fragoso não ousavam falar do fracasso na frente de Benito, pois temiam que o desencorajamento o levasse a algum ato de desespero. Mas o jovem não perdia nem a coragem, nem o sangue-frio. Benito estava decidido a levar aquela grande luta às últimas consequências para salvar a honra e a vida do pai. Foi então que se dirigiu aos companheiros e disse:

– Até amanhã! Retomaremos as buscas, e em melhores condições, se é que isso é possível!

– Sim, tem razão, Benito. Há muito o que fazer! Não podemos ter a pretensão de acreditar que exploramos a bacia inteira, que investigamos todo o fundo – respondeu Manoel.

– Não! Não podemos – concordou Araújo. – E mantenho minha palavra: o corpo de Torres está aqui em algum lugar! Tem que estar aqui! Não tem como ter sido levado embora, seria impossível ultrapassar a barragem de Frias, pois é somente daqui a alguns dias que ele vai subir à superfície e aí sim vai ser carregado para além da barragem. Mas até lá, não! Ele está aqui com certeza! E guardem minhas palavras: ou encontro esse corpo, ou jamais chegarei perto de um garrafão de tafiá outra vez!

Aquela promessa, na boca do piloto, tinha um grande valor e realmente servia de incentivo. No entanto, Benito, que não queria mais alimentar falsas esperanças e preferia ver as coisas como elas eram, achou melhor responder:

– Claro, Araújo, o corpo de Torres ainda está na bacia, e vamos encontrá-lo se...

– Se...? – fez o piloto.

– Se não tiver virado comida de jacaré!

Manoel e Fragoso se entreolharam, esperando ansiosamente pela resposta de Araújo. O piloto ficou calado por alguns instantes. Via-se que queria pensar bem antes de responder.

– Sr. Benito, não tenho o hábito de falar da boca para fora. Esse pensamento também me passou pela cabeça, mas veja bem: nessas últimas dez horas em que ficamos procurando o corpo, os senhores viram algum jacaré nas águas do rio?

– Nenhum – respondeu Fragoso.

– Se não os viram – retomou o piloto – é porque não estão aqui. Os jacarés não veem motivo para se aventurar em águas brancas, quando, a um quarto de milha daqui, há grandes extensões de águas pretas, que lhes agradam muito mais! Quando a jangada foi atacada por alguns desses animais, foi em uma região em que não havia nenhum afluente do Amazonas onde pudessem se refugiar. Aqui é outra história. Se os senhores forem até o rio Negro, lá, sim, encontrarão dezenas e dezenas de jacarés! Se o corpo de Torres tivesse caído nesse afluente, bom... Talvez não tivéssemos qualquer chance de encontrá-lo. Mas foi no Amazonas que ele se perdeu, e o Amazonas tratará de nos devolvê-lo!

Benito, aliviado, deu a mão ao piloto, apertou-a com firmeza e se contentou em responder:

– Até amanhã, meus amigos!

Dez minutos mais tarde, todos estavam a bordo da jangada.

Durante o dia, Yaquita passara algumas horas na companhia do marido. Mas, antes de sair, quando não viu o piloto, nem Manoel, nem Benito e nem as embarcações, compreendeu com que tipo de busca estavam lidando. Contudo, preferiu não dizer nada a João da Costa, esperando que, no dia seguinte, pudesse lhe comunicar o sucesso da missão. Mas, quando Benito colocou os pés na jangada, percebeu que as buscas tinham fracassado. Ainda assim, aproximou-se:

– Nada? – perguntou.

– Nada, mas amanhã será o nosso dia de sorte! – respondeu Benito.

Os membros da família se retiraram para os quartos, e não se falou mais no assunto. Manoel tentou forçar Benito a ir dormir, para que pudesse descansar por pelo menos uma ou duas horas.

– Para quê? – retrucou Benito. – Como se eu fosse conseguir dormir!

Capítulo IX
Segunda tentativa

No dia seguinte, 27 de agosto, antes de o sol nascer, Benito chamou Manoel para uma conversa à parte e lhe disse:

– As buscas que fizemos ontem foram em vão. Se retomarmos hoje nas mesmas condições pode ser que fracassemos mais uma vez!

– Mas precisamos tentar – respondeu Manoel.

– Sim, mas se não conseguirmos encontrá-lo, você saberia me dizer quanto tempo levaria para o corpo subir à superfície?

– Se Torres tivesse caído vivo no rio, levaria de cinco a seis dias. Mas como seu corpo afundou após uma morte violenta, talvez leve apenas dois ou três dias para reaparecer.

A resposta de Manoel, corretíssima, pede uma explicação.

Todo ser humano que cai na água pode flutuar, mas isso só ocorre se houver um equilíbrio entre a densidade do corpo e a densidade do líquido em que ele está submerso – lembrando que falamos aqui obviamente de alguém que não sabe nadar. Assim, se o sujeito fica completamente submerso, deixando apenas o nariz e a boca para fora da água, ele flutuará. Mas, em geral, não é o que acontece. Alguém que está se afogando costuma tentar manter o corpo fora da água a todo custo. Ele ergue a cabeça, levanta os braços, e essas partes do corpo, não sendo mais suportadas pelo líquido, não perdem tanto peso quanto perderiam se estivessem inteiramente submersas. Desse modo, há um excesso de peso, e o corpo acaba afundando por completo: a água entra pela boca, chega aos pulmões, ocupando o lugar antes preenchido pelo ar, e, assim, o corpo é puxado para o fundo.

Mas o caso de Torres era diferente. Quando uma pessoa cai na água já morta, não tenta fazer os movimentos recém-mencionados, sendo, assim, muito mais fácil e provável que seu corpo flutue. Portanto, no caso de o corpo afundar, como a pessoa não tentou respirar, não entrou tanto líquido em seus pulmões, o que faz com que seu corpo suba à superfície mais rapidamente.

Manoel tinha então razão em diferenciar a queda de um homem vivo da queda de um homem já morto na água. No primeiro caso, a subida à superfície é necessariamente mais demorada do que no segundo. Mas o retorno de um corpo à superfície após uma imersão é determinado unicamente pela decomposição gerada pelos gases, que levam à distensão dos tecidos celulares; assim, o corpo ganha volume sem ganhar peso, e, como fica mais leve do que a água que o carrega, sobe à superfície e flutua.

– Então – retomou Manoel –, ainda que as circunstâncias sejam favoráveis, visto que Torres caiu já morto no rio, a menos que a decomposição seja alterada por circunstâncias imprevisíveis e fora do nosso controle, o corpo não vai ressurgir antes de três dias.

– Mas não podemos esperar todo esse tempo! Não podemos esperar, e você sabe disso! Temos que continuar procurando o corpo, mas de outra maneira.

– Qual a sua ideia?

– Pensei em mergulhar no rio, ir até o fundo e procurar o corpo com meus próprios olhos, com minhas próprias mãos – propôs Benito.

– Claro, vamos mergulhar cem vezes, mil vezes, quantas vezes for necessário! Estou de acordo! Temos que começar hoje mesmo uma busca mais orientada e parar de tatear o rio às cegas, apenas com dragas ou croques.

Concordo que não podemos esperar três dias! Mas pensando bem, mergulhar, subir, voltar a mergulhar... Não temos tempo suficiente para isso! É inútil tentarmos...! E, além do mais, correríamos o risco de fracassar de novo!

– Você tem alguma outra sugestão, Manoel? – perguntou Benito, olhando intensamente para o amigo.

– Escute bem, sei de algo que pode nos ajudar!

– Diga logo!

– Ontem, ao atravessar Manaus, percebi que estavam arrumando um dos cais da margem do rio Negro. E adivinha o que estavam usando nas obras? Um escafandro! Podemos pegá-lo emprestado, alugá-lo, comprá-lo a qualquer preço, não importa. Assim é mais provável que encontremos Torres!

– Avise Araújo, Fragoso, nossos homens e vamos partir! – respondeu Benito imediatamente.

O piloto e o barbeiro foram colocados a par do plano de Manoel. Ficou combinado que eles levariam as quatro embarcações com os índios até o local da véspera e que esperariam lá pelos dois rapazes.

Sem perder tempo, Manoel e Benito desembarcaram e logo chegaram ao cais de Manaus. Ofereceram então ao empreiteiro das obras uma certa quantia em troca de um dia inteiro de uso do escafandro.

– O senhor gostaria que um de meus homens lhe ajudasse? – perguntou o empreiteiro.

– Aceitamos a ajuda do seu mestre de obras e de alguns de seus empregados para manobrarmos a bomba de ar – respondeu Manoel.

– Mas quem vestirá o escafandro?

– Eu – respondeu Benito.

– Você?! – exclamou Manoel.

– Eu faço questão!

Teria sido inútil insistir.

Uma hora mais tarde, a balsa, com a bomba e os outros instrumentos necessários para a empreitada, foi levada até o pé do morro, onde as outras embarcações já aguardavam.

Todos sabem o que é um escafandro: um equipamento que permite que o mergulhador permaneça respirando debaixo d'água por um certo tempo. O equipamento consiste em uma roupa de borracha impermeável com palmilhas de chumbo, que mantêm a pessoa de pé embaixo da água, e em um capacete de metal, com um vidro na frente, fixado à roupa por uma gola de cobre à altura do pescoço. A cabeça do mergulhador é protegida pelo capacete, dentro do qual tem liberdade de movimento; a ele, são ligados dois canos: um para a saída do ar expirado, que já não é bom para o pulmão, e outro para a entrada do ar puro, mandado pela bomba que fica na balsa. Quando o mergulhador tem que trabalhar em um mesmo lugar, sem se mover, a balsa permanece parada sobre ele; quando precisa se deslocar, a balsa segue seus passos, ou ele segue a balsa – dependendo da combinação prévia da equipe.

Esses escafandros, bastante aperfeiçoados, já são menos perigosos do que antigamente. O homem, quando embaixo d'água, aguenta com certa facilidade o excesso de pressão. Se, naquela situação, houvesse algo a ser temido, seria o encontro com um jacaré nas profundezas do rio. Mas, como Araújo bem observou, nenhum desses animais tinha sido visto no dia anterior, e já sabemos que eles preferem os rios de água preta, como os afluentes do Amazonas. Além disso, em caso de perigo, o mergulhador tem à sua disposição uma cordinha que toca uma sineta que se encontra na balsa: ele a puxa e é imediatamente içado para a superfície.

Após tomar a decisão, Benito, muito calmo, vestiu o escafandro. Sua cabeça desapareceu dentro da esfera metálica, e na mão carregava uma espécie de arpão de ferro para vasculhar a vegetação ou os detritos acumulados no leito da bacia. Ao seu sinal, foi lançado na água, despencando para o fundo do rio.

Os homens na balsa, acostumados com aquele trabalho, começaram a operar a bomba de ar imediatamente, enquanto os quatro índios, sob as ordens de Araújo, guiavam a embarcação lentamente com seus longos croques na direção indicada.

As duas pirogas, uma com Fragoso, outra com Manoel, mais um remador em cada, escoltavam a balsa, prontas para disparar para frente ou para trás caso Benito encontrasse o corpo de Torres e o trouxesse à superfície.

Capítulo X

Tiro de canhão

Benito mergulhou então nas águas que insistiam em ocultar o cadáver de Torres. Ah! Se ele pudesse desviá-las, evaporá-las, drená-las, se pudesse secar toda a bacia de Frias, desde a barragem, a jusante, até a confluência com o rio Negro, certamente o estojo guardado nas roupas do morto já estaria em suas mãos! Já teriam reconhecido a inocência de seu pai, e João da Costa, solto, já estaria descendo o rio com a família. Tudo teria sido tão mais fácil...!

Benito acabava de aterrissar os pés no fundo do rio. As palmilhas pesadas quebravam os cascalhos do leito. Ele se encontrava a mais ou menos quinze pés de profundidade e ia costeando a margem, bastante íngreme, no local em que Torres tinha desaparecido.

Havia ali um confuso emaranhado de caniços-de-água, troncos e plantas aquáticas, e certamente nenhum dos croques conseguira investigar toda aquela rede durante as buscas da véspera. Então era possível que o corpo, preso naquele matagal submarino, ainda estivesse no mesmo lugar em que caíra.

Graças ao redemoinho produzido pela extensão de uma das pontas da margem, não passava corrente alguma naquele local. Assim, Benito se guiava apenas pelos movimentos da balsa que os índios deslocavam acima de sua cabeça.

A luz penetrava até o fundo das águas claras do rio, sobre as quais o magnífico sol, brilhando em um céu sem nuvens, lançava seus raios quase que diretamente. Nas condições normais de visibilidade sob uma camada líquida, a visão fica limitada a uma profundidade de vinte pés, mas ali as águas pareciam um fluido luminoso, e Benito podia descer ainda mais sem se deparar com a mais completa escuridão.

O jovem acompanhava lentamente a margem do rio. Seu bastão de ferro revirava a vegetação e os detritos acumulados. “Revoadas” de peixes, por assim dizer, escapavam para todos os lados, como bandos de pássaros que saem do meio de um denso arbusto. A cena lembrava um espelho se estilhaçando em mil pedaços na água. Ao mesmo tempo, centenas de crustáceos corriam pela areia amarelada, parecendo enormes formigas expulsas do formigueiro.

No entanto, ainda que Benito procurasse minuciosamente por toda parte, não conseguia encontrar o que buscava. Percebeu então que o leito do rio era bastante inclinado e deduziu que o corpo de Torres provavelmente tinha rolado para além do redemoinho, em direção ao meio do rio. Se esse fosse o caso, talvez ele ainda estivesse lá, já que a corrente não teria conseguido alcançá-lo em uma profundidade que já era significativa e ia aumentando gradualmente.

Benito decidiu então conduzir a investigação para aquele lado, pois já tinha terminado de vasculhar a teia de plantas. Assim, continuou a avançar naquela direção por mais quinze minutos, sempre acompanhado pela balsa, conforme o combinado.

Passados os quinze minutos, ainda não tinha achado nada. Precisava subir à superfície para se encontrar nas condições fisiológicas necessárias para recuperar suas forças. Em alguns pontos em que a profundidade do rio era maior, Benito chegou a descer até trinta pés, tendo que suportar uma pressão de quase uma atmosfera, o que provoca cansaço físico e sensação de desorientação em quem não está acostumado.

Benito puxou então a cordinha da sineta, e os homens da balsa começaram a puxá-lo. O processo de içamento era lento – levava um minuto para puxar dois ou três pés –, para evitar que os órgãos internos do corpo sofressem os efeitos nefastos da descompressão.

Assim que o jovem colocou os pés na balsa, tiraram seu capacete e ele pôde respirar profundamente e se sentar para descansar. As pirogas se aproximaram imediatamente. Manoel, Fragoso e Araújo estavam lá, a seu lado, esperando que ele falasse.

– E então...? – perguntou Manoel.

– E então nada! Na-da!

– Nenhuma pista do paradeiro de Torres?

– Nenhuma.

– Quer que eu desça para procurar também?

– Não, Manoel. Eu que comecei... Já sei onde quero ir... Me deixem terminar o que comecei!

Benito explicou ao piloto que queria descer até a barragem de Frias, onde o corpo de Torres podia estar sendo retido pela geografia do solo, especialmente se esse, flutuando entre duas camadas de água, tivesse sido carregado, ainda que pouco, pela corrente; mas, antes disso, queria se afastar lateralmente da margem e explorar atentamente aquela espécie de depressão, formada pelo declive do leito do rio, que obviamente os croques não tinham alcançado.

Araújo aprovou o projeto e se dispôs a tomar as medidas necessárias. Manoel achou melhor dar alguns conselhos:

– Já que você quer continuar as buscas para esse lado, vamos deslocar a balsa obliquamente nessa direção, mas tome cuidado, Benito. Você vai ter que mergulhar mais profundamente do que antes, talvez a cinquenta ou sessenta pés, e terá que suportar uma pressão de duas atmosferas. Então vá com calma para não perder a consciência, senão você pode não saber mais onde está ou que está fazendo. Se parecer que sua cabeça está sendo apertada por um torno, se começar a ouvir um zumbido contínuo, toque a sineta, que o puxaremos. Depois você poderá retornar, se for necessário, mas ao menos já estará mais acostumado a andar pelas profundezas do rio.

Benito prometeu a Manoel que obedeceria suas recomendações, que ele sabia que eram muito importantes, mas ficou um pouco abalado ao saber que poderia perder a consciência justamente no momento em que mais precisava dela. Manoel segurou a mão do amigo enquanto vestiam novamente o capacete em Benito. Voltaram a manejar a bomba, e logo o mergulhador desapareceu mais uma vez nas águas do rio.

A balsa se afastou cerca de quarenta pés da margem esquerda, mas, à medida que avançava para o meio do rio, como a corrente podia fazê-la se deslocar mais rapidamente do que era desejado, as ubás se prenderam a ela, e os remadores contiveram o deslocamento de modo que a balsa só pudesse se locomover com extrema lentidão.

Benito desceu bem devagar até encontrar o solo. Assim que as palmilhas tocaram a areia do leito, pôde-se estimar pela sirga – corda usada para o içamento – que ele se encontrava a uma profundidade de 65 a setenta pés. Tratava-se de uma escavação considerável, realizada bem abaixo do nível normal.

O meio líquido era mais turvo ali, mas a limpidez das águas transparentes ainda deixava penetrar luz suficiente para que Benito pudesse distinguir razoavelmente os objetos dispersos no fundo do rio e se orientar com alguma segurança. A areia, semeada de mica, parecia uma espécie de refletor, sendo possível até mesmo contar os grãos, que cintilavam como poeira luminosa.

Benito caminhava, olhava, sondava até as menores cavidades com seu arpão. Continuava descendo lentamente. Deixavam a corda correr conforme ele ia sinalizando, e como os canos que serviam para aspiração e expiração do ar nunca esticavam por completo, a bomba funcionava em ótimas condições.

Assim, ele se afastou de modo a chegar ao meio do leito do Amazonas, no ponto de depressão mais acentuada. Algumas vezes seu entorno ficava demasiadamente turvo, e ele não conseguia enxergar um palmo à sua frente. Fenômeno totalmente passageiro: era a balsa que, deslocando-se sobre sua cabeça, bloqueava completamente os raios solares, fazendo o dia parecer noite. Mas, em um instante, a grande sombra se dissipava, e a areia voltava a brilhar.

Benito continuava a descer. Ele percebia isso principalmente pelo aumento da pressão que o líquido exercia sobre seu corpo. Ficava mais difícil respirar, e seus órgãos já não obedeciam a seu comando da mesma forma que em um meio atmosférico equilibrado. Naquelas condições, encontrava-se sob a ação de efeitos fisiológicos com os quais não estava acostumado. O zumbido em seus ouvidos aumentava, mas como ainda estava lúcido e como ainda raciocinava perfeitamente, o que era inesperado, não quis puxar a sirga e continuou a descer ainda mais.

Em determinado momento, um vulto cujo formato lembrava o de um corpo enredado em plantas aquáticas, chamou sua atenção. Assaltado por uma forte emoção, Benito avançou em direção ao ser e o cutucou com seu bastão. Mas se tratava apenas de um enorme cadáver de jacaré, já reduzido a um esqueleto, que a corrente do rio Negro tinha carregado até o Amazonas.

Benito recuou e, apesar do que tinha dito o piloto, não parava de pensar que podia acabar encontrando um jacaré vivo nas profundezas da bacia de Frias... Mas logo reprimiu a ideia e retomou a caminhada em direção ao fundo do rio.

Provavelmente ele já tinha alcançado uma profundidade de noventa a cem pés, o que significava que estava submetido a uma pressão de três atmosferas. Se a depressão fosse ainda mais profunda, logo ele seria obrigado a interromper a busca.

Experiências científicas demonstraram que, de fato, ultrapassar o extremo limite de 120 ou 130 pés de profundidade pode ser muito perigoso: não apenas o organismo deixa de funcionar normalmente, como também os aparelhos já não fornecem mais ar apropriado para a respiração a uma regularidade desejável.

Mas Benito estava disposto a ir até onde sua força mental e física permitiam. Tinha um pressentimento inexplicável, sentia que o abismo o chamava. Algo lhe dizia que o corpo de Torres devia ter rolado para o fundo da depressão, de onde não podia ter saído caso tivesse consigo objetos pesados, como dinheiro, ouro ou armas.

De repente, dentro um buraco escuro, avistou um cadáver! Sim! Um cadáver ainda vestido, deitado como se estivesse dormindo, com os braços dobrados atrás da cabeça! Seria Torres? Na escuridão, bastante turva naquele momento, ficava difícil reconhecê-lo, mas não tinha dúvida de que havia um corpo humano, ali, a menos de dez passos, completamente imóvel!

O coração do jovem parou de bater por um instante tamanho era seu choque. Achou que fosse desmaiar. Teve que fazer um grande esforço para se recompor e então começou a caminhar ao encontro do cadáver.

Mas, subitamente, um choque elétrico, tão forte quanto inesperado, fez todo o seu corpo vibrar! Foi açoitado mais de uma vez por algo que parecia uma longa corda – um impacto do qual a roupa grossa do escafandro não conseguiu poupá-lo.

– Uma tuvira! – gritou.

Foram as únicas palavras que escaparam de seus lábios. E era, de fato, um poraquê – nome que os brasileiros dão à tuvira – que tinha acabado de atacá-lo.

Todos sabem o que é uma tuvira: um tipo de enguia de pele escura e pegajosa, com um órgão ao longo das costas e da cauda composto por lâminas divididas em pequenas lamelas verticais que é acionado por nervos muito poderosos. Esse órgão, dotado de propriedades elétricas singulares, pode produzir choques terríveis. Algumas tuviras têm o tamanho de uma cobra-d'água, enquanto outras chegam a medir dez pés de comprimento. Outras, mais raras, ultrapassam quinze ou vinte pés de comprimento por oito a dez polegadas de largura.

As tuviras são muito abundantes tanto no Amazonas quanto em seus afluentes, e foi uma dessas "bobinas vivas", de mais ou menos dez pés de comprimento, que se esticou como a corda de um arco e se enrolou no mergulhador.

Benito entendeu perfeitamente o motivo pelo qual esse animal era temido. Sua roupa não era suficiente para protegê-lo. As descargas da tuvira, no começo fracas, tornaram-se cada vez mais fortes, e assim seria até o momento em que a vítima se rendesse, esgotada pela descarga da corrente. Não resistindo aos choques, Benito quase caiu sobre a areia. Seus membros foram paralisando aos poucos devido ao ataque da tuvira, que ia se esfregando nele e o enlaçando lentamente. O jovem sequer conseguia levantar os braços. Logo acabou largando o bastão que segurava e tentou, em vão, puxar a cordinha da sineta para avisar que estava em apuros.

O jovem achou que sua hora tivesse chegado. Nem Manoel nem seus companheiros podiam sequer imaginar que, abaixo deles, travava-se aquele terrível combate entre um aterrorizante poraquê e o desafortunado mergulhador, que já mal conseguia reagir, que dirá se defender. E isso justamente no momento em que tinha acabado de encontrar um corpo... certamente o de Torres! Um forte instinto de sobrevivência fazia com que ele gritasse por ajuda, mas sua voz ficava presa dentro da esfera metálica, que não deixava escapar nenhum som!

E então o poraquê voltou a atacar. Os choques faziam com que Benito se debatesse na areia como uma minhoca mutilada, e seus músculos se contorciam ao ritmo das chibatadas do animal. Benito percebeu que estava perdendo de vez a consciência. Sua visão ia escurecendo aos poucos, seus músculos enrijecendo...

Mas, antes de perder por completo a capacidade de enxergar e de pensar, um fenômeno inesperado, inexplicável e muito estranho ocorreu diante de seus olhos. Uma detonação acabava de se propagar pela água. O som surdo, parecido com um trovão, reverberou pelas águas do rio, já agitadas pelos choques da tuvira. Benito se sentiu inundado por um som formidável, que ecoava nas profundezas do rio.

Foi quando, de repente, teve uma visão assombrosa e não conseguiu conter um grito de pavor! O corpo do desaparecido, até então estendido no chão, estava agora de pé, e as ondulações das águas faziam seus braços balançar, como se estivesse vivo! A dança do cadáver, com sobressaltos convulsivos, era horripilante!

Sim, era mesmo o corpo de Torres! Um raio de sol atravessava o rio até iluminar o cadáver, e Benito pôde reconhecer a figura inchada e esverdeada do miserável, morto por suas próprias mãos e cujo último suspiro tinha sido dado naquelas águas!

Enquanto Benito não conseguia movimentar nenhum dos membros, mas ainda estava de pé graças às pesadas palmilhas, que o seguravam como se estivesse grudado na areia, o cadáver se levantou, chacoalhou a cabeça e saiu do buraco em que as plantas aquáticas o prendiam – uma cena aterradora de se ver.

Capítulo XI
Dentro do estojo

O que tinha acabado de acontecer? Nada mais nada menos que um fenômeno físico, que será explicado a seguir.

A canhoneira do estado, chamada Santa Ana, que subia o Amazonas com destino a Manaus, acabara de ultrapassar a barragem de Frias. Um pouco antes de chegar à foz do rio Negro, hasteou a bandeira para saudar o pavilhão brasileiro com um tiro de canhão. A detonação produziu um efeito de vibração na superfície da água, que se propagou até o fundo do rio, sendo suficiente para levantar o corpo de Torres. O cadáver estava mais leve por já ter começado a se decompor, o que acabou facilitando a distensão do sistema celular. Graças ao tiro de canhão, o corpo desaparecido acabava de subir naturalmente à superfície do Amazonas.

Esse fenômeno, bastante conhecido, explica o ressurgimento do cadáver, mas há de se convir que a chegada da Santa Ana na cena da busca bem naquela hora tinha sido uma coincidência muito feliz.

Ao ouvir o grito de Manoel, seguido pelo de seus companheiros, uma das pirogas foi imediatamente buscar o corpo, enquanto o mergulhador era puxado para a balsa.

Mas, naquela hora, qual foi a emoção indescritível que Manoel sentiu quando Benito, já na superfície, foi colocado completamente inerte na plataforma, sem manifestar qualquer sinal de vida! Seria um segundo cadáver que as águas do Amazonas entregavam?

Retiraram o escafandro o mais rapidamente possível. As descargas elétricas da tuvira deixaram-no totalmente inconsciente. Manoel, desesperado, fazia respiração boca a boca no amigo enquanto tentava verificar seus batimentos cardíacos.

– O coração está batendo! – exclamou.

Sim, o coração de Benito ainda batia, e em alguns minutos os cuidados de Manoel o trouxeram de volta a si.

– O corpo! O corpo! – foram as primeiras palavras de Benito, as únicas que escaparam de sua boca.

– Está lá! – respondeu Fragoso, apontando para a piroga que trazia o cadáver de Torres para a balsa.

– Mas o que aconteceu com você, Benito? – perguntou Manoel. – Foi a falta de ar...?

– Não! Um poraquê me pegou...! Mas e aquele barulho...? Aquela detonação...?

– Foi um tiro de canhão! – respondeu Manoel. – Foi o que trouxe o cadáver para a superfície!

Naquele momento, a piroga acabava de acostar à balsa. O corpo de Torres, recolhido pelos índios, estava estirado no fundo do barco. Ele ainda não tinha sido desfigurado pela água. Não havia dúvida de que era ele. Era impossível não reconhecê-lo.

Fragoso, ajoelhado na piroga, já tinha começado a tirar as roupas do cadáver, que se desfaziam em trapos. Logo o braço direito de Torres, já destapado, chamou sua atenção... Havia ali a cicatriz de um ferimento antigo, provavelmente causado por uma facada.

– Essa cicatriz! – exclamou Fragoso. – Com certeza é ela! Agora me lembro bem...

– O que foi? – perguntou Manoel.

– Uma briga que testemunhei na província do Madeira três anos atrás! Como pude esquecer?! Esse Torres fazia parte da milícia dos capitães do mato na época. Ah! Bem que eu tinha a impressão de já ter visto esse salafrário antes!

– Isso não tem importância agora! – disse Benito. – O estojo! O estojo ainda está com ele?

Benito já ia rasgar os restos de roupa do cadáver para procurá-lo quando Manoel o deteve.

– Um instante, Benito.

Depois, voltando-se para os homens da balsa que não faziam parte da equipe da jangada e de cujo depoimento não se poderia suspeitar mais tarde, pediu:

– Prestem atenção ao que faremos aqui, amigos, para depois poderem relatar aos magistrados tudo o que aconteceu.

Os homens se aproximaram da piroga.

Fragoso retirou o cinto que circundava o corpo de Torres debaixo do poncho rasgado e, tateando o bolso do casaco, exclamou:

– O estojo!

Benito deixou escapar um grito de comemoração. Foi pegar o estojo para abri-lo, para verificar o que continha, quando Manoel, extremamente lúcido, segurou seu braço:

– Não. Não podemos permitir que os magistrados duvidem de nós. Temos que ter testemunhas desinteressadas que possam afirmar que o estojo realmente estava nas roupas de Torres!

– Tem razão – concordou Benito.

– Meu amigo – retomou Manoel, dirigindo-se ao mestre de obras –, faça o favor de olhar dentro do bolso deste casaco.

O mestre de obras obedeceu. Retirou do casaco um estojo de metal, cuja tampa estava hermeticamente fechada e que parecia ter resistido bem ao tempo em que esteve submerso.

– O papel... O papel ainda está aí dentro? – perguntou Benito ansiosamente, não conseguindo se conter.

– Cabe ao magistrado abrir o estojo! – disse Manoel. – Somente ele pode conferir se o documento está aí!

– Sim... Sim... Novamente você tem razão, Manoel! Para Manaus, meus amigos, para Manaus!

Benito, Manoel, Fragoso e o mestre de obras, que estava com o estojo, embarcaram rapidamente em uma das pirogas. Já estavam partindo quando Fragoso disse:

– E o corpo de Torres?

A piroga parou.

Os índios já tinham jogado o cadáver de volta na água, que boiava no rio.

– Torres não passava de um desgraçado – disse Benito. – Mas ainda que eu tenha, por honra, arriscado minha vida no duelo contra ele e ainda que Deus o tenha matado através das minhas mãos, ainda assim ele deve ser enterrado!

Foi dada então a ordem para a outra piroga ir buscar o corpo de Torres e sepultá-lo na margem do rio.

Mas eis que um bando de aves de rapina que planava sobre o rio se precipitou sobre o corpo que flutuava. Eram urubus, espécie de pequenos abutres de pescoço pelado, conhecidos como *gallinazos* na América do Sul. Têm longas patas, são pretos como corvos e vorazes como nenhum outro animal. O corpo, destroçado pelo bico dos pássaros, liberou os gases que o inflavam. Sua densidade foi aumentando, e ele foi afundando aos poucos. O que restava de Torres desapareceu nas águas do Amazonas pela última vez.

Dez minutos depois, a piroga, rapidamente conduzida, chegava ao porto de Manaus. Benito e seus companheiros puseram os pés em terra firme e saíram correndo pelas ruas da cidade.

O magistrado ordenou que entrassem em sua sala.

Lá, Manoel contou tudo o que tinha acontecido, desde o momento em que Benito matou Torres em um duelo honrado até o momento em que o estojo foi encontrado com o cadáver e tirado de seu casaco pelo mestre de obras.

Ainda que essa história corroborasse tudo o que João da Costa tinha lhe contado sobre Torres e sobre a proposta que lhe fora feita, o juiz não conseguiu conter um sorriso de incredulidade.

– Aqui está o estojo, Vossa Excelência – disse Manoel. – Em nenhum momento ele esteve em nossas mãos, e o homem que o está entregando ao senhor juiz é o mesmo que o encontrou nas roupas de Torres!

O magistrado pegou o estojo, examinou-o com cuidado, olhando todos os seus detalhes como se fosse feito de um material precioso. Em seguida o chacoalhou, e as moedas que se encontravam dentro dele produziram um som metálico.

Será que dentro do estojo não estava o tão procurado documento, aquele papel escrito à mão pelo verdadeiro autor do crime e que Torres quis vender a João da Costa por um preço indecente? Ou será que a prova material da inocência do condenado tinha sido irremediavelmente perdida?

Pode-se imaginar facilmente a forte emoção que torturava os espectadores daquela cena. Benito mal conseguia falar. Sentia que seu coração estava prestes a pular para fora do peito.

– Abra de uma vez, senhor juiz, abra logo o estojo, pelo amor de Deus! – suplicou com a voz entrecortada.

O juiz Jarriquez começou então a desenroscar o fecho do estojo. Depois, levantou a tampa e virou o estojo, do qual rolaram algumas moedas de ouro sobre a mesa.

– Mas, e o papel...?! O papel...! – exclamou mais uma vez Benito, apoiando-se na mesa para não cair.

O magistrado enfiou os dedos no estojo, retirando, com alguma dificuldade, um papel amarelado, cuidadosamente dobrado, que parecia ter sido poupado pela água.

– O documento! É ele! O documento! – exclamou Fragoso. – Sim! Foi exatamente esse papel que vi nas mãos de Torres!

O juiz desdobrou o papel e o examinou. Olhou a frente, o verso, ambos marcados por uma caligrafia bastante grande.

– Realmente, é um documento – disse. – Não há sombra de dúvida, com certeza é um documento!

– Sim – respondeu Benito –, e é esse o documento que prova a inocência do meu pai!

– Isso eu não sei – respondeu o juiz –, e na verdade temo que seja bastante difícil descobrirmos!

– Por quê? – perguntou Benito, pálido como um cadáver.

– Porque foi escrito em uma linguagem criptografada e, bom...

– O quê?

– Não temos a cifra.

Capítulo XII
O documento

Aquela era, de fato, uma situação muito grave, que nem João da Costa nem os que estavam dispostos a ajudá-lo podiam ter previsto. Quem tem boa memória se lembrará da primeira cena desta história, quando descobrimos um documento indecifrável escrito de acordo com um sistema usado na criptologia.

O problema era: que sistema?

Era justamente para descobrir isso que seria aplicada toda a engenhosidade do cérebro humano.

Antes de dispensar Benito e seus companheiros, o juiz Jarriquez mandou fazer uma cópia exata do documento, pois queria guardar consigo a versão original. Entregou então a cópia cuidadosamente revisada aos dois jovens, para que eles pudessem levá-la ao prisioneiro.

Após combinarem de encontrar o juiz no dia seguinte, os dois se retiraram e, sem querer esperar um segundo para ver João da Costa, correram para a prisão. Lá, em uma rápida conversa, deixaram-no a par de todo o ocorrido. João da Costa pegou o documento e o examinou com atenção. E então, balançando a cabeça, entregou-o ao filho.

– Talvez esteja aí a prova que eu sempre procurei! Mas se ela não está a meu alcance, se toda a honestidade da minha vida não depõe a meu favor, não posso esperar mais nada da justiça dos homens. Meu destino está nas mãos de Deus!

Todos sabiam muito bem disso. Se o documento não fosse decifrado, podia-se esperar o pior para o condenado!

– Nós vamos dar um jeito, pai! Não há mistério que não possa ser desvendado! O senhor tem que ter fé! Por um milagre os céus nos entregaram esse documento que vai salvar o senhor. E se Deus guiou nossas mãos até o encontrarmos não será agora que se recusará a guiar nosso espírito para conseguirmos lê-lo!

João apertou a mão de Benito e de Manoel, e os jovens saíram da prisão bastante emocionados e voltaram para a jangada, onde Yaquita os esperava.

Lá, ela foi logo informada sobre os incidentes que ocorreram desde a véspera: o ressurgimento do corpo de Torres, a descoberta do documento e a estranha forma em que o verdadeiro culpado decidiu escrever – sem dúvida para que não saísse prejudicado caso o documento caísse em mãos erradas.

Obviamente Lina também foi colocada a par da inesperada complicação e da descoberta que Fragoso tinha feito de que Torres era um antigo capitão do mato, pertencente à milícia que agia nos arredores das embocaduras do rio Madeira.

– Mas como foi que o senhor o conheceu? – perguntou a jovem mulata.

– Foi durante uma das minhas viagens pela província do Amazonas, quando eu ia de vilarejo em vilarejo para trabalhar – respondeu Fragoso.

– E a cicatriz...?

– A história da cicatriz foi assim: um dia, eu estava chegando à missão dos Aranã quando esse tal de Torres, que eu nunca tinha visto na vida, começou a brigar com um de seus companheiros – realmente esse meio é horrível! – e no final acabou levando uma facada no braço! E não é que, na falta de médicos, fui eu que tive que fazer os curativos?! Foi assim que o conheci.

– Que importância tem tudo isso, sabermos quem foi ou deixou de ser Torres, afinal de contas? Não é ele o autor do crime, então isso não vai nos levar a lugar nenhum... – disse a moça.

– É verdade, mas eu sei que vamos conseguir ler esse documento, diabos! – bradou Fragoso. – E então a inocência de João da Costa saltará aos olhos de todos!

Assim esperavam Yaquita, Benito, Manoel e Minha. E, assim, os três homens passaram longas horas trancados no salão tentando decifrar o bilhete. Mas se eles tinham essa esperança, devemos frisar que ao menos o juiz Jarriquez também a tinha.

Após o interrogatório, o magistrado redigiu o relatório que confirmava a identidade de João da Costa e o enviou à chancelaria. O juiz tinha tudo para pensar que aquele caso já acabara por ali. Ledo engano.

Temos que dizer que, após a descoberta do documento, o juiz Jarriquez finalmente se viu em sua verdadeira especialidade. Explorar combinações numéricas, solucionar problemas divertidos, decifrar charadas, rébus e logogrifos era bem a sua praia.

Só de pensar que aquela mensagem podia salvar a vida de um homem, o juiz sentia seu instinto de analista despertar. Tinha um criptograma diante de seus olhos! Ele não conseguia pensar em outra coisa. E não era necessário conhecê-lo para saber que trabalharia nisso sem parar, até pulando as refeições!

Quando os jovens saíram, o magistrado se instalou em sua sala. A porta fechada, proibindo a entrada de todos, permitia-lhe algumas horas de perfeita solidão e concentração. Com os óculos na ponta do nariz, serviu-se de uma boa dose de rapé para aguçar a fineza e a sagacidade do cérebro e mergulhou no documento, em uma meditação que logo se materializaria na forma de monólogo. O digno magistrado era uma dessas pessoas expansivas, que pensa melhor em voz alta do que em voz baixa.

– Vamos proceder metodicamente, pois sem método não há lógica. E sem lógica é impossível ter sucesso.

Pegou então o bilhete e o percorreu de cima a baixo, sem entender absolutamente nada. O documento tinha uma centena de linhas, que estavam divididas em seis parágrafos.

– Hmmm... Pensando bem, estudar cada parágrafo, um por um, seria uma grande perda de tempo – tempo que, por sinal, é muito precioso. Portanto, vou ter que escolher apenas um trecho do texto, o mais interessante. Ora, esse trecho só pode ser o último parágrafo, que deve resumir todo o caso. Nomes próprios podem me ajudar, como o de João da Costa, e se esse nome é mencionado aqui, ele obviamente tem que estar no último parágrafo.

O raciocínio do magistrado era lógico. Muito provavelmente ele tinha razão em querer investir seus instintos de criptólogo, antes de qualquer coisa, no último parágrafo.

E aqui está o parágrafo de que falamos – pois é necessário apresentá-lo novamente ao leitor, para que ele possa entender como um analista trabalha na solução de um enigma:

Sygwedhhkwpdywqwervrwgpgsvfnbpeqvjthhrcx-
tdwvksbwsgqxtrpgcipvuxgjtfsovfwdqretneslqhppiwki-
pvrdptjwiggajqxhgiplwggobqilttehqlntjwsfgsurwhx-
nowihujjvrdqjkrerffdrwwcnomyvvfnhrwghpqhhpfe-
repqwuhwrwjvrqlujsdzhnkvqglqsbumrffbgqlpntwvde-
fpgsgkxuumwqijdqdpyjqsvkrbsiqcxfxuxgftvmqqjtwi-
gqhvpiqvtdrqpgzwhvgciflvrptnhsuvjhd.

Primeiro, o juiz Jarriquez observou que as linhas do documento não estavam divididas nem em palavras, nem em frases, e que não havia pontuação, o que tornava a leitura do bilhete muito mais difícil.

– Vejamos se alguma junção de letras parece formar uma palavra – vou considerar palavra a união de consonantes e vogais que possa ser pronunciada. Consigo reconhecer as palavras *fere*, *bum*, *nom*... Depois temos *de*, *um*... Talvez as palavras *wig* e *now* do inglês... E por que não a palavra *sur* do francês?!

O juiz Jarriquez largou o documento e ficou refletindo por um tempo.

– Todas as palavras que encontrei nessa breve leitura são estranhas. Nada parece fazer sentido! Na verdade, não consigo nem identificar a proveniência delas. Algumas parecem estar em português, outras em inglês ou em francês, e outras não lembram língua alguma – sem contar que a maior parte do bilhete é formada por séries de consoantes impronunciáveis. Definitivamente, não vai ser fácil descobrir a cifra.

Os dedos do magistrado começaram a tamborilar na mesa uma espécie de toque de alvorada, como se quisesse acordar suas faculdades adormecidas.

– Vejamos, então, quantas letras tem nesse parágrafo. – Contou, acompanhando as letras com o lápis. – Trczentos e seis! Bom, o mais lógico é eu verificar agora em que proporção essas letras estão reunidas, umas em relação às outras.

O juiz levou um pouco mais de tempo para fazer essa conta. Seguindo a ordem alfabética, conferiu quantas vezes cada letra aparecia e tomou nota. Vinte e cinco minutos depois, tinha diante de si o seguinte quadro:

A = 1 vez
B = 6 vezes
C = 5 vezes
D = 13 vezes
E = 10 vezes
F = 14 vezes
G = 21 vezes
H = 19 vezes
I = 12 vezes

J = 14 vezes
K = 7 vezes
L = 8 vezes
M = 4 vezes
N = 9 vezes
O = 4 vezes
P = 19 vezes
Q = 24 vezes
R = 19 vezes
S = 14 vezes
T = 14 vezes
U = 10 vezes
V = 20 vezes
X = 9 vezes
Y = 4 vezes
Z = 2 vezes
Total = 306 vezes

– Arrá! Já constatei algo muito estranho: todas as letras do alfabeto foram usadas em um único parágrafo! Isso é realmente muito estranho... Se pegarmos em um livro, ao acaso, 306 letras consecutivas, muito dificilmente estarão presentes ali todas as letras do alfabeto. Mas pode ser apenas uma coincidência...

Em seguida, passando para outro raciocínio:

– É muito importante verificar se as vogais estão na proporção normal em relação às consoantes.

Pegou novamente o lápis e contou o número de vogais:

A = 1 vez
E = 10 vezes
I = 14 vezes
O = 4 vezes
U = 10 vezes
Total = 39 vogais

– Nesse parágrafo há 39 vogais para 267 consoantes. Bom, podemos dizer que a proporção está próxima da normal, perto de cinco, conforme o alfabeto, em que contamos cinco vogais para 26 letras. Então é possível que o documento tenha sido escrito em nossa língua, mas que apenas o valor de cada letra tenha sido trocado. Ora, se essa mudança foi feita regularmente, se um *b* sempre foi representado por um *l*, por exemplo, ou um *o* por um *v*, um *g* por um *k*, um *u* por um *r*, etc., aposto meu cargo de juiz em Manaus que consigo ler esse documento! E o que posso fazer além de seguir o método de Edgar Allan Poe, nosso grande gênio analítico?!

O juiz Jarriquez fazia alusão a um conto do famoso escritor americano. Quem nunca leu o *Escaravelho de ouro*? Nesse conto, um criptograma, composto ao mesmo tempo por letras, algarismos, sinais algébricos, asteriscos, pontos e vírgulas, é submetido a um método matemático e acaba sendo decifrado de um jeito extraordinário, que os admiradores dessa estranha figura nunca esquecerão.

Mas no conto o que estava em jogo era a descoberta de um tesouro, enquanto aqui se tratava da vida e da honra de um homem! Dessa vez, descobrir a cifra também era muito importante, mas por motivos completamente diferentes...

O magistrado, que já tinha relido seu exemplar do *Escaravelho de ouro* algumas vezes, conhecia bem os procedimentos de análise minuciosamente empregados por Poe e decidiu aplicá-los. Ao fazer isso, era certo que, se o valor de cada letra permanecesse o mesmo, o juiz conseguiria, cedo ou tarde, ler o documento que dizia respeito a João da Costa.

– O que Poe fez? – perguntava-se repetidas vezes. – Antes de tudo, ele começou buscando qual era o sinal – aqui temos apenas letras –, neste caso qual letra era reproduzida com maior frequência no criptograma. Ora, neste caso é a letra *q*, que aparece 24 vezes. Basta essa proporção para concluirmos, em um primeiro momento, que *q* não representa *q*, mas provavelmente a letra mais comum da língua portuguesa. Em inglês ou em francês seria a letra *e*, sem dúvida; em italiano, *i* ou *a*; mas em português deve ser *a* ou *o*. Assim, partimos do princípio de que *q* representa *a* ou *o*.

Feito isso, o juiz procurou a segunda letra mais frequente no bilhete. Isso o levou a construir o seguinte quadro:

Q = 24 vezes
G = 21 vezes
V = 20 vezes
H, P, R = 19 vezes
F, J, S, T = 14 vezes
D = 13 vezes
I = 12 vezes
E, U = 10 vezes
N, X = 9 vezes
L = 8 vezes
K = 7 vezes
B = 6 vezes
C = 5 vezes
M, O, Y = 4 vezes
Z = 2 vezes
A = 1 vez

– A letra *a* aparece apenas uma vez, enquanto ela deveria ser a mais frequente! Não resta dúvida de que seu valor foi alterado! E agora, depois do *a* ou o *o*, quais as letras mais frequentes na nossa língua? Vejamos.

E o juiz Jarriquez, homem de impressionante sagacidade e de espírito muito observador, lançou-se nessa nova busca. Para realizar essa tarefa, o magistrado apenas imitou o escritor americano, que, por simples indução ou aproximação, grande analista que era, conseguiu reconstituir um alfabeto correspondente aos sinais do criptograma e, em seguida, lê-lo normalmente.

O juiz procedeu da mesma forma, e podemos afirmar que ele não deixou nada a desejar em relação a seu ilustre mestre. Por ter "trabalhado" muito com logogrifos, palavras cruzadas e outros enigmas, que são baseados apenas em uma disposição arbitrária de letras, e por já estar habituado a encontrar soluções para eles, seja de cabeça, seja com a caneta na mão, ele já era bom na resolução desses jogos de raciocínio.

Naquela ocasião, não teve dificuldade em estabelecer a ordem das letras conforme sua frequência. Começou pelas vogais, para depois elencar as consoantes. Três horas depois, tinha diante de si um alfabeto que, se tinha procedido corretamente, devia lhe dar os verdadeiros valores das letras empregadas no documento.

Ele tinha apenas que substituir sucessivamente as letras daquele alfabeto por aquelas do bilhete. Mas, antes de começar, sentiu-se um pouco comovido. Ele estava completamente imerso naquela atividade intelectual – muito mais do que podemos imaginar – e nem conseguia acreditar que, após diversas horas de trabalho persistente, descobriria o sentido tão impacientemente procurado de um logogrifo.

– Vamos lá, então. Na verdade, seria muito estranho se eu não encontrasse a chave do enigma!

O juiz Jarriquez tirou os óculos, limpou as lentes embaçadas, e os recolocou sobre o nariz. Então, debruçou-se novamente sobre a mesa.

Com seu alfabeto especial em uma mão e o documento na outra, começou a escrever, abaixo da primeira linha do parágrafo, as verdadeiras letras, que, segundo ele, corresponderiam exatamente a cada letra criptografada. Depois de acabar a primeira linha, repetiu o mesmo procedimento com a segunda, depois com a terceira, com a quarta, até chegar ao fim do parágrafo.

E que figura! Ele se negou a ver, enquanto escrevia, se aquele conjunto de letras formava palavras compreensíveis. Não! Durante esse primeiro trabalho, sua mente se recusava a qualquer verificação do tipo. O que ele queria era ter o prazer de ler tudo de uma só vez.

Feito isso:

– Agora, sim! – exclamou.

E se pôs a ler o papel.

Que cacofonia, meu Deus! As linhas que construíra com as letras de seu alfabeto faziam tanto sentido quanto as do documento. Era uma outra série de letras, apenas isso, mas elas não formavam nenhuma palavra, não faziam nenhum sentido! Em resumo, era apenas um outro bloco de letras indecifrável.

– Por mil diabos! – urrou o juiz.

Capítulo XIII

Quando o assunto são números

Eram sete horas da noite. Sem ter avançado nem um pouco, o juiz Jarriquez continuava focado no criptograma. Tinha se esquecido completamente da hora do almoço e da sesta, quando bateram à porta.

Bem a tempo. Uma hora a mais e o calor que saía de sua cabeça teria certamente fundido seu cérebro! Enfurecido, deu ordem de entrada com uma voz impaciente. A porta se abriu e Manoel se apresentou.

O jovem médico deixara os amigos a bordo da jangada às voltas com o indecifrável documento para ver o juiz. Manoel queria saber se o magistrado fora mais bem-sucedido do que ele em suas tentativas e se tinha finalmente descoberto o sistema do criptograma.

O juiz não ficou irritado ao ver Manoel. Seu nível de excitação mental era tamanho que a solidão já tinha se tornado insuportável. Alguém com quem conversar, era disso que estava precisando, especialmente se essa pessoa quisesse desvendar aquele mistério tanto quanto ele. Manoel era exatamente quem ele precisava encontrar.

– Com licença, Vossa Excelência! O senhor juiz descobriu mais alguma coisa...?

– Antes de mais nada, sente-se, por favor – disse o juiz, levantando-se e pondo-se a palmilhar a sala de um lado a outro. – Sente-se! Se ficarmos os dois de pé, o senhor caminhará para um lado, eu para o outro, e essa sala ficará muito apertada!

Manoel se sentou e refez a pergunta.

– Não! Não descobri nada! Não tenho nada de novo para lhe contar, mas de uma coisa tenho certeza!

– Certeza do quê, senhor juiz, certeza do quê?

– De que o documento não se baseia em sinais convencionais, mas no que chamamos, em criptologia, de "cifra" ou, melhor dizendo, se baseia em um número!

– Mas então, senhor juiz, não é possível ler um documento desse tipo?

– Sim... É possível lê-lo quando uma letra é invariavelmente representada por outra, isto é, quando um *a*, por exemplo, é sempre um *p*, quando um *p* é sempre um *x*... Caso contrário... não!

– E nesse documento...?

– Nesse documento, o valor da letra muda de acordo com o número, escolhido arbitrariamente, que a comanda! Assim, um *b*, que terá sido representado por um *k*, poderá mais tarde vir a ser um *z*, depois um *m* ou um *n*, ou quem sabe um *f*, ou qualquer outra letra!

– E nesse caso...?

– Nesse caso, sinto lhe dizer que o criptograma é absolutamente indecifrável!

– Indecifrável! – exclamou Manoel. – Não é possível! Nós temos que encontrar a chave do documento! A vida de um homem depende disso!

Manoel pulou da cadeira, assaltado por um frenesi que não conseguia dominar. A resposta que acabava de receber era tão desesperadora que se recusava a aceitá-la como definitiva.

O juiz, com um gesto, fez com que Manoel se sentasse novamente. Já mais calmo, o rapaz perguntou:

– Antes de mais nada, senhor juiz, o que o faz pensar que o que rege o documento é uma cifra ou, como disse, um número?

– Escute bem, meu jovem, e há de compreender!

O magistrado pegou o documento e mostrou seu trabalho para Manoel.

– Comecei do jeito que se deve começar, isto é, analisando o criptograma logicamente, não dando chance ao acaso. Assim, primeiro apliquei um alfabeto que construí baseado na proporção das letras mais comuns na nossa língua. A partir disso, tentei ler a mensagem seguindo os preceitos do nosso imortal analista, Edgar Allan Poe! E, bom, o que para ele deu certo, nesse caso... foi um fracasso!

– Um fracasso!

– Sim, meu jovem, e eu devia ter percebido desde o começo que não conseguiríamos descobrir a cifra desse modo! Alguém mais esperto do que eu não teria cometido esse erro!

– Meu Deus do céu! Eu só queria entender...

– Pegue o documento. Agora, focando em analisar somente a disposição das letras, releia-o.

Manoel obedeceu.

– Não vê nada de estranho na junção de algumas letras? – perguntou o magistrado.

– Não, nada – disse Manoel, após ter percorrido, talvez pela centésima vez, as linhas do papel.

– Bom, preste atenção apenas no último parágrafo. Lá deve estar o resumo de toda a mensagem. Não vê nada de anormal?

– Nada.

– No entanto, há um detalhe que prova de forma absoluta que o documento é regido por um número.

– Que é...?

– A quantidade de letras consecutivas repetidas!

O que o juiz Jarriquez dizia era verdade e merecia especial atenção. Nove letras diferentes – as letras *f*, *j*, *v*, *t*, *g*, *p*, *u*, *h* e *q* – encontram-se repetidas lado a lado no último parágrafo do documento. Essa era a particularidade que o magistrado não tinha percebido de início.

– E isso prova...? – perguntou Manoel, sem saber que conclusão tirar disso.

– Prova simplesmente que o documento é comandado por uma cifra! Demonstra *a priori* que cada letra é modificada pelos algarismos deste número e conforme o lugar que eles ocupam!

– E por quê?

– Porque em português não há nove letras diferentes no alfabeto que possam se repetir consecutivamente em uma mesma palavra. Podemos pensar no *e*, no *r*, no *a*, no *o*, no *s*, mas não em nove letras! E isso que só consideramos o último parágrafo...

Manoel ficou estupefato com o argumento. Pensou bem e, por fim, não achou nada para responder.

– E se eu tivesse percebido isso mais cedo – retomou o magistrado –, teria me poupado de uma trabalheira e do começo de uma enxaqueca que me aperta do sincipício ao occipício!

– Mas, enfim – perguntou Manoel, sentindo escapar as últimas esperanças a que tentava se agarrar –, o que o senhor juiz entende por cifra?

– Chamemos de número!

– Um número, então.

– Vou lhe mostrar um exemplo que o fará entender melhor do que qualquer explicação!

O juiz Jarriquez se sentou à mesa, pegou uma folha de papel, um lápis, e disse:

– Sr. Manoel, tomemos uma frase, pode ser qualquer uma. Vou usar como exemplo a seguinte:

O inteligentíssimo juiz Jarriquez é dotado de um espírito muito engenhoso.

– Devemos escrever a frase de modo a manter um espaço entre as letras:

O inteligentíssimo juiz Jarriquez é dotado de um espírito muito engenhoso.

Tendo feito isso, o magistrado – para quem essa afirmação era incontestável – olhou Manoel nos olhos e disse:

– Suponhamos agora que eu escolha um número qualquer, ao acaso, para formar um criptograma a partir dessa sucessão natural de palavras. Suponhamos também que esse número seja composto de três algarismos, como 4, 2 e 3. Então disponho o número 423 abaixo da linha que já escrevemos, repetindo-o quantas vezes for necessário até chegar ao fim da frase, de modo que cada algarismo fique abaixo de cada letra. Então temos:

O inteligentíssimo juiz Jarriquez
4 2 3 4 2 3 4 2 3 4 2 3 4 2 3 4 2 3 4 2 3 4 2 3 4 2 3 4 2 3
é dotado de um
4 2 3 4 2 3 4 2 3 4 2
espírito muito engenhoso.
3 4 2 3 4 2 3 4 2 3 4 2 3 4 2 3 4 2 3 4 2 3

– E, bem, sr. Manoel, substituindo cada letra pela letra que ela ocupa na ordem alfabética, descendo conforme o valor do algarismo, temos:

o mais 4 é igual a *s*
$i + 2 = k$
$n + 3 = q$
$t + 4 = z$
$e + 2 = g$
$l + 3 = o$

e assim por diante.

– Se chegar ao fim do alfabeto, volto ao início. É o que acontece com a última letra do meu sobrenome, *z*, abaixo da qual está o algarismo 2. Ora, como depois do *z* não há mais letras no alfabeto, recomeço a contar no *a*, deste modo:

z mais 2 é igual a *b*.

– Assim, quando chego ao fim desse sistema criptográfico, regido pelo número 423 – que foi escolhido arbitrariamente, não esqueça! –, a frase que conhecemos é substituída pela seguinte:

S kqzgomihrvlwulqq mykc ncuvktygc i frxcgs fh yo hwrlvkws oxmvr ipjipksur.

– Ora, meu caro, examine-a com atenção. Ela não lhe parece muito similar às do nosso documento? Bom, e o que isso significa? Significa que, já que o valor da letra é dado pelo número que o acaso coloca abaixo, a letra criptográfica referente à letra verdadeira não pode ser sempre a mesma. Assim, nessa frase, o primeiro *o* é representado por um *s*, mas o segundo é representado por um *q*, o terceiro por um *r* e o quarto por um *s*; um *m* corresponde ao primeiro *j* e um *n* ao segundo; dos dois *r* do meu sobrenome, um é representado por um *u* e o outro por um *v*; o *t* da palavra *dotado* vira um *x*, e o *t* de *espírito* vira um *w*, enquanto o da palavra *muito* é um *v*. O senhor já pode concluir que se não soubéssemos o número 423, jamais conseguiríamos ler essas linhas e, consequentemente, o criptograma permaneceria indecifrável!

Ao escutar o magistrado raciocinar de forma tão lógica, Manoel se sentiu abalado por um momento, mas logo reergueu a cabeça:

– Não! Não, senhor juiz! Não perderei as esperanças de descobrir esse número!

– Talvez até conseguíssemos, caso as linhas do documento tivessem sido divididas em palavras! – respondeu o juiz.

– E por quê?

– Eis meu raciocínio, meu caro. É possível afirmar com plena certeza que o último parágrafo do documento deve resumir todos os anteriores, não é mesmo? Dessa forma, tenho certeza de que o nome João da Costa deve estar aí, em algum lugar. Bom, se as linhas tivessem sido divididas em palavras, seria possível testar cada palavra de cinco letras, uma após a outra, buscando pelo sobrenome Costa, até encontrarmos a cifra do documento.

– Explique-me, por favor, senhor juiz, como deveríamos proceder – pediu Manoel, vendo reacender aí a chama de uma última esperança.

– É muito simples. Tomemos, por exemplo, uma das palavras da frase que acabei de escrever, como meu sobrenome. Ele está representado nesse criptograma que criamos por esta estranha combinação de letras: *ncuvktygc*. Bom, ao colocarmos essas letras em uma coluna vertical ao lado das letras do meu sobrenome e ao relacionarmos umas às outras tendo em mente o alfabeto, obtemos a seguinte fórmula:

Entre *n* e *j* contamos 4 letras.

c – *a* 2
u – *r* 3
v – *r* 4
k – *i* 2
t – *q* 3
y – *u* 4
g – *e* 2
c – *z* 3

– Ora, como é composta a coluna dos números produzidos por essa simples operação? O senhor pode ver com seus próprios olhos, são os algarismos 423423423, ou seja, o número 423 repetido diversas vezes.

– Não é que é verdade...!

– O senhor compreende então que, desse modo, ao subir na ordem alfabética da falsa letra para a letra verdadeira, em vez de ir da verdadeira para a falsa, eu consegui reconstituir facilmente o número, e que esse número procurado é de fato o 423 que escolhi como cifra do meu criptograma.

– Então, se o sobrenome *Costa* se encontra mesmo no último parágrafo, como é de se esperar, se considerarmos cada letra desse trecho como a primeira letra do sobrenome, acharemos...

– Tem razão, isso seria possível, mas com uma condição!

– Qual?

– Que o primeiro número da cifra caia exatamente na primeira letra de *Costa*. Mas o senhor há de concordar comigo que isso é pouco provável...

– Realmente – respondeu Manoel, sentindo sua última esperança se esvaecer.

– Seria necessário confiar apenas no acaso, mas o acaso não pode intervir nesse tipo de busca!

– Mas será que o acaso não poderia nos levar a esse número?

– Esse número, esse número! – exclamou o juiz. – Mas quantos algarismos contém esse número? Dois, três, quatro, nove, dez? Ele é composto de algarismos diferentes ou de algarismos repetidos diversas vezes? O senhor sabia, meu jovem, que se usarmos os dez algarismos de que dispomos, sem repetir, podemos obter três milhões, duzentos e sessenta e oito mil e oitocentos números diferentes? E que se houvesse repetições esse número de combinações seria ainda maior? E sabia que, se levássemos apenas um segundo dos quinhentos e vinte e cinco mil e seiscentos minutos que tem um ano para testar cada um desses números, levaríamos mais de seis anos, e mais de três séculos se cada operação exigisse uma hora! Não! O senhor quer o impossível.

– Impossível, senhor juiz, é que um homem justo seja condenado, que João da Costa perca a vida e a honra, quando temos em mãos a prova material da sua inocência! Isso é que é impossível!

– Ah, meu jovem! Quem garante que esse tal de Torres não mentiu, que ele realmente tinha uma confissão escrita pelo autor do crime, que esse papel é de fato esse documento que está aqui e que ele diz respeito a João da Costa?

– Quem garante...! – repetiu Manoel. E deixou a cabeça cair entre as mãos.

De fato, nada provava que o documento tratava mesmo do caso do arraial diamantino. E nada garantia que ele tivesse qualquer sentido, que não tivesse sido forjado por Torres, capaz de querer vender tanto uma peça verdadeira quanto uma falsa!

– Não importa, sr. Manoel – retomou o juiz Jarriquez se levantando. – Não importa! Independentemente a que caso esteja ligado o documento, não vou desistir de descobrir a cifra! Afinal de contas, isso bem vale um logogrifo ou um rébus!

Manoel se levantou então, despediu-se do magistrado e retornou à jangada, mais desesperado do que na ida.

Capítulo XIV

Apostando no acaso

Enquanto isso, a opinião pública em relação ao caso de João da Costa sofrera uma grande reviravolta. A raiva dera lugar à compaixão. A população não ia mais à prisão pedir aos gritos a morte do prisioneiro. Muito pelo contrário! Os que antes o acusavam com maior veemência de ser o responsável pelo crime do Arraial do Tijuco diziam agora que não era ele o culpado, que deviam soltá-lo imediatamente: assim vão as multidões, de um extremo a outro.

Mas essa reviravolta era compreensível.

Os acontecimentos dos dois últimos dias, o duelo entre Benito e Torres, a busca pelo cadáver em circunstâncias extraordinárias, o documento encontrado e a sua, digamos, indecifrabilidade, a quase certeza de que aquela mensagem consistia na prova material da inocência de João da Costa, pois provavelmente tinha sido escrita pelo verdadeiro culpado – tudo contribuíra para a mudança da opinião pública. O que se desejava ardentemente, o que era pedido impacientemente havia 48 horas agora era temido: a chegada das instruções que viriam do Rio de Janeiro.

Só que isso não demoraria muito para acontecer.

João da Costa tinha sido preso em 24 de agosto e interrogado no dia seguinte. O relatório do juiz fora enviado no dia 26. Já estávamos em 28 de agosto. Em três ou quatro dias no máximo o ministro teria tomado uma decisão, e era mais do que certo que "a justiça seguiria seu rumo".

Sim! Todos sabiam que as coisas se desenrolariam desse modo. Entretanto, nem sua família, nem a população de Manaus inteira, que acompanhava com furor as fases do dramático caso, ninguém duvidava que a inocência de João pudesse ser provada pelo documento.

Mas, de fora, aos olhos dos observadores desinteressados ou indiferentes, que não estavam submetidos à pressão dos acontecimentos, que valor podia ter aquele papel, e como afirmar com certeza que ele dizia respeito ao atentado do arraial diamantino? O tal documento existia, isso era incontestável. Tinham-no encontrado com o cadáver de Torres. Nada era mais certo. Podia-se até mesmo garantir, comparando-o à carta em que Torres denunciava João da Costa, que o documento não tinha sido escrito pela mão do aventureiro. Entretanto, como tinha dito o juiz Jarriquez, o tratante poderia ter mandado forjar um manuscrito para fazer uma chantagem. Tanto que Torres só queria entregá-lo depois do casamento com a filha de João, ou seja, quando já fosse tarde demais.

Essas hipóteses podiam ser sustentadas por ambos os lados, e é compreensível que esse caso provocasse tanto alvoroço e gerasse tantas emoções. De todo modo, a situação de João era gravíssima. Enquanto o documento não fosse decifrado, era como se não existisse, e se um milagre não fizesse com que seu segredo criptográfico fosse desvendado ou revelado em menos de três dias a expiação suprema aniquilaria o condenado do Arraial do Tijuco.

E, bom, havia um homem que tinha a intenção de conseguir esse milagre. Esse homem era ninguém mais, ninguém menos que o juiz Jarriquez, que agora trabalhava mais por João da Costa do que para satisfazer suas faculdades analíticas. Sim! Suas prioridades tinham mudado completamente. Um homem abandonar voluntariamente seu retiro em Iquitos e vir, arriscando a própria vida, pedir sua absolvição à justiça brasileira, eis um enigma moral que valia muito mais do que todos os outros! E o magistrado não abandonaria aquele documento enquanto não descobrisse a cifra. Passou então a se dedicar àquela tarefa com muita gana. Não comia mais, não dormia mais. Passava todo o seu tempo combinando números, tentando encontrar a chave para forçar aquela fechadura!

No fim do primeiro dia, aquele projeto se tornara uma verdadeira obsessão para o juiz Jarriquez. Uma raiva, pouco contida, o consumia aos poucos. Toda a casa tinha medo. Seus empregados domésticos, negros e brancos, não ousavam dirigir a palavra a ele. Felizmente era solteiro, senão a sra. Jarriquez teria passado algumas horas difíceis. Nunca um problema o apaixonara àquele ponto, e ele estava bastante determinado a resolvê-lo – isso se sua cabeça não explodisse como uma caldeira quente demais sob a pressão dos vapores.

O magistrado já sabia que a chave do documento era um número, composto de dois ou mais algarismos, mas toda dedução lógica parecia ser insuficiente para descobri-lo.

No entanto, foi o que o juiz ficou fazendo naquele 28 de agosto, e foi nesse trabalho sobre-humano que decidiu aplicar todas as suas faculdades. Procurar um número ao acaso era, como ele próprio afirmara, querer se perder em milhares de combinações, que teriam consumido a vida até mesmo de um matemático de primeira. Mas se não se podia contar de jeito nenhum com o acaso, então quer dizer que era impossível agir contando com a lógica? Não, de forma alguma, mas agora, após ter tentado em vão ter algumas horas de descanso, seu lema era "raciocinar até a irracionalidade".

Se alguém tivesse conseguido adentrar seu refúgio naquele momento, após enfrentar as defesas formais que deviam proteger seu isolamento, teria o encontrado, como na véspera, em sua sala, sentado à mesa, com o documento sob os olhos e aquelas milhares de letras embaralhadas pareceriam dar voltas em torno de sua cabeça.

– Ah! Mas por que é que o miserável que a escreveu, quem quer que seja, não separou as palavras do parágrafo?!

Assim eu poderia... Eu tentaria... Mas não! Se esse manuscrito trata mesmo dos casos de assassinato e roubo, não é possível que algumas palavras não estejam aí, como *arraial*, *diamantes*, *Tijuco*, *Costa*, entre outras, lá sei eu! Então eu poderia colocá-las ao lado dos seus equivalentes criptológicos e assim poderia reconstituir o número! Mas não! Não tem um único espaço! É apenas uma palavra, uma única palavra! Uma palavra de 306 letras! Ah! Que esse desgraçado vá 306 vezes para o inferno por ter complicado tanto esse sistema! Só por esse motivo ele já merecia ir para a forca!

E um violento murro no papel só veio intensificar aquele sentimento pouco amigável.

– Mas, enfim, se eu não consigo procurar uma dessas palavras no corpo do texto, talvez possa, ao menos, tentar encontrar uma delas no começo ou no fim do parágrafo. Talvez haja aí uma chance que não posso ignorar.

E seguindo essa lógica, o juiz Jarriquez testou as letras do início e do fim de cada parágrafo para verificar se não correspondiam à palavra mais importante, à palavra que necessariamente tinha que estar presente em algum lugar do documento: o sobrenome *Costa*.

Não era o caso.

Se nos restringirmos ao último parágrafo, suas cinco primeiras letras dão:

$$S = C$$
$$y = o$$
$$g = s$$
$$w = \mathrm{t}$$
$$e = a$$

Ora, o juiz Jarriquez já interrompeu os cálculos na primeira letra, visto que a distância entre o *s* e o *c* no alfabeto não é de um algarismo, mas de dois, dando dezesseis, quando nesse tipo de criptograma uma letra pode ser modificada apenas por um único algarismo.

O mesmo valia para as últimas cinco letras do parágrafo, *u v j h d*, cuja série começava por um *u*, que não podia de forma alguma representar o *c* de Costa, pois as duas letras estão separadas no alfabeto por outras dezoito. Assim, aquele não podia ser o lugar do sobrenome.

O mesmo valia para as palavras *arraial* e *Tijuco*, ambas testadas, e cuja construção também não correspondia à série de letras criptográficas.

Depois desse trabalho, o juiz, esgotado, levantou-se, deu uma volta na sala, foi até a janela tomar um ar, urrou tão alto que espantou os beija-flores que zumbiam na folhagem de uma mimosa e então retornou ao documento.

Ele pegou o papel, virou-o e desvirou-o.

– Miserável de uma figa! Canalha! – grunhia o juiz. – Ele vai me deixar louco! Mas alto lá! Calma! Não posso perder a cabeça. Não é hora para isso.

E foi enxaguar o rosto para esfriar a cabeça.

– Vamos tentar outra coisa. Já que não posso deduzir qual é a cifra que rege essas malditas letras, vejamos que número o autor do documento poderia ter escolhido, considerando que ele também seja o autor do crime do Arraial do Tijuco.

Era um outro método de dedução, em que o magistrado mergulharia de cabeça, e talvez esse fosse um bom caminho a seguir, pois também exigia uma certa lógica...

– Vamos começar testando um número de quatro algarismos! Quem sabe esse bandido não escolheu o ano em que nasceu João da Costa, o inocente que deixou ser condenado em seu lugar, talvez para não esquecer essa data tão importante para ele? Ora, João nasceu em 1804. Vejamos o que conseguimos tomando 1804 como número criptológico.

Ao escrever as primeiras letras do parágrafo abaixo do número 1804, que repetiu três vezes, obteve uma nova fórmula:

1804 1804 1804
Sygw edhh kwpd

Em seguida, ao subir na ordem alfabética respeitando o número escolhido, obteve a seguinte série:

Rqqs d.hd jop.

O que não significava nada! E ainda lhe faltavam duas letras que teve que substituir por pontos, pois os algarismos 8 e 4 que comandavam as duas letras *d* atingiam o limite do alfabeto ao subir na ordem alfabética.

– Ainda não é isso! – gritou o juiz. – Vamos tentar outro número!

E se perguntou se, em vez daquele número, o autor do documento não teria escolhido o ano em que o crime foi cometido: 1826.

Seguiu a mesma lógica e obteve a seguinte fórmula:

1826 1826 1826
Sygw edhh kwpd

O que dava:

Rqeq d.fb jon.

Mesma série insignificante, sem sentido algum, com diversas letras faltando, como na fórmula anterior, pelas mesmas razões.

– Maldito número! Ainda não é esse. Teria o miserável escolhido o número de contos que logrou com o roubo?

O valor estimado dos diamantes roubados foi 834 contos*, levando à seguinte fórmula:

834 834 834 834
Syg wed hhk wpd

O que resultava em uma frase tão desprovida de sentido quanto as outras:

Kvc ob. .eg om.

– Que vão para o inferno esse homem e esse criptograma! – berrou o juiz atirando longe o papel, que voou para o outro lado da sala. – Até um santo perderia a paciência com isso aqui!

Mas, passada a raiva, o magistrado, arrependido de tê-lo praguejado, juntou o documento do chão. Repetiu então os mesmos passos de antes com as últimas letras – em vão. Depois, tentou tudo o que sua mente agitada conseguia imaginar: os números que representavam a idade de João da Costa, que o autor do crime devia saber, a data da prisão, a data da sentença, a data prevista para a execução e até mesmo o número de vítimas do atentado do Arraial do Tijuco.

E nada!

O juiz Jarriquez estava tão exaltado que se podia temer pelo equilíbrio de suas faculdades mentais. Ele esperneava, debatia-se, parecia lutar contra um adversário. E de repente falou:

– É hora de apostar no acaso. Já que a lógica não pode me ajudar, que Deus me ajude!

Puxou a cordinha de uma sineta pendurada próximo a sua mesa de trabalho. O ruído estridente ecoou dentro da casa, e o magistrado foi até a porta e a abriu:

---

* Cerca de 2,5 milhões de francos.

– Bobó! – gritou.

Passaram-se alguns minutos.

Bobó, um negro alforriado e o empregado preferido do juiz, não aparecia. Era óbvio que ele não se atrevia a entrar no escritório do patrão. Mais um toque de sineta e mais um chamado, mas o negro achava melhor se fazer de surdo. No terceiro toque, que desmontou o aparelho e arrancou fora a cordinha, Bobó apareceu.

– O que meu senhor deseja? – perguntou o criado, permanecendo prudentemente à soleira da porta.

– Entre, sem dar um pio! – ordenou o magistrado fuzilando-o com os olhos.

Bobó deu um passo à frente, tremendo.

– Bobó, preste bem atenção no que vou lhe pedir e responda na hora, sem pensar, ou eu...

Bobó, desconcertado, com o olhar fixo e a boca aberta, juntou os pés em posição de sentido e aguardou.

– Está pronto?

– Estou.

– Atenção! Diga-me, sem pensar duas vezes, o primeiro número que lhe vier à cabeça!

– Setenta e seis mil duzentos e vinte e três – respondeu Bobó sem respirar. O negro quisera, sem dúvida, agradar o patrão ao responder com um número tão grande.

O juiz Jarriquez correu à mesa e montou com o lápis uma nova fórmula para o número sugerido por Bobó. Ele não passava, naquele momento, de um intérprete do acaso.

É claro que seria muito improvável que justo esse número, 76223, fosse a chave do documento. E, como era de se esperar, ele não serviu para nada, a não ser para fazer o juiz pronunciar um insulto tão terrível que Bobó saiu correndo o mais rapidamente que pôde.

Capítulo XV
Últimos esforços

O magistrado não era o único a se exaurir em esforços inúteis. Benito, Manoel e Minha trabalhavam juntos para tentar arrancar do documento aquele segredo, do qual dependiam a vida e a honra do pai. Fragoso, auxiliado por Lina, também não quis ficar de fora, mas toda a engenhosidade do grupo não tinha sido suficiente para encontrar o número.

– O senhor tem que dar um jeito, Fragoso, tem que descobrir! – repetia a mulata sem parar.

– Pode deixar comigo! – respondia Fragoso.

Mas ele não conseguia!

Temos que dizer, contudo, que Fragoso queria colocar em prática um projeto que para ele já tinha se tornado uma obsessão, mas sobre o qual não queria falar com ninguém, nem mesmo com Lina: ele pretendia ir atrás da milícia à qual o ex-capitão do mato tinha pertencido para descobrir quem podia ter sido o autor do criptograma, que confessara no documento ser o culpado pelo atentado do Arraial do Tijuco. Ora, a região da província do Amazonas onde atuava aquela milícia e onde Fragoso tinha encontrado Torres alguns anos antes não era muito distante de Manaus. Bastava descer umas cinquenta milhas do rio em direção à embocadura do Madeira, afluente da margem direita, e lá sem dúvida estaria o chefe dos capitães do mato, que um dia fora um dos companheiros de Torres. Em dois dias, no máximo três, Fragoso conseguiria conversar com os ex-camaradas do aventureiro.

"Sim, claro que eu poderia fazer isso, mas e depois? Digamos que meu plano dê certo, quais serão os resultados práticos? Só o fato de termos certeza de que um dos companheiros de Torres morreu há pouco tempo vai bastar para provar que ele é o autor do crime? Para provar que ele deixou com Torres um documento em que confessa seu crime e absolve João da Costa? Finalmente conseguiremos descobrir a cifra do documento? Não! Apenas dois homens sabem qual é a cifra, o culpado e Torres, e os dois estão mortos!"

Esse era o raciocínio de Fragoso. Era óbvio que seu plano não levaria a nada, mas ele não conseguia abandonar aquela ideia. Uma força irresistível o pressionava a partir, ainda que sequer fosse certo que ele encontraria a milícia do Madeira! Os capitães podiam estar caçando ou estar em qualquer outro lugar da província, e então, para encontrá-los, Fragoso precisaria de mais tempo do que de fato tinha. E tudo isso para quê?

Mas não é que no dia seguinte, 29 de agosto, antes de o sol nascer e sem avisar ninguém, Fragoso saiu às escondidas da jangada, correu para Manaus e embarcou em uma das numerosas igarités que descem todos os dias o Amazonas?

E quando não o encontraram a bordo, quando passou um dia inteiro sem que ele retornasse, todos ficaram muito preocupados. Ninguém, nem mesmo a jovem mulata, conseguia explicar a ausência de um empregado tão dedicado justo naquela situação tão grave.

Alguns até se perguntaram, não sem alguma razão, se o pobre moço não teria tomado alguma atitude drástica, desesperado por ter contribuído de alguma forma para trazer Torres para a jangada quando o encontrou na fronteira!

Mas se Fragoso tinha motivos para se culpar, o que dizer de Benito? Primeiramente, em Iquitos, convidou Torres para visitar a fazenda. Depois, em Tabatinga, trouxe-o a bordo da jangada. E por fim, ao provocá-lo, ao matá-lo, eliminou a única pessoa que podia testemunhar a favor do condenado. E, portanto, Benito se culpava por tudo, pela prisão do pai e pelos terríveis acontecimentos que viriam como consequência disso.

Será que Benito não ficava pensando que, se Torres ainda estivesse vivo, de uma forma ou de outra, por pena ou por interesse, teria acabado entregando o documento? Será que Torres, que não tinha nada a perder, não teria decidido falar em troca de dinheiro? A tão procurada prova não teria finalmente chegado aos magistrados? Sim, é claro que sim! E Benito tinha matado o único homem que podia ter dado esse depoimento!

Era isso que o jovem, deprimido, repetia à mãe, a Manoel, a si próprio! Eram essas as cruéis responsabilidades que sua consciência lhe impunha!

No entanto, entre o marido, ao lado de quem passava todas as horas que podia, e o filho, atormentado por um desespero que fazia temer por sua sanidade, a corajosa Yaquita não se deixava abalar. Via-se nela a valente filha de Magalhães e a honrada companheira do fazendeiro de Iquitos.

João da Costa mantinha uma atitude apropriada para apoiar a esposa. O bravo homem de bom coração, o rígido puritano, o trabalhador rigoroso, cuja vida inteira tinha sido de luta, continuava a não deixar transparecer um sinal de fraqueza.

O mais terrível golpe que o atingiu, mas não o derrubou, foi a morte do juiz Ribeiro, que não tinha a menor dúvida quanto à inocência de João. Não tinha sido graças à ajuda de seu antigo advogado que ele tivera esperanças de lutar por sua absolvição? Ele encarava a intervenção de Torres apenas como algo secundário. E quando decidiu sair de Iquitos para se apresentar à justiça de seu país nem sabia da existência da tal confissão. Ele só trazia provas morais como bagagem. Claro, durante o trajeto ficou sabendo de uma forma um tanto inesperada da existência de uma prova material, e ele não era homem de recusá-la. Mas se, por circunstâncias lamentáveis, aquela prova não estava mais a seu alcance, ele se encontrava na mesma situação de quando atravessou a fronteira do Brasil, situação de um homem que vem dizer: "Apresento-lhes meu passado, meu presente e toda uma honesta existência de trabalho e dedicação! Passei por um primeiro julgamento extremamente injusto! Depois de 23 anos de exílio, venho aqui me entregar! Estou aqui! Julguem-me!".

A morte de Torres e a impossibilidade de ler o documento encontrado com ele não produziram, portanto, uma comoção tão grande em João quanto nos filhos, nos empregados e em todos os que torciam por ele.

– Tenho fé em minha inocência, assim como tenho fé em Deus! – repetia à esposa. – Se Ele achar que minha vida ainda é útil aos meus familiares e amigos e que para isso um milagre é necessário, Ele o providenciará! Se não, eu vou morrer! Deus é o único juiz!

Mas, conforme o tempo ia passando, o alvoroço na cidade de Manaus também ia aumentando. O episódio era comentado com uma paixão sem igual, como acontece em todos os casos que envolvem mistério, e o documento era o único assunto das conversas do povo. Ninguém, no fim do quarto dia, duvidava de que nele estava a salvação do condenado.

O Diário do Grão-Pará publicou um fac-símile do documento, e toda a população se pôs a tentar decifrar seu incompreensível conteúdo. Exemplares reproduzidos por autografia acabavam de ser distribuídos em grande quantidade, por insistência de Manoel, que não queria ignorar nada que pudesse levar à solução do mistério, nem mesmo o acaso, esse "nome de guerra" que a Providência às vezes escolhe.

Além disso, foi prometida como recompensa a soma de cem contos* (uma fortuna para aquele povo) a quem

---

* Trezentos mil francos.

quer que descobrisse a tão procurada cifra. Assim, pessoas de todas as classes sociais também começaram a pular refeições e a perder noites de sono para tentar solucionar o ininteligível criptograma.

Até então, todavia, tudo isso tinha sido em vão, e é provável que os analistas mais perspicazes do mundo também tivessem desperdiçado suas horas de descanso tentando encontrar a maldita cifra.

Todos foram alertados de que qualquer solução devia ser enviada imediatamente à casa do juiz Jarriquez, localizada na rua Deus Filho; mas, na noite do dia 29, ele ainda não tinha recebido nada e provavelmente nem receberia!

Dentre todos os que se empenhavam na resolução daquele quebra-cabeça, se tinha alguém que merecia compadecimento, esse alguém era o juiz Jarriquez. Uma associação de ideias muito natural fez com que ele acabasse concordando com a opinião pública de que o documento se referia ao caso do Arraial do Tijuco, que fora redigido pelo culpado do crime e que inocentava João. Isso fez com que ele ficasse mais desesperado ainda para encontrar a cifra, pois não se tratava mais da arte pela arte: um sentimento de justiça, de piedade por um homem que tinha sido alvo de uma condenação iníqua guiava suas ações. Se é verdade que, para funcionar, o cérebro humano consome fósforo, não saberíamos dizer quantos miligramas foram necessários para alimentar as redes de seu sensório para, no fim, não encontrar nada, absolutamente nada!

Mas, apesar de tudo, nem passava por sua cabeça abandonar aquele desafio. Já que ele só podia contar com o acaso naquele momento, rezava para que o acaso viesse até ele! Tentava atraí-lo de todas as formas possíveis e impossíveis! O juiz já estava tomado por um frenesi e por uma raiva incontrolável!

Ficar testando diversos números arbitrariamente, que é o que tinha feito nas últimas horas, com certeza não levaria a nada. Ah, se ele tivesse tempo de sobra, não teria hesitado em testar as milhões de combinações que os dez algarismos de nosso sistema numeral podem formar! Teria dedicado toda sua vida para encontrar aquela cifra, arriscando enlouquecer antes mesmo da chegada do final do ano! Enlouquecer... como se ele já não estivesse louco.

Pensou então que talvez o documento devesse ser lido pelo verso da folha. Virou o papel, colocou-o contra a luz e retomou suas tentativas. Nada! Testou novamente os mesmos números, sem obter qualquer resultado. Quem sabe do fim para o início, começando pela última letra até chegar à primeira? O autor podia ter feito isso para deixar a leitura do criptograma mais difícil. Que nada! Apenas mais uma combinação incompreensível de letras!

Às oito horas da noite, o juiz, esgotado, com a cabeça e o corpo cansados, não tinha mais força para se mexer, para falar e muito menos para raciocinar!

De repente, ouviu um barulho vindo da rua. Segundos depois, apesar de suas ordens, a porta da sala foi aberta de supetão.

Benito e Manoel surgiram diante dele. Manoel segurava o amigo, que, com uma expressão de desespero, não tinha mais condições de se manter de pé.

O magistrado se levantou imediatamente.

– O que aconteceu, senhores, o que fazem aqui? – perguntou.

– A cifra! A cifra! – gritava Benito, morrendo de dor. – A cifra do documento!

– Descobriram?!

– Não... Mas e o senhor...?

– Não tenho nada! Nada!

– Nada! – repetiu Benito aflito.

E, no auge de seu desespero, tirou uma arma da cintura e a apontou para o próprio peito. O magistrado e

Manoel pularam sobre o jovem e conseguiram, com muita dificuldade, tirar a arma de suas mãos.

– Benito – disse o juiz tentando passar tranquilidade –, já que seu pai não pode mais escapar da expiação de um crime que não cometeu, o senhor tem mais o que fazer do que se matar!

– O quê? – vociferou Benito.

– Tem que tentar salvar a vida dele!

– Mas como?!

– Não sou eu que vou lhe dizer! Dê um jeito de descobrir!

Capítulo XVI
Decisões tomadas

No dia seguinte, 30 de agosto, Benito e Manoel se reuniram para bolar um plano. Ambos tinham entendido as entrelinhas do conselho do juiz e agora pensavam em como tirar da prisão o condenado, cuja vida já estava por um fio.

Não havia outra opção. Para as autoridades do Rio de Janeiro, era óbvio que o documento ilegível não teria valor algum, que seria letra morta, que a primeira sentença de João da Costa não seria reformada e que a ordem de execução inevitavelmente chegaria, já que nenhuma comutação de pena era viável. Então, novamente João da Costa não devia pensar duas vezes antes de fugir de uma condenação injusta.

Os dois rapazes combinaram que o plano seria mantido em segredo absoluto, e que nem Yaquita, nem Minha podiam desconfiar do que estava por vir. Benito e Manoel poderiam frustrar a última esperança das mulheres da família, o que seria cruel demais. Imprevistos poderiam atrapalhar o plano, e talvez houvesse chances de a tentativa de fuga falhar vergonhosamente!

A ajuda de Fragoso numa hora daquelas teria sido preciosa, mas ele ainda não havia retornado. Lina, questionada sobre o assunto, não soube dizer onde ele podia estar nem por que tinha abandonado a jangada sem lhe dizer sequer uma palavra.

Mas se Fragoso tivesse imaginado que a situação chegaria àquele ponto, certamente não teria deixado a família Da Costa para trás para tentar algo que não parecia que teria qualquer utilidade. Teria sido muito melhor se tivesse ficado para ajudar os amigos com a fuga de João em vez de sair em busca dos antigos companheiros de Torres! Mas o fato é que Fragoso não estava lá, e eles tinham que se virar sem a ajuda dele!

Com o raiar do dia, Benito e Manoel deixaram a jangada e se encaminharam para Manaus. Chegaram rapidamente à cidade e adentraram suas ruelas, ainda desertas àquela hora. Em poucos minutos estavam diante do antigo convento que agora servia de cadeia. Puseram-se então a estudar minuciosamente o terreno e a estrutura da prisão. A janela da cela de João, protegida por uma grade em péssimo estado, encontrava-se a 25 pés do solo, em uma das esquinas do prédio. Se conseguissem alcançá-la, não seria difícil arrancar ou serrar a grade.

As pedras da parede, mal encaixadas, irregulares e já se desfazendo em diversos pontos, ofereceriam firme apoio para os pés caso conseguissem escalá-la com uma corda. E, se a corda fosse bem lançada, talvez conseguissem laçar uma ou duas barras da grade e arrancá-las fora, abrindo espaço para que uma pessoa pudesse passar. Assim, eles poderiam entrar facilmente na cela e depois descer pela corda com João. Durante a noite, quando o céu estivesse bem escuro, nenhuma daquelas manobras seria percebida, e João da Costa, antes do amanhecer, estaria em segurança. O plano de fuga tinha tudo para ser um sucesso.

Por uma hora, os rapazes, indo para lá e para cá, sem chamar atenção, prepararam a subida com extrema precisão: estudaram tanto a disposição e as condições da grade quanto o local de onde seria melhor lançar a corda.

– Tudo pronto. E agora, será que devemos avisar seu pai do nosso plano? – perguntou Manoel.

– Não, vamos guardar segredo, assim como fizemos com a minha mãe, pois existe a possibilidade de o nosso plano fracassar.

– Nós vamos conseguir, Benito! Mas temos que prever tudo, principalmente no caso de o guarda da prisão nos vir no momento da fuga.

– É só levarmos conosco todo o ouro necessário para comprá-lo!

– Certo. Mas, uma vez que nosso pai estiver fora da prisão, ele não vai ter como se esconder nem na cidade nem na jangada. Onde ele pode se refugiar?

Esse era o segundo problema, aliás muito grave, a ser resolvido. Eis o que decidiram fazer: a cem passos da prisão, a campina era atravessada por um dos canais que deságuam no rio Negro, abaixo da cidade. Aquele canal oferecia então uma via de fácil acesso ao rio, considerando que uma piroga viesse buscar o fugitivo. Da prisão até o canal, João teria que percorrer apenas cem passos.

Benito e Manoel decidiram então que uma das pirogas da jangada viria às oito da noite, conduzida por Araújo e outros dois fortes remadores. Ela subiria o rio Negro, entraria no canal, atravessaria a campina e lá, escondida atrás da alta vegetação das margens, permaneceria a noite toda à disposição do prisioneiro.

Mas, uma vez a bordo, qual seria o melhor esconderijo para João? Essa foi a última decisão que os dois tiveram que tomar, após pesar muito bem os prós e os contras da questão.

A volta para Iquitos era difícil e cheia de perigos. De todo modo, tanto fugir pela campina quanto subir ou descer o curso do Amazonas levaria muito tempo. Cavalo nenhum e piroga nenhuma conseguiriam tirá-lo rapidamente do alvo das perseguições. A fazenda já não era um local seguro, e, caso voltasse, João não seria mais o fazendeiro João Garral, mas o condenado João da Costa, ainda sob ameaça de extradição. Ele não podia nem sonhar em ter sua antiga vida de volta.

Fugir pelo rio Negro até o norte da província, ou até sair do território brasileiro, era um plano que exigia mais tempo do que João dispunha, e sua prioridade então seria escapar das perseguições mais imediatas.

E se descesse novamente o Amazonas? Mas havia muitos postos, vilarejos e cidades nas duas margens do rio. O retrato falado do condenado seria enviado para todas as delegacias. Assim, ele corria o risco de ser preso antes mesmo de chegar ao litoral do Atlântico. Mesmo que conseguisse chegar lá, onde e como se esconder enquanto aguarda uma ocasião de embarcar para colocar todo um mar entre a justiça e ele?

Benito e Manoel analisaram todas as possibilidades e concluíram que nenhuma delas era viável. Apenas uma oferecia alguma chance de salvação: sair da prisão, embarcar na piroga, seguir pelo canal até o rio Negro, descer o afluente até a confluência dos dois cursos d'água e depois se deixar levar pela corrente do Amazonas, costeando a margem direita, por cerca de sessenta milhas, navegando à noite e parando de dia, para finalmente chegar à embocadura do rio Madeira.

Esse afluente, que desce pela vertente da cordilheira, alimentado por uma centena de subafluentes, é uma verdadeira via fluvial que leva até o coração da Bolívia. Uma piroga poderia então se aventurar por esse caminho sem deixar qualquer rastro e se refugiar em algum lugar, em algum vilarejo, fora do território brasileiro.

Lá, João da Costa estaria relativamente seguro e poderia, por meses, se fosse necessário, esperar a oportunidade de pegar carona em um dos navios que sai da costa do Pacífico. Se um desses navios o levasse até os Estados Unidos, ele estaria a salvo. E então veria se lhe conviria trocar toda sua fortuna por dólares, exilar-se definitivamente e ir buscar, no além-mar, no Velho Mundo, um último retiro para viver o final de uma existência tão cruel e injustamente conturbada.

Não importava para onde fosse, sua família o seguiria sem hesitar, sem se arrepender – e nessa família também contamos Manoel, que logo estaria ligado a ele por laços eternos. Isso era indiscutível.

– Vamos! Temos que preparar tudo antes do anoitecer e não podemos perder um segundo! – disse Benito.

Os dois rapazes retornaram à jangada seguindo a margem do canal até o rio Negro para poderem se assegurar de que a passagem da piroga era totalmente desobstruída, de que nenhum obstáculo, eclusa ou navio em manutenção a obrigaria a parar. Depois, costeando a margem esquerda do afluente e evitando as ruas já movimentadas da cidade, chegaram ao atracadouro da jangada.

A primeira preocupação de Benito foi ir ver como sua mãe estava. Ele já se sentia suficientemente seguro de si para não deixar transparecer as inquietações que o consumiam. Ele queria tranquilizá-la, dizer-lhe que ainda havia esperança, que o mistério do documento seria desvendado, que de todo modo a opinião pública estava a favor de João e que graças a esse apoio a justiça concederia todo o tempo necessário para que obtivessem enfim a prova material de sua inocência.

– É verdade, mãe, com certeza amanhã já não teremos que nos preocupar com nosso pai!

– Que Deus lhe ouça, meu filho! – respondeu Yaquita, com um ar tão desconfiado que foi difícil para Benito não desviar o olhar.

E Manoel, como se tivessem combinado, tentava tranquilizar Minha, repetindo que o juiz Jarriquez, convencido da inocência de João da Costa, faria tudo o que estava ao seu alcance para salvá-lo.

– Espero que você esteja certo, Manoel! – respondeu a moça, não conseguindo conter as lágrimas. E então o noivo teve que sair abruptamente, caso contrário também começaria a chorar e a contestar as próprias palavras de esperança.

Aliás, já era a hora da visita diária ao prisioneiro, e Yaquita, acompanhada da filha, apressava-se para chegar a Manaus.

Benito e Manoel ficaram uma hora conversando com o piloto Araújo. Contaram-lhe todos os detalhes do plano e o consultaram para saber sua opinião quanto à rota de fuga e às medidas necessárias para garantir a segurança de João.

Araújo aprovou tudo. Encarregou-se de, ao cair da noite, sem levantar suspeitas, conduzir a piroga pelo canal, cujo desenho conhecia perfeitamente, até o local onde ele esperaria o fugitivo. Voltar para a foz do rio Negro não seria um problema: a piroga passaria despercebida em meio aos destroços que corriam sem parar pelo fluxo do curso d'água.

Quanto à ideia de seguir o Amazonas até a confluência com o rio Madeira, Araújo não tinha objeções. Comentou que também estavam em vantagem nesse sentido, pois conhecia mais de cem milhas do Madeira como a palma da mão. Se, por algum acaso, as perseguições acabassem indo na mesma direção que eles, adentrando aquelas províncias pouco frequentadas, seria possível despistá-los facilmente indo até o centro da Bolívia e, caso João quisesse mesmo partir para o exílio, seria menos perigoso sair pelo litoral do Pacífico do que pelo litoral do Atlântico.

A aprovação de Araújo foi importante para acalmar os rapazes. Eles confiavam no senso prático do piloto, e não sem motivo. Sabiam que podiam contar com ele para tudo o que precisassem e que era um homem de confiança. Com certeza ele arriscaria tanto sua liberdade quanto sua vida para salvar o fazendeiro de Iquitos.

Araújo se ocupou imediatamente, mas em segredo absoluto, dos preparativos que lhe incumbiam para a tentativa de fuga. Benito lhe entregou uma grande soma em ouro para cobrir todas as eventualidades que ocorressem durante a viagem pelo Madeira. Depois mandou preparar a piroga, com a desculpa de que ia atrás de Fragoso, que ainda não tinha retornado – e realmente todos estavam, com razão, preocupados com seu paradeiro.

Por fim, ele mesmo colocou na embarcação mantimentos para vários dias, além de cordas e ferramentas que os rapazes buscariam quando a piroga chegasse à extremidade do canal, na hora e no lugar combinados. Esses preparativos também não chamaram a atenção do resto da equipe da jangada. Nem os dois negros fortes que o piloto escolheu como remadores foram colocados a par do plano, embora fossem homens totalmente confiáveis. Araújo sabia que, quando ficassem sabendo do grande projeto com que colaborariam, quando João da Costa, enfim livre, fosse confiado a seus cuidados, eles arriscariam tudo pelo seu senhor, até mesmo as próprias vidas.

À tarde, tudo já estava pronto para a partida. Só faltava esperar o anoitecer. Mas, antes de partir para a ação, Manoel quis rever o juiz Jarriquez pela última vez. Talvez o magistrado pudesse ter alguma novidade em relação ao documento. Já Benito preferiu ficar na jangada esperando a mãe e a irmã retornarem.

Manoel foi então sozinho à casa do juiz, por quem foi imediatamente recebido. O magistrado, no escritório do qual não saía mais, continuava atormentado pela mesma intensa inquietação. O documento, amassado por seus dedos impacientes, ainda estava lá, em cima da mesa, sob seu olhar.

– Por acaso chegou do Rio de Janeiro...? – começou a perguntar Manoel, com uma voz trêmula.

– Não... A ordem ainda não chegou... Mas a qualquer momento...

– E o documento?

– Nada! Tentei de tudo! Tudo o que pude imaginar, tudo... Mas nada!

– Nada!

– No entanto, encontrei uma palavra no documento... Apenas uma! – disse o juiz.

– Qual palavra? – replicou Manoel, desesperado.

– Fugir!

Manoel, sem responder, apertou a mão que o juiz lhe estendia e voltou correndo para a jangada, para esperar a hora de agir.

Capítulo XVII
A última noite

A visita de Yaquita, acompanhada da filha, fora igual a todas as outras: apenas mais um dia em que os cônjuges passavam algumas horas na companhia um do outro. Na presença de pessoas tão amadas, era por pouco que João não caía em prantos. Mas, como pai e marido, precisava se segurar. Era ele a força daquelas mulheres, era ele quem lhes dava o pouco da esperança que ainda lhe restava. As duas chegaram com a intenção de levantar a moral do prisioneiro, mas lamentavelmente elas precisavam mais de apoio do que ele. Entretanto, ao vê-lo com um olhar tão seguro, com a cabeça erguida diante de tantas provações, suas esperanças foram renovadas.

Ainda naquele dia, João lhes dissera algumas palavras de encorajamento. Essa indomável energia vinha não apenas da certeza de sua inocência, como também da fé em Deus, que colocou parte de sua justiça no coração dos homens. Não, João da Costa não podia ser executado pelo crime do Arraial do Tijuco!

Ele quase nunca falava do documento. Se era falso ou não, se tinha sido escrito por Torres ou pelo real autor do atentado, se continha ou não a tão procurada evidência, nada disso importava, pois João da Costa não pretendia se apoiar em hipóteses incertas. Não! Sua única e melhor defesa era sua vida inteira de muito trabalho e honestidade.

Aquela foi a noite em que a mãe e a filha, reconfortadas por aquelas palavras viris que atingiam o âmago de seu ser, tinham se sentido mais confiantes desde a prisão de João. O prisioneiro as abraçara uma última vez com o dobro de ternura. Parecia ter o pressentimento de que o desfecho do caso, não importava qual fosse, estava próximo.

João da Costa, então sozinho, permaneceu imóvel por muito tempo, com os cotovelos apoiados em uma mesinha e a cabeça entre as mãos. O que estava acontecendo com ele? Teria concluído que a justiça humana, após ter falhado uma primeira vez, decidiria enfim por sua absolvição?

Sim! Ele ainda tinha esperanças de que isso pudesse acontecer! Ele sabia que o relatório em que o juiz Jarriquez confirmava sua identidade, escrito com tamanha convicção, já devia estar no Rio de Janeiro, com o Ministério da Justiça.

Sabemos que aquele relatório contava a história de sua vida da entrada nos escritórios do arraial diamantino até o momento em que a jangada aportara em Manaus.

Repassou mentalmente toda a sua vida. Ele revivia o passado, desde a época em que chegara, órfão, ao Arraial do Tijuco. Lá, tinha sido criado na hierarquia dos escritórios do governador-geral, aos cuidados deste, onde fora admitido ainda jovem. O futuro sorria para ele... Ele havia de alcançar um cargo importante! Então, de repente, aquela catástrofe: o roubo do comboio de diamantes, o massacre dos soldados da escolta, todas as suspeitas recaindo sobre ele – o único empregado que podia ter revelado o segredo da partida –, a prisão, o julgamento, a condenação, apesar de todos os esforços de seu advogado, as últimas horas naquela cela dos condenados à morte da prisão de Vila Rica, a fuga em condições que exigiam um esforço sobre-humano, a corrida pelas províncias do norte, a chegada à fronteira peruana e o acolhimento do hospitaleiro fazendeiro Magalhães ao pobre e faminto fugitivo.

O prisioneiro revivia todos esses acontecimentos, que tinham mudado o rumo de sua vida de forma tão brutal! E absorto em seus pensamentos, perdido em suas lembranças, nem escutou um barulho estranho na parte externa do muro do velho convento, nem os puxões de uma corda amarrada nas barras da janela, nem mesmo o rangido do aço serrando o ferro, que certamente teriam chamado a atenção de alguém menos distraído.

Não, João da Costa continuava preso na lembrança de seus anos de juventude, após a chegada à província peruana. Ele se via novamente na fazenda, como empregado e depois como sócio do velho português, trabalhando pela prosperidade da propriedade de Iquitos.

Ah! Por que não tinha, desde o começo, contado tudo ao seu benfeitor? Aquele homem não teria duvidado dele! Era o seu único arrependimento. Por que não tinha confessado de onde vinha ou quem era, principalmente no momento em que Magalhães colocou na sua mão a de Yaquita, que nunca teria acreditado que ele fosse o autor daquele crime horroroso!

Mas de repente o barulho do lado de fora foi alto demais para que o prisioneiro não escutasse! João da Costa levantou a cabeça por um momento. Virou-se para a janela, mas com um olhar vago, um tanto quanto inconsciente, e logo deixou a cabeça cair entre as mãos. Seu pensamento ainda estava em Iquitos.

Ele relembrava o momento da morte do velho fazendeiro. Antes de partir, Magalhães queria assegurar o futuro da filha, queria que seu sócio fosse o único dono da propriedade, que se tornara tão próspera sob sua administração. João da Costa devia contar, então...? Talvez! Mas ele não tinha coragem! Revivia seu passado abençoado ao lado de Yaquita, o nascimento dos filhos, toda a felicidade daquela existência que só não era plena por causa das lembranças do Arraial do Tijuco e do remorso que sentia por não ter confessado seu terrível segredo!

Os fatos se desenrolavam na mente de João da Costa com uma nitidez e uma vivacidade surpreendentes.

Veio então a lembrança do dia em que devia aprovar ou não o casamento de Minha com Manoel! Podia ele deixar essa união acontecer com base em um falso sobrenome, escondendo do jovem os mistérios de sua vida? Não!

Foi aí que tinha decidido, aconselhado pelo juiz Ribeiro, vir ao Brasil pedir a revisão completa de seu processo para conseguir a absolvição que lhe era de direito. Tinha partido com familiares, amigos e empregados, quando Torres aparecera propondo uma troca execrável. Vieram em seguida a recusa indignada de um pai que se negava a entregar a própria filha para salvar sua honra e sua vida, depois a denúncia e, finalmente, a prisão...!

Naquele momento, as grades, empurradas com força pelo lado de fora, cederam bruscamente. João da Costa se levantou, as lembranças do passado voando janela afora.

Benito pulou para dentro da cela. Ele estava de frente para o pai, e, um instante depois, Manoel, atravessando o buraco formado pela ausência das barras, colocou-se ao seu lado.

João da Costa quase soltou um grito de surpresa, mas Benito o impediu.

– Meu pai, conseguimos tirar a grade da janela! Tem uma corda pendurada para descermos, e uma piroga espera o senhor a cem passos daqui! Araújo está aqui para tirá-lo de Manaus e levá-lo até a outra margem do Amazonas. Não haverá vestígios da sua fuga! O senhor tem que ir agora mesmo, pai! Foi o próprio juiz Jarriquez quem aconselhou!

– É absolutamente necessário que o senhor fuja! – acrescentou Manoel.

– Fugir! Eu...! Fugir de novo...! Mais uma vez...!

E, com os braços cruzados, a cabeça erguida, João da Costa foi recuando lentamente até o fundo da cela.

– Nem pensar! – disse com um tom tão firme que Benito e Manoel ficaram petrificados.

Os dois não esperavam por aquela resistência. Jamais eles podiam ter imaginado que o maior obstáculo para a fuga viria do próprio prisioneiro.

Benito caminhou para perto do pai e, olhando-o nos olhos, segurou suas mãos, não para puxá-lo, mas para que ele o escutasse e se deixasse convencer.

– "Nem pensar", foi isso que o senhor disse, pai?

– Nem pensar.

– Mas, pai – começou Manoel –, eu também posso chamá-lo assim, não é? Pai, nos escute! Se estamos dizendo que o senhor precisa fugir é porque, se o senhor ficar, será considerado culpado!

– Ficar é morte certa, pai! – exclamou Benito. – A ordem de execução pode chegar a qualquer momento! Se o senhor acha que a justiça dos homens vai voltar atrás num julgamento perverso, se acha que vão absolver alguém que condenaram há vinte anos, saiba que está redondamente enganado! Não nos resta nenhuma esperança! O senhor tem que fugir...! Fuja!

Quase que por reflexo, Benito agarrou o pai e o puxou em direção à janela. João se livrou das mãos do filho e recuou novamente.

– Fugir seria uma desonra para mim e para vocês dois! – falou o prisioneiro, com a postura de um homem cuja resolução é inabalável. – Seria admitir que sou culpado! Eu vim de livre e espontânea vontade me recolocar à disposição dos juízes do meu país, então tenho que aguardar a decisão deles, seja ela qual for, e é exatamente isso que vou fazer!

– Mas a presunção de inocência em que o senhor se apoia é insuficiente, e não temos nenhuma prova material! Se estamos insistindo para o senhor fugir é justamente porque foi o que o próprio juiz Jarriquez disse para fazermos! Essa é a sua única chance de escapar da morte! – disse Manoel.

– Então morrerei – respondeu calmamente João da Costa. – Morrerei em protesto a um julgamento que me condena! Da primeira vez, algumas horas antes da execução, eu fugi! Sim! Eu era jovem, tinha toda uma vida pela frente para combater a injustiça dos homens! Mas escapar agora, recomeçar essa miserável existência de culpado, tendo que me esconder com um falso sobrenome, esgotando todas as minhas forças para despistar a polícia; retomar essa vida cheia de ansiedade que levei nos últimos 23 anos, obrigando vocês a dividi-la comigo; aguardar todos os dias a denúncia que chegaria cedo ou tarde e uma ordem de extradição que viria me buscar em outro país! Isso é vida? Não! De forma alguma!

– Meu pai – retomou Benito, sentindo que perderia a cabeça diante de tamanha resistência –, o senhor tem que fugir, por favor, eu lhe peço!

Segurou João da Costa e tentou puxá-lo à força em direção à janela.

– Não...! Não...!

– O senhor quer me enlouquecer, pai!

– Meu filho – exclamou João da Costa –, me solte...! Já escapei uma vez da prisão de Vila Rica, e devem ter pensado que eu fugia de uma condenação merecida! É verdade, é isso que devem ter pensado! Mas, pela honra do sobrenome que você e nossa família carregam, não vou repetir os mesmos atos!

Benito caiu de joelhos aos pés do pai. Ele lhe estendia as mãos... Ele suplicava...

– Mas essa ordem pode chegar hoje, pai, pode chegar agora mesmo, e ela virá com uma sentença de morte!

– A ordem pode chegar, que minha determinação não vai mudar! Não, meu filho! Um João da Costa culpado poderia fugir, mas o João da Costa inocente não vai fazer isso!

A cena que seguiu essas palavras foi de cortar o coração. Benito lutava contra o pai. Manoel, paralisado, mantinha-se perto da janela, pronto para evacuar o prisioneiro, quando a porta da cela se abriu.

Na soleira surgiu o delegado, acompanhado do chefe da guarda e de alguns soldados. O delegado percebeu que tinha ocorrido uma tentativa de fuga, mas concluiu pela atitude do prisioneiro que ele se negara a fugir. Ele não disse nada. Seu rosto expressava a mais profunda piedade. Sem dúvida, ele também, assim como o juiz Jarriquez, teria preferido que João da Costa tivesse escapado da prisão.

Mas era tarde demais!

O delegado foi até o prisioneiro, trazendo um papel na mão.

– Antes de tudo, deixe-me explicar, senhor delegado... Eu sou o único responsável pela tentativa de fuga, mas não quis fugir!

O delegado abaixou a cabeça por um instante; depois, com uma voz que ele tentava em vão manter firme, falou:

– João da Costa, a ordem enviada pelo Ministério da Justiça do Rio de Janeiro acabou de chegar.

– Ah! Meu pai! – exclamaram Manoel e Benito.

– A ordem... a ordem é de execução? – perguntou João, cruzando os braços.

– Sim!

– Para quando...?

– Amanhã!

Benito se jogou sobre o pai. Mais uma vez quis arrastá-lo para longe daquele lugar... Os soldados tiveram que contê-lo. Depois, ao sinal do delegado, os jovens foram retirados da cela. Era necessário dar um fim àquela cena lastimável, que já tinha durado tempo demais.

– Senhor delegado, amanhã de manhã, antes da execução, será que eu poderia passar alguns minutos com o Padre Peçanha? – pediu João.

– Sim, ele será avisado.

– E será que eu poderia ver minha família, abraçar uma última vez minha esposa e meus filhos?

– O senhor vai vê-los.

– Eu lhe agradeço muito. E agora fechem essa janela! Não quero que ninguém me tire daqui à força!

Após isso, o delegado se despediu com uma mesura e se retirou com o chefe da guarda e os soldados. O condenado, que tinha apenas mais algumas horas de vida, foi deixado sozinho.

Capítulo XVIII

Fragoso

Foi assim que a ordem chegou e, como previa o juiz Jarriquez, era exigida a execução imediata da sentença de João da Costa. Não havia nenhuma prova de sua inocência, portanto a justiça seguiria seu rumo.

Era no dia seguinte mesmo, 31 de agosto, às nove horas da manhã, que o condenado sucumbiria à forca.

A pena de morte costuma ser comutada no Brasil, a menos que seja aplicada a um negro. Dessa vez, no entanto, ela atingiria um branco. Essas são as disposições penais para crimes cometidos no arraial diamantino, para os quais, por interesse público, a lei não admite nenhum tipo de indulto.

Assim, não havia mais nada que pudesse salvar João da Costa. Ele estava prestes a perder não apenas a vida, mas também a honra.

Naquele 31 de agosto, logo cedo, um cavalo galopava a toda velocidade em direção a Manaus. A rapidez era tamanha que, a meia milha da cidade, o corajoso animal tombou, incapaz de continuar o percurso.

O cavaleiro nem tentou levantá-lo. Evidentemente ele demandara do animal mais do que ele podia dar, e, apesar do estado de esgotamento em que ele próprio se encontrava, seguiu a pé para a cidade.

Aquele homem vinha das províncias do leste, costeando a margem esquerda do rio. Gastou todas as suas economias para comprar o cavalo – mais veloz que uma piroga, obrigada a navegar contra a corrente do Amazonas –, que acabava de trazê-lo a Manaus.

Esse homem era Fragoso.

Será que o corajoso cavaleiro tinha sido bem-sucedido em sua empreitada secreta? Será que encontrara a milícia à qual Torres tinha pertencido? Será que descobrira algum segredo que podia salvar João da Costa a tempo?

Ele não sabia ao certo; mas, de qualquer forma, tinha uma pressa absurda para comunicar ao juiz Jarriquez o que acabava de descobrir durante aquela curta viagem.

Eis o que acontecera: Fragoso não tinha se enganado ao reconhecer Torres como um dos capitães da milícia que atuava nas províncias ribeirinhas do Madeira. Partiu então e, ao chegar à embocadura do afluente, descobriu que o chefe dos capitães do mato se encontrava nas cercanias. Fragoso, sem perder tempo, saiu a seu encalço e, com alguma dificuldade, conseguiu encontrá-lo.

O chefe da milícia não se recusou a responder a nenhuma das perguntas do barbeiro. Ele não tinha motivo nenhum para se calar diante do simples pedido que lhe era feito. Mas Fragoso lhe fez apenas três perguntas:

– O capitão do mato Torres não fazia parte da sua milícia até alguns meses atrás?

– Sim.

– Nessa época, ele não era amigo próximo de um dos companheiros que morreu recentemente?

– Sim, é verdade.

– E como esse homem se chamava?

– Ortega.

Foi tudo o que Fragoso descobriu. Mas será que essas informações podiam alterar a situação de João da Costa? Ele não tinha como saber.

Fragoso, consciente disso, insistiu com o chefe da milícia para saber se ele conhecia o tal Ortega, se podia lhe contar de onde ele vinha ou lhe dar algumas informações sobre seu passado. Tudo isso era realmente importante, visto que esse Ortega, segundo Torres, era o verdadeiro autor do crime do Arraial do Tijuco.

Mas infelizmente o chefe da milícia não tinha conseguido lhe dar mais nenhuma informação sobre o assunto.

O que era certo é que o tal Ortega tinha feito parte daquela milícia por muitos anos, que havia um estreito laço de amizade entre ele e Torres, que os dois sempre eram vistos juntos e que Torres estava ao seu lado quando ele deu o último suspiro.

Era tudo o que o chefe da milícia sabia e não tinha mais nada a dizer sobre o assunto. Fragoso teve que se contentar com aqueles detalhes insignificantes, partindo logo após a conversa.

Mas embora o dedicado rapaz não trouxesse consigo a prova de que Ortega era o autor do crime, sua iniciativa servira ao menos para confirmar que Torres tinha dito a verdade quando afirmou que um de seus camaradas da milícia morrera e que o tinha acompanhado em seus últimos instantes de vida.

Agora a hipótese de que Ortega tivesse entregado a ele o manuscrito em questão se tornava bastante plausível. Também era bem provável, portanto, que o documento estivesse relacionado ao atentado, do qual Ortega era o verdadeiro autor, e que continha a confissão de sua culpa, acompanhada de informações que não permitiriam colocá-la em dúvida.

Desse modo, se tivessem conseguido ler a mensagem, se tivessem descoberto a chave, se tivessem desvendado a cifra, com toda certeza a verdade teria sido enfim revelada!

Mas Fragoso não sabia qual era a cifra! Algumas suposições a mais, a quase certeza de que o aventureiro não tinha inventado nada, algumas informações que pareciam provar que o segredo daquele caso estava encerrado no documento – era tudo o que o bravo jovem trazia da visita ao chefe da milícia à qual Torres tinha pertencido.

Entretanto, por pouco que fosse, Fragoso tinha pressa de contar tudo ao juiz Jarriquez. Ele sabia que não tinha tempo a perder, e eis porque, naquela manhã, por volta das oito horas, ele já estava a meia milha de Manaus, morto de cansaço.

Fragoso transpôs aquela distância em poucos minutos. Uma forte intuição o impulsionava, e ele quase chegou ao ponto de acreditar que a salvação de João da Costa estava em suas mãos.

De repente, Fragoso parou, como se seus pés tivessem criado raízes no solo. Ele se encontrava na entrada da pequena praça, em um dos portões da cidade. Lá, no meio de uma multidão que já começava a se acotovelar, suspenso a vinte pés do chão, estava o cadafalso da forca, do qual pendia uma corda.

Fragoso sentiu suas últimas forças abandonarem-no. Caiu. Seus olhos se fecharam involuntariamente. Ele não queria enxergar, e as seguintes palavras escaparam de seus lábios:

– Tarde demais! Tarde demais...!

Mas, com um esforço sobre-humano, levantou-se. Não! Não era tarde demais! O corpo de João da Costa não estava balançando naquela corda!

– Juiz Jarriquez! Juiz Jarriquez! – bradava Fragoso.

E, ofegante, desesperado, cruzou o portão da cidade, subiu a rua principal de Manaus e caiu, esgotado, na soleira da casa do magistrado.

A porta estava fechada, mas Fragoso ainda teve forças para bater.

Um dos criados do magistrado veio atender. Seu patrão não queria receber ninguém. Apesar da interdição, Fragoso empurrou o homem que atravancava a entrada e correu para o escritório do juiz.

– Venho da província em que Torres atuava como capitão do mato! Senhor juiz, Torres dizia a verdade...! Suspenda... Suspenda a execução!

– O senhor encontrou essa milícia?

– Sim!

– E por acaso trouxe a cifra?

Fragoso não respondeu nada.

– Então me deixe em paz! Em paz, ouviu bem? – esbravejou o juiz, que, dominado por um acesso de raiva, pegou o documento com a intenção de destruí-lo.

Fragoso o impediu, segurando suas mãos.

– A verdade está aí! – disse.

– Eu sei, mas de que serve uma verdade que não pode ser alcançada?

– Nós vamos descobrir, senhor juiz! Nós temos que descobrir, nós temos!

– Mais uma vez, o senhor sabe a cifra?

– Não, mas repito: Torres não mentiu! Um dos seus companheiros, de quem era muito próximo, morreu há alguns meses, e é bem possível que esse homem tenha dado o documento a Torres, que veio tentar vendê-lo a João da Costa!

– Claro, é bem possível, mas bem possível para nós, não para quem tem a vida do condenado nas mãos! Então me deixe em paz!

Fragoso era empurrado para fora, mas se arrastava aos pés do magistrado, negando-se a sair dali.

– João da Costa é inocente! O senhor não pode deixá-lo morrer! Não foi ele que cometeu o crime do Arraial do Tijuco! O companheiro de Torres é que é o autor do documento! É Ortega!

Quando ouviu esse nome, o juiz estremeceu. Uns segundos depois, quando conseguiu se acalmar um pouco, tirou o papel da própria mão crispada, desamassou-o sobre a mesa, sentou-se e, esfregando os olhos, disse:

– Esse nome, Ortega! Vamos tentar!

E recomeçou o mesmo procedimento que tinha realizado tantas vezes, mas dessa vez com o nome do criminoso. Após dispô-lo acima das seis primeiras letras do parágrafo, obteve a seguinte fórmula:

O r t e g a
S y g w e d

– Não, isso não dá em nada!

E, de fato, somente as letras *s*, *y* e *d*, dispostas abaixo das letras *o*, *r* e *a* equivaliam a um único algarismo: 4, 7 e 3, respectivamente. As outras letras – *g*, *w* e *e*, dispostas abaixo de *t*, *e* e *g* – não podiam ser expressas por apenas um algarismo, equivalendo aos números 13, 18 e 26, pois ocupavam no alfabeto uma posição muito distante das letras a que se referiam.

Naquela hora, ouviram-se gritos de terror e desespero vindos da rua. Fragoso correu para abrir uma das janelas, antes que o magistrado pudesse impedi-lo. A rua estava tomada pela população. Chegara a hora em que o condenado seria conduzido para fora da prisão. A multidão deu meia-volta, dirigindo-se à praça onde se encontrava a forca.

O juiz Jarriquez, com um olhar tão fixo que o deixava com uma aparência assustadora, devorava as linhas do documento.

– As últimas letras! – murmurou. – Vamos tentar as últimas letras!

Era a última esperança.

E então, com uma mão que tremia tanto que quase não conseguia escrever, o juiz dispôs o nome de Ortega acima das seis últimas letras do parágrafo, do mesmo jeito que fizera com as seis primeiras.

Soltou um primeiro grito. Ele tinha notado, de imediato, que as seis últimas letras eram posteriores na ordem alfabética às que compunham o nome de Ortega, o que significava que todas elas poderiam ser representadas por um único algarismo, formando um número válido.

O r t e g a
4 3 2 5 1 3
s u v j h d

O número, assim composto, era 432513. Mas será que era ele mesmo que comandava o criptograma? Não seria ele mais um número falso, como todos os outros que já tinham sido testados?

Foi então que os gritos na rua se tornaram mais altos – gritos de piedade que manifestavam o sentimento de empatia de toda aquela multidão. Era só o que restava ao condenado em seus últimos minutos de vida!

Fragoso, louco de dor, saiu correndo sala afora! Queria rever uma última vez seu benfeitor, que estava prestes a morrer...! Queria se jogar na frente da fúnebre procissão e pará-la aos berros: "Não matem esse justo homem! Não o matem...!".

Mas o juiz já posicionara o número obtido acima das primeiras letras do parágrafo, repetindo-o quantas vezes era necessário:

4 3 2 5 1 3 4 3 2 5 1 3 4 3 2 5 1 3 4 3 2 5 1 3
S y g w e d h h k w p d y w q w e r v r w g p g

Depois, reconstituindo as verdadeiras letras subindo na ordem alfabética, leu:

O verdadeiro autor do roubo d...

Deixou escapar uma exclamação de alegria! Então era aquele o número tão procurado, 432513! A chave era o nome de Ortega! Finalmente ele tinha a cifra do criptograma, que provaria incontestavelmente a inocência de João da Costa. E, interrompendo a leitura, saiu correndo da sala, depois da casa, exclamando:

– Parem! Parem!

Atravessar a multidão, que lhe abria passagem, correr até a prisão, que o condenado deixava naquele momento, enquanto a esposa e os filhos, desesperados, agarravam-se a ele, foi uma missão que o juiz cumpriu em poucos segundos.

Quando alcançou João da Costa, não conseguia mais falar, mas agitava na mão o documento e, enfim, conseguiu articular uma palavra:

– Inocente! Inocente!

Capítulo XIX
O crime do Arraial do Tijuco

Com a chegada do juiz, a fúnebre procissão parou. Um forte coro repetia o seguinte brado, que escapava do peito de todos:

– Inocente! Inocente!

Em seguida, um silêncio absoluto tomou conta da praça. Ninguém queria perder nenhuma das palavras que seriam ditas.

O juiz Jarriquez se sentou em um banco de pedra, cercado por Minha, Benito, Manoel e Fragoso, enquanto João da Costa abraçava Yaquita, e lá começou a reconstituir, por meio do número encontrado, primeiramente o último parágrafo do documento e, à medida que a cifra ia revelando as palavras originais, ele as separava, pontuava e lia.

Então, sua voz quebrou o profundo silêncio:

O verdadeiro autor do roubo dos diamantes
4 3251343251 34325 13 43251 343 251343251
S ygwedhhkwp dywqw er vrwgp gsv fnbpeqvjt

e do assassinato dos soldados que escoltavam o
3 43 25134325134 325 13432513 432 5134325134 3
h hr cxtdwvksbws gqx trpgcipv uxg jtfsovfwdq r

comboio, cometidos na noite de vinte e dois
2513432 513432513 43 25134 32 51343 2 5134
etneslq hppiwkipv rd ptjwi gg ajqxh g iplw

de janeiro de mil, oitocentos e vinte e seis não
32 5134325 13 432 5134325134 3 25134 3 2513 432
gg obqiltt eh qln tjwsfgsurw h xnowi h ujjv rdq

é João da Costa, injustamente condenado à
5 1343 25 13432 513432513432 513432513 4
j krer ff drwwc nomyvvfnhrwg hpqhhpfer e

morte. Sou eu, o miserável funcionário
32513 432 51 3 432513432 51343251343
pqwuh wrw jv r qlujsdzhn kvqglqsbumr

da administração do Distrito Diamantino. Sim,
25 1343251343251 34 32513432 5134325134 325
ff bgqlpntwvdefp gs gkxuumwq ijdqdpyjqs vkr

apenas eu, que assino este documento com
134325 13 432 513432 5134 325134325 134
bsiqcx fx uxg ftvmqq jtwi gqhvpiqvt drq

meu verdadeiro nome
325 1343251343 2513
pgz whvgciflvr ptnh

Ortega.
432513
suvjhd.

A leitura foi acompanhada por incontáveis gritos de comoção e aplausos. De fato, não havia nada mais claro que esse último parágrafo, que resumia o documento inteiro, que declarava de forma incontestável a inocência do fazendeiro de Iquitos, que arrancava da forca a vítima de um terrível erro judiciário!

João da Costa, cercado pela mulher, pelos filhos e amigos, não dava conta de apertar todas as mãos que estendiam para ele. Mesmo sendo uma pessoa discreta, não conseguia conter as lágrimas, disfarçar sua emoção.

Seu coração, repleto de gratidão, se elevava em direção à Providência, que acabava de salvá-lo miraculosamente no exato momento em que sofreria a última expiação, em direção a Deus, que não deixara acontecer o pior dos crimes: a morte de um inocente!

Sim! Aquela evidência não dava margem para mais qualquer dúvida! O próprio autor do atentado do Arraial do Tijuco confessava seu crime e contava todas as circunstâncias em que ele tinha sido cometido! Sabiam disso porque o juiz Jarriquez acabava de reconstituir por meio daquele número toda a mensagem criptografada, e não apenas o último parágrafo.

Eis a confissão do famigerado criminoso: Ortega, também empregado dos escritórios do governador-geral do arraial diamantino no Arraial do Tijuco, era colega de João da Costa. O jovem empregado encarregado de acompanhar o comboio até o Rio de Janeiro era ele. Tentado pela perversa ideia de enriquecer com o assassinato e o roubo, avisou aos contrabandistas o dia exato em que o comboio sairia do Arraial do Tijuco.

Durante o ataque dos bandidos que esperavam o comboio depois de Vila Rica, fez de conta que estava se defendendo junto com os soldados da escolta; depois, foi jogado entre os mortos e levado por seus cúmplices. E foi assim que o único soldado que sobreviveu ao massacre pôde afirmar que Ortega morrera na luta.

Mas o roubo não beneficiara o criminoso: pouco tempo depois, foi sua vez de ser roubado por aqueles que o ajudaram a cometer o crime.

Sem recursos e sem poder retornar ao Arraial do Tijuco, Ortega fugiu pelas províncias do norte do Brasil em direção aos distritos do alto rio Amazonas, justamente onde se encontrava a milícia dos capitães do mato. Ele tinha que sobreviver. Ortega conseguiu então ser aceito naquela trupe desprezível. Lá, ninguém perguntava quem se era ou de onde se vinha. Foi assim que Ortega se tornou capitão do mato, exercendo por vários anos a profissão de caçador de homens.

Logo depois, Torres, o aventureiro, sem nenhum sustento, virou amigo próximo de Ortega. Os dois se tornaram unha e carne. Mas, como tinha dito Torres, o remorso veio pouco a pouco perturbar a vida do bandido. A lembrança do crime o assombrava. Ele sabia que outra pessoa fora condenada em seu lugar e sabia que essa pessoa era João da Costa! Sabia por fim que, embora o inocente tivesse conseguido escapar do último suplício, ele ainda estava sujeito à pena capital!

Ora, o acaso fez com que, durante uma expedição da milícia ao Peru, alguns meses antes, Ortega chegasse aos arredores de Iquitos e que lá reconhecesse João da Costa em João Garral, que não o identificou.

Foi então que resolveu reparar, na medida do possível, a injustiça sofrida por seu ex-colega. Anotou em um documento todos os fatos relativos ao crime do Arraial do Tijuco, mas o fez da forma misteriosa que já conhecemos. Sua intenção era entregá-lo ao fazendeiro de Iquitos junto com a cifra que possibilitava sua leitura.

Mas a morte não lhe permitiria reparar esse erro. Gravemente ferido em um encontro com os negros do Madeira, Ortega ficou desesperado. Torres estava então ao seu lado. Ele achou que pudesse confiar ao amigo o segredo que tornara sua existência tão árdua. Entregou-lhe então o documento escrito à mão e o fez jurar que o entregaria a João da Costa. Disse-lhe o endereço e o nome de João e dos seus lábios escapou, em um último suspiro, o número 432513, sem o qual o documento devia permanecer absolutamente indecifrável.

Após a morte de Ortega, já sabemos como o desprezível Torres agiu, usando o segredo que carregava em seu próprio benefício por meio de uma repugnante chantagem.

Torres morreu de forma violenta antes mesmo de cumprir sua missão, levando consigo o segredo. Mas o nome de Ortega, descoberto por Fragoso e que era a assinatura da confissão, enfim permitira a reconstituição do criptograma, graças também à sagacidade do juiz Jarriquez.

Sim, aquela era a prova material tão procurada: o incontestável depoimento sobre a inocência de João da Costa, que acabava de recuperar a vida e a honra!

Os gritos ressoaram ainda mais alto quando o honrado magistrado, em voz alta e para o esclarecimento de todos, resgatou essa horrível história do manuscrito.

E, a partir de então, o juiz Jarriquez, em posse de uma prova incontestável e em um acordo com o delegado, determinou que sua própria casa seria a prisão de João da Costa enquanto aguardavam novas instruções vindas do Rio de Janeiro.

Isso não seria um problema, e João da Costa, acompanhado pelos amigos e familiares, viu-se mais carregado do que conduzido pela população de Manaus até a casa do magistrado, tal qual um vencedor.

O honesto fazendeiro de Iquitos sentia que aquele momento compensava tudo o que sofrera durante os longos anos de exílio e, se estava feliz com a situação, até mais pela família do que por ele mesmo, também estava feliz por seu país, por tal suprema injustiça não ter sido definitivamente consumada!

E como se via Fragoso naquela situação? Bom, o amável rapaz não parava de receber agradecimentos e demonstrações de afeto! Benito, Manoel e Minha o sufocavam com tanta euforia, e Lina também não o poupava de seu carinho! Ele não sabia quem ouvir e se justificava como podia! Ele não merecia tudo aquilo! Tinha sido tudo obra do acaso! Deviam agradecê-lo por ter reconhecido Torres como um capitão do mato? É claro que não. Quanto à ideia que teve de ir procurar a milícia à qual Torres pertencera, não parecia que ela poderia melhorar a situação, e, quanto ao nome de Ortega, ele nem sabia o valor que isso teria!

Grande Fragoso! Querendo ou não, acabara sendo o salvador de João da Costa!

Mas, pensando bem, era impressionante o quanto a sucessão dos acontecimentos tinha contribuído para o mesmo resultado: o salvamento de Fragoso, quando ele estava prestes a morrer na floresta de Iquitos, a recepção hospitaleira que recebera na fazenda, o encontro com Torres na fronteira brasileira e sua acolhida na jangada, e, finalmente, a coincidência de Fragoso já tê-lo encontrado anteriormente!

– Está bem, está bem! – acabou exclamando Fragoso. – Mas não é para mim que vocês têm que expressar essa felicidade toda: é para Lina!

– Para mim?! – fez a jovem mulata.

– Mas é claro! Sem a liana, sem a ideia da liana, eu nunca teria conseguido proporcionar tanta felicidade!

Não precisamos insistir no quanto Fragoso e Lina foram paparicados pela honesta família e pelos novos amigos com que as dificuldades em Manaus lhes presentearam.

Mas e o juiz Jarriquez? Ele não era responsável pela absolvição do inocente também? Se, apesar de seu aguçado talento de analista, ele não tivesse conseguido ler o documento, absolutamente indecifrável para todos que não tivessem a chave, ele não teria reconhecido pelo menos o sistema criptográfico em que ele estava baseado? Sem ele, quem teria conseguido, apenas com o nome de Ortega, reconstituir o número que somente o autor do crime e Torres, ambos mortos, sabiam? Por isso, ele também recebeu muitos agradecimentos!

É obvio que, naquele mesmo dia, partia para o Rio de Janeiro um relatório detalhado de todo o caso, com o documento original e a cifra que permitia lê-lo em anexo. Era necessário esperar que novas instruções fossem enviadas do Ministério ao juiz de direito, e todos sabiam que elas ordenariam a libertação imediata do prisioneiro.

Enquanto isso, tinham que permanecer mais uns dias em Manaus; depois, João da Costa e sua família, livres de qualquer obrigação e preocupação, despedir-se-iam do juiz, reembarcariam na jangada e continuariam a descer o Amazonas até o Pará, onde a viagem terminaria com um casamento duplo, de Minha e Manoel e de Lina e Fragoso, conforme fora planejado anteriormente.

Quatro dias depois, em 4 de setembro, chegava a ordem de libertação de João da Costa. A autenticidade do documento tinha sido verificada. A caligrafia era mesmo a de Ortega, antigo empregado do Distrito Diamantino, e estava claro que a confissão de seu crime, redigida nos mínimos detalhes, fora inteiramente escrita por ele.

João da Costa, o condenado de Vila Rica, era enfim declarado inocente, e sua absolvição era legalmente reconhecida.

Naquele mesmo dia, o juiz Jarriquez jantou com a família a bordo da jangada, e, à noite, todos lhe disseram adeus. Foi uma despedida emocionante, mas eles prometeram se reencontrar em Manaus, na volta, e mais tarde na fazenda de Iquitos.

Na manhã do dia seguinte, 5 de setembro, com o nascer do sol, foi dado o sinal de partida. João da Costa, Yaquita, sua filha, seus filhos, todos se encontravam no convés. A jangada, já em movimento, deixou-se levar pela corrente e, quando desapareceu em uma das curvas do rio Negro, ainda se ouviam os gritos de comemoração e despedida da população, toda reunida na margem.

Capítulo XX
O Baixo Amazonas

E como foi a segunda parte da viagem pelo Amazonas, que já estava chegando ao fim? Bom, foram dias muito felizes para a honesta família! A vida de João era como um novo raiar do dia, que brilhava sobre todos a seu redor.

A jangada navegou mais rapidamente por aquelas águas, ainda bastante elevadas pela cheia. Passou à esquerda pela pequena aldeia de Dom José de Maturi e à direita pela foz do rio Madeira, que deve seu nome à flotilha de escombros de embarcações, feitas de troncos sem casca ou de casca verde, que o rio traz dos confins da Bolívia. Atravessou então o arquipélago Caniny, cujas ilhotas são apinhadas de palmeiras, passou pela vila de Serpa, que, transportada de uma margem à outra alternadamente, assentou definitivamente no lado esquerdo suas casinhas, cujas soleiras repousam no tapete amarelo da praia.

Logo a jangada deixou para trás a vila de Silves, erguida na margem esquerda do Amazonas, e o vilarejo de Vila Bela, onde há o maior comércio de guaraná da província. Também passaram pela aldeia de Faro e pelo rio Nhamundá, onde Orellana diz ter sido atacado em 1.541 por mulheres guerreiras que desde então nunca mais foram vistas – lenda que deu origem ao imortal nome do rio Amazonas.

Lá terminava a vasta província do Rio Negro e começava a jurisdição do Pará, e, naquele mesmo dia, 22 de setembro, a família, maravilhada com os esplendores de um vale ímpar, adentrava a parte do império brasileiro cuja única fronteira é o Atlântico, ao leste.

– Como é magnífico! – dizia sem parar Minha.

– Como é comprido! – murmurava Manoel.

– Como é lindo! – repetia Lina.

– Quando é que vamos chegar...?! – resmungava Fragoso.

Mas, apesar da diferença de pontos de vista, todos conseguiam se entender! Assim, o tempo passava alegremente, e Benito, nem paciente, nem impaciente, havia recuperado seu costumeiro bom humor.

Logo a jangada deslizava por entre intermináveis plantações de cacaueiros de um verde-escuro, alternado com o amarelo dos sapês e com o vermelho das telhas, que penteiam as cabanas dos extrativistas das duas margens, de Óbidos até o vilarejo de Monte Alegre.

Em seguida, abria-se a embocadura do rio Trombetas, banhando com suas águas pretas as casas de Óbidos, cidade com ruas largas ladeadas de belas moradias, que é um importante entreposto de cacau que se encontra a apenas 180 milhas de Belém.

Avistaram então a confluência com o Tapajós, rio de águas de uma cor verde acinzentada que corre do sudoeste; depois, passaram por Santarém, rico vilarejo onde há pelo menos 5 mil habitantes – na maior parte índios – e cujas primeiras casas foram construídas em vastas praias de areia branca.

Desde a saída de Manaus, a jangada não tinha parado nenhuma vez durante a descida já menos obstruída do Amazonas. Ela navegava dia e noite sob o olhar vigilante do hábil piloto. Não faziam mais paradas, nem para o divertimento dos passageiros nem para os negócios. Tocavam viagem, e o destino se aproximava rapidamente.

A partir de Alenquer, localizada na margem esquerda, o cenário mudou. No lugar das cortinas de floresta que até então fechavam a paisagem, via-se agora em primeiro plano colinas, cujas ondulações sutis o olhar podia acompanhar; atrás, os cumes indefinidos das montanhas se desenhavam no horizonte longínquo.

Nunca Yaquita, sua filha, Lina ou a velha Cibele tinham visto algo parecido. Já Manoel se sentia em casa no Pará. Ele sabia o nome daquela cadeia dupla, que estreitava pouco a pouco o vale do grande rio.

– À direita fica a serra de Paruacarta, que faz uma meia lua em direção ao sul! À esquerda fica a serra de Curuva, cujos últimos contrafortes nós vamos ultrapassar logo, logo!

– Quer dizer que estamos chegando? – perguntou Fragoso novamente.

– Sim, estamos quase lá! – respondeu Manoel.

Nisso, os noivos se entreolharam e esboçaram uma mesma expressão, mais significativa impossível, atestando que se entendiam perfeitamente.

Finalmente, apesar das marés que, desde Óbidos, já eram sentidas e atrasavam um pouco a flutuação da jangada, ultrapassaram o vilarejo de Monte Alegre, depois a Prainha de Outeiro e por fim a embocadura do rio Xingu, povoada pelos índios jurunas, cuja principal atividade consiste em preparar as cabeças dos inimigos para os museus de história natural.

O Amazonas é tão largo que parecia que a qualquer momento esse rei dos rios se abriria como um mar! A vegetação ribeirinha, que media de oito a dez pés de altura, eriçava as praias com sua floresta de caniços-de-água. Logo Porto de Moz, Boa Vista e Gurupá, que vem perdendo sua prosperidade, também foram deixados para trás.

Naquele ponto, o rio se dividia em dois braços importantes que se estendiam em direção ao Atlântico: um corria para nordeste e o outro para leste, e, entre eles, localizava-se a grande ilha do Marajó. Essa ilha é na verdade uma província e mede pelo menos 180 léguas de circunferência. Com uma geografia bastante diversa, ela é recortada por pântanos e córregos, com savanas a leste e florestas a oeste, o que favorece bastante a criação dos milhares de animais que existem lá.

Essa imensa barragem de Marajó é o obstáculo natural que forçou o Amazonas a se bifurcar antes de verter suas torrentes de água no mar. Se tivesse seguido pelo braço superior do rio, a jangada, após ter passado pelas ilhas Caviana e Mexiana, teria encontrado uma embocadura de cinquenta léguas de largura, mas também teria se deparado com uma pororoca – terrível macaréu que, durante os três dias que precedem a Lua nova ou a Lua cheia, leva dois minutos, em vez de seis horas, para encher doze a quinze pés acima do nível mais baixo do rio.

Todos temem esses maremotos. Felizmente, no braço inferior, conhecido como Furo de Breves, no Pará, o movimento das marés é mais regular, portanto esse terrível fenômeno não ocorre. O piloto Araújo conhecia aquele trajeto como a palma da sua mão. A jangada adentrou então florestas magníficas, ladeando aqui e ali algumas ilhas repletas de altos buritis. O tempo estava tão bom que não havia razão para temerem as tempestades que assolam de vez em quando o Furo de Breves.

Alguns dias depois, a jangada passou pela aldeia que carrega o mesmo nome do furo, que, embora construída em um terreno que fica inundado por diversos meses do ano, tornou-se, a partir de 1845, uma importante cidade, com uma centena de casas. Lá, os índios tapuias, naturais da região do Baixo Amazonas, misturam-se cada vez mais com a população branca e um dia acabarão se extinguindo.

E a jangada continuava descendo. Naquele ponto, a embarcação corria o risco de encalhar de tão perto que passava das garras do manguezal, cujas raízes se estendiam sobre as águas como patas de gigantescos crustáceos; o tronco liso dos mangues de folhagem verde-clara servia de apoio para os longos croques da equipe, que impulsionavam a jangada de volta para o curso da corrente.

Depois foi a vez de passarem pela embocadura do rio Tocantins, cujas águas, provenientes dos rios da província de Goiás, misturam-se às do Amazonas por uma larga foz. Em seguida passaram pelo rio Moju e pelo vilarejo de Santa Ana.

O panorama das duas margens desfilava majestosamente, sem pausa, como se algum mecanismo engenhoso o fizesse se desenrolar de jusante a montante.

Numerosas embarcações que descem o rio, ubás, igarités, vigilengas, pirogas de todas as formas, pequenos e médios cabotadores das paragens inferiores do Amazonas e do litoral do Atlântico já saudavam a jangada, como chalupas a serviço de um monstruoso navio de guerra.

Enfim surgiu à esquerda a cidade de Santa Maria de Belém do Pará, com pitorescas fileiras de casas brancas de vários andares, conventos escondidos atrás de palmeiras, campanários da catedral e da Igreja de Nossa Senhora das Mercês e a flotilha de escunas, brigues e embarcações de três mastros que a liga comercialmente com o Velho Mundo.

O coração dos passageiros da jangada batia acelerado. Estava chegando ao fim a viagem que eles temeram que nunca acabasse. Durante o tempo em que a prisão de João da Costa os impedia de sair de Manaus, na metade do itinerário, podiam eles imaginar que um dia veriam a capital da província do Pará?

Foi naquele dia, 15 de outubro – quatro meses e meio depois de terem deixado a fazendo de Iquitos –, que, após uma curva brusca do rio, Belém surgiu no horizonte.

A chegada da jangada era anunciada havia vários dias. Toda a simpática cidade conhecia a história de João. Todos esperavam o honesto homem e estavam prontos para acolher a família Da Costa.

Centenas de embarcações vieram ao encontro do fazendeiro, e logo a jangada foi invadida por todos os que queriam comemorar o retorno do compatriota, após aquele exílio tão longo. Milhares de curiosos – ou, melhor dizendo, milhares de amigos – aglomeravam-se na aldeia flutuante, bem antes de ela chegar ao atracadouro. Por sorte, a jangada era suficientemente grande e resistente para suportar toda aquela gente.

Dentre eles estava Dona Valdez, que tinha chegado em uma das primeiras pirogas. A mãe de Manoel podia enfim abraçar a nova filha que a vida lhe dava. A boa senhora não tinha conseguido ir até Iquitos, mas era como se o Amazonas trouxesse um pedaço da fazenda até ela.

Antes de anoitecer, o piloto Araújo amarrara a jangada com força em uma baía, depois da ponta do arsenal de marinha. Aquele devia ser o último atracadouro, a última parada após oitocentas léguas flutuando pela enorme artéria brasileira. Lá, as cabanas dos índios, as choupanas dos negros, os depósitos que guardavam cargas valiosas seriam pouco a pouco desmontados; depois, seria a vez de a casa principal, escondida atrás da verdejante tapeçaria de folhas e flores, desaparecer; por fim, colocariam abaixo a pequena capela, cujo modesto sino respondia agora às sonoras badaladas das igrejas de Belém.

Mas, antes disso, uma cerimônia seria realizada na própria jangada: o casamento de Manoel e Minha e de Lina e Fragoso. Ao Padre Peçanha cabia celebrar aquela dupla união, que prometia ser muito feliz. Seria na pequena capela que os casais receberiam dele a bênção nupcial.

É verdade que a capela era pequena demais e que só poderia comportar os membros da família, mas o resto da imensa jangada estava lá para receber todos que quisessem prestigiar a cerimônia, não é mesmo? E caso toda a embarcação não fosse suficientemente grande para acolher todo mundo, certamente a margem do rio serviria de arquibancada para aquela simpática multidão, ávida por celebrar a salvação do homem que, por meio de uma absolvição, se tornara o herói do dia.

Foi no dia seguinte, 16 de outubro, que os dois casamentos foram celebrados com grande pompa.

Às dez horas da manhã de um belíssimo dia, a jangada começou a receber a multidão de espectadores. Na margem, quase toda a população de Belém se acotovelava em suas roupas de festa. No rio, as embarcações, lotadas de visitantes, posicionavam-se ao lado da enorme jangada, e aquela flotilha literalmente cobria as águas do Amazonas até a outra margem do rio.

A primeira badalada do sino da capela foi um sinal de alegria para os ouvidos e olhos de todos, e, logo em seguida, as igrejas de Belém responderam ao campanário da jangada. As embarcações do porto hastearam as bandeiras, e as cores brasileiras foram saudadas pelos pavilhões dos outros países. Os tiros de mosquete vieram de todos os lados, competindo com a intensa gritaria de comemoração!

A família Da Costa saiu então da casa e passou pelo meio da multidão em direção à capela.

João foi recebido com aplausos frenéticos. Ele vinha de braço dado com Dona Valdez. Yaquita era conduzida pelo governador de Belém, que, acompanhado dos colegas do jovem médico militar, quis honrar a cerimônia de casamento com sua presença. Manoel ia ao lado de Minha, charmosa em seu novíssimo traje de noiva; em seguida vinha Fragoso, segurando a mão de Lina, toda radiante; e por último Benito, a velha Cibele e os criados da honrada família passavam no meio da dupla fileira formada pela equipe da jangada para chegar à capela.

O Padre Peçanha esperava os dois casais na entrada da capela. A cerimônia se desenrolou de forma simples, e as mesmas mãos que outrora abençoaram João e Yaquita se estenderam dessa vez para dar a bênção nupcial aos seus filhos.

Tanta felicidade não seria abalada pela tristeza de longas separações. De fato, Manoel Valdez logo pediria sua demissão para acompanhar toda a família a Iquitos, onde seria muito bem-vindo exercendo a profissão de médico civil. Evidentemente, o casal Fragoso não deixaria de acompanhar aqueles que eram para eles mais amigos do que patrões. Dona Valdez não quis separar aquela boa família, mas para isso colocou uma condição: que viessem visitá-la com frequência em Belém.

Seria muito simples cumprir aquela promessa. Afinal de contas, o grande rio não tinha passado a ser um elo entre Iquitos e Belém que nunca mais se romperia? Com efeito, em alguns dias, o primeiro gaiola começaria seu serviço regular e rápido, levando apenas uma semana para subir o Amazonas – distância que a jangada levara muitos meses para descer.

A importante operação comercial, bem conduzida por Benito, ocorreu em perfeitas condições, e logo não restou mais nada daquilo que um dia fora a jangada: uma enorme balsa formada pela floresta de Iquitos.

Um mês depois, o fazendeiro, sua esposa, seu filho, Manoel e Minha Valdez, Lina e Fragoso tomaram um dos gaiolas do Amazonas para retornar à vasta propriedade de Iquitos, que passaria a ser administrada por Benito.

João da Costa voltou de cabeça erguida dessa vez, levando de volta para o Peru uma família composta de pessoas felicíssimas!

Quanto a Fragoso, vinte vezes por dia repetia:

– Se não fosse pela liana, hein!

E ele acabou dando esse belo apelido à jovem mulata – apelido muito apropriado, convenhamos, já que ela vivia enrolada nele.

– Ué, é só uma letra de diferença! Lina, Liana: não é tudo a mesma coisa?

Coleção **L&PM** POCKET

900.**As veias abertas da América Latina** – Eduardo Galeano
901.**Snoopy: Sempre alerta! (10)** – Charles Schulz
902.**Chico Bento: Plantando confusão** – Mauricio de Sousa
903.**Penadinho: Quem é morto sempre aparece** – Mauricio de Sousa
904.**A vida sexual da mulher feia** – Claudia Tajes
905.**100 segredos de liquidificador** – José Antonio Pinheiro Machado
906.**Sexo muito prazer 2** – Laura Meyer da Silva
907.**Os nascimentos** – Eduardo Galeano
908.**As caras e as máscaras** – Eduardo Galeano
909.**O século do vento** – Eduardo Galeano
910.**Poirot perde uma cliente** – Agatha Christie
911.**Cérebro** – Michael O'Shea
912.**O escaravelho de ouro e outras histórias** – Edgar Allan Poe
913.**Piadas para sempre (4)** – Visconde da Casa Verde
914.**100 receitas de massas light** – Helena Tonetto
915(19).**Oscar Wilde** – Daniel Salvatore Schiffer
916.**Uma breve história do mundo** – H. G. Wells
917.**A Casa do Penhasco** – Agatha Christie
919.**John M. Keynes** – Bernard Gazier
920(20).**Virginia Woolf** – Alexandra Lemasson
921.**Peter e Wendy** *seguido de* **Peter Pan em Kensington Gardens** – J. M. Barrie
922.**Aline: numas de colegial (5)** – Adão Iturrusgarai
923.**Uma dose mortal** – Agatha Christie
924.**Os trabalhos de Hércules** – Agatha Christie
926.**Kant** – Roger Scruton
927.**A inocência do Padre Brown** – G.K. Chesterton
928.**Casa Velha** – Machado de Assis
929.**Marcas de nascença** – Nancy Huston
930.**Aulete de bolso**
931.**Hora Zero** – Agatha Christie
932.**Morte na Mesopotâmia** – Agatha Christie
934.**Nem te conto, João** – Dalton Trevisan
935.**As aventuras de Huckleberry Finn** – Mark Twain
936(21).**Marilyn Monroe** – Anne Plantagenet
937.**China moderna** – Rana Mitter
938.**Dinossauros** – David Norman
939.**Louca por homem** – Claudia Tajes
940.**Amores de alto risco** – Walter Riso
941.**Jogo de damas** – David Coimbra
942.**Filha é filha** – Agatha Christie
943.**M ou N?** – Agatha Christie
945.**Bidu: diversão em dobro!** – Mauricio de Sousa
946.**Fogo** – Anaïs Nin
947.**Rum: diário de um jornalista bêbado** – Hunter Thompson
948.**Persuasão** – Jane Austen
949.**Lágrimas na chuva** – Sergio Faraco
950.**Mulheres** – Bukowski
951.**Um pressentimento funesto** – Agatha Christie
952.**Cartas na mesa** – Agatha Christie
954.**O lobo do mar** – Jack London
955.**Os gatos** – Patricia Highsmith
956(22).**Jesus** – Christiane Rancé
957.**História da medicina** – William Bynum
958.**O Morro dos Ventos Uivantes** – Emily Brontë
959.**A filosofia na era trágica dos gregos** – Nietzsche
960.**Os treze problemas** – Agatha Christie
961.**A massagista japonesa** – Moacyr Scliar
963.**Humor do miserê** – Nani
964.**Todo o mundo tem dúvida, inclusive você** – Édison de Oliveira
965.**A dama do Bar Nevada** – Sergio Faraco
969.**O psicopata americano** – Bret Easton Ellis
970.**Ensaios de amor** – Alain de Botton
971.**O grande Gatsby** – F. Scott Fitzgerald
972.**Por que não sou cristão** – Bertrand Russell
973.**A Casa Torta** – Agatha Christie
974.**Encontro com a morte** – Agatha Christie
975(23).**Rimbaud** – Jean-Baptiste Baronian
976.**Cartas na rua** – Bukowski
977.**Memória** – Jonathan K. Foster
978.**A abadia de Northanger** – Jane Austen
979.**As pernas de Úrsula** – Claudia Tajes
980.**Retrato inacabado** – Agatha Christie
981.**Solanin (1)** – Inio Asano
982.**Solanin (2)** – Inio Asano
983.**Aventuras de menino** – Mitsuru Adachi
984(16).**Fatos & mitos sobre sua alimentação** – Dr. Fernando Lucchese
985.**Teoria quântica** – John Polkinghorne
986.**O eterno marido** – Fiódor Dostoiévski
987.**Um safado em Dublin** – J. P. Donleavy
988.**Mirinha** – Dalton Trevisan
989.**Akhenaton e Nefertiti** – Carmen Seganfredo e A. S. Franchini
990.**On the Road – o manuscrito original** – Jack Kerouac
991.**Relatividade** – Russell Stannard
992.**Abaixo de zero** – Bret Easton Ellis
993(24).**Andy Warhol** – Mériam Korichi
995.**Os últimos casos de Miss Marple** – Agatha Christie
996.**Nico Demo: Aí vem encrenca** – Mauricio de Sousa
998.**Rousseau** – Robert Wokler
999.**Noite sem fim** – Agatha Christie
1000.**Diários de Andy Warhol (1)** – Editado por Pat Hackett
1001.**Diários de Andy Warhol (2)** – Editado por Pat Hackett
1002.**Cartier-Bresson: o olhar do século** – Pierre Assouline
1003.**As melhores histórias da mitologia: vol. 1** – A.S. Franchini e Carmen Seganfredo

1004.**As melhores histórias da mitologia: vol. 2** – A.S. Franchini e Carmen Seganfredo
1005.**Assassinato no beco** – Agatha Christie
1006.**Convite para um homicídio** – Agatha Christie
1008.**História da vida** – Michael J. Benton
1009.**Jung** – Anthony Stevens
1010.**Arsène Lupin, ladrão de casaca** – Maurice Leblanc
1011.**Dublinenses** – James Joyce
1012.**120 tirinhas da Turma da Mônica** – Mauricio de Sousa
1013.**Antologia poética** – Fernando Pessoa
1014.**A aventura de um cliente ilustre** *seguido de* **O último adeus de Sherlock Holmes** – Sir Arthur Conan Doyle
1015.**Cenas de Nova York** – Jack Kerouac
1016.**A corista** – Anton Tchékhov
1017.**O diabo** – Leon Tolstói
1018.**Fábulas chinesas** – Sérgio Capparelli e Márcia Schmaltz
1019.**O gato do Brasil** – Sir Arthur Conan Doyle
1020.**Missa do Galo** – Machado de Assis
1021.**O mistério de Marie Rogêt** – Edgar Allan Poe
1022.**A mulher mais linda da cidade** – Bukowski
1023.**O retrato** – Nicolai Gogol
1024.**O conflito** – Agatha Christie
1025.**Os primeiros casos de Poirot** – Agatha Christie
1027(25).**Beethoven** – Bernard Fauconnier
1028.**Platão** – Julia Annas
1029.**Cleo e Daniel** – Roberto Freire
1030.**Til** – José de Alencar
1031.**Viagens na minha terra** – Almeida Garrett
1032.**Profissões para mulheres e outros artigos feministas** – Virginia Woolf
1033.**Mrs. Dalloway** – Virginia Woolf
1034.**O cão da morte** – Agatha Christie
1035.**Tragédia em três atos** – Agatha Christie
1037.**O fantasma da Ópera** – Gaston Leroux
1038.**Evolução** – Brian e Deborah Charlesworth
1039.**Medida por medida** – Shakespeare
1040.**Razão e sentimento** – Jane Austen
1041.**A obra-prima ignorada** *seguido de* **Um episódio durante o Terror** – Balzac
1042.**A fugitiva** – Anaïs Nin
1043.**As grandes histórias da mitologia greco-romana** – A. S. Franchini
1044.**O corno de si mesmo & outras historietas** – Marquês de Sade
1045.**Da felicidade** *seguido de* **Da vida retirada** – Sêneca
1046.**O horror em Red Hook e outras histórias** – H. P. Lovecraft
1047.**Noite em claro** – Martha Medeiros
1048.**Poemas clássicos chineses** – Li Bai, Du Fu e Wang Wei
1049.**A terceira moça** – Agatha Christie
1050.**Um destino ignorado** – Agatha Christie
1051(26).**Buda** – Sophie Royer
1052.**Guerra Fria** – Robert J. McMahon
1053.**Simons's Cat: as aventuras de um gato travesso e comilão – vol. 1** – Simon Tofield
1054.**Simons's Cat: as aventuras de um gato travesso e comilão – vol. 2** – Simon Tofield
1055.**Só as mulheres e as baratas sobreviverão** – Claudia Tajes
1057.**Pré-história** – Chris Gosden
1058.**Pintou sujeira!** – Mauricio de Sousa
1059.**Contos de Mamãe Gansa** – Charles Perrault
1060.**A interpretação dos sonhos: vol. 1** – Freud
1061.**A interpretação dos sonhos: vol. 2** – Freud
1062.**Frufru Rataplã Dolores** – Dalton Trevisan
1063.**As melhores histórias da mitologia egípcia** – Carmem Seganfredo e A.S. Franchini
1064.**Infância. Adolescência. Juventude** – Tolstói
1065.**As consolações da filosofia** – Alain de Botton
1066.**Diários de Jack Kerouac – 1947-1954**
1067.**Revolução Francesa – vol. 1** – Max Gallo
1068.**Revolução Francesa – vol. 2** – Max Gallo
1069.**O detetive Parker Pyne** – Agatha Christie
1070.**Memórias do esquecimento** – Flávio Tavares
1071.**Drogas** – Leslie Iversen
1072.**Manual de ecologia (vol.2)** – J. Lutzenberger
1073.**Como andar no labirinto** – Affonso Romano de Sant'Anna
1074.**A orquídea e o serial killer** – Juremir Machado da Silva
1075.**Amor nos tempos de fúria** – Lawrence Ferlinghetti
1076.**A aventura do pudim de Natal** – Agatha Christie
1078.**Amores que matam** – Patricia Faur
1079.**Histórias de pescador** – Mauricio de Sousa
1080.**Pedaços de um caderno manchado de vinho** – Bukowski
1081.**A ferro e fogo: tempo de solidão (vol.1)** – Josué Guimarães
1082.**A ferro e fogo: tempo de guerra (vol.2)** – Josué Guimarães
1084(17).**Desembarcando o Alzheimer** – Dr. Fernando Lucchese e Dra. Ana Hartmann
1085.**A maldição do espelho** – Agatha Christie
1086.**Uma breve história da filosofia** – Nigel Warburton
1088.**Heróis da História** – Will Durant
1089.**Concerto campestre** – L. A. de Assis Brasil
1090.**Morte nas nuvens** – Agatha Christie
1092.**Aventura em Bagdá** – Agatha Christie
1093.**O cavalo amarelo** – Agatha Christie
1094.**O método de interpretação dos sonhos** – Freud
1095.**Sonetos de amor e desamor** – Vários
1096.**120 tirinhas do Dilbert** – Scott Adams
1097.**200 fábulas de Esopo**
1098.**O curioso caso de Benjamin Button** – F. Scott Fitzgerald
1099.**Piadas para sempre: uma antologia para morrer de rir** – Visconde da Casa Verde
1100.**Hamlet (Mangá)** – Shakespeare

1101.**A arte da guerra (Mangá)** – Sun Tzu
1104.**As melhores histórias da Bíblia (vol.1)** – A. S. Franchini e Carmen Seganfredo
1105.**As melhores histórias da Bíblia (vol.2)** – A. S. Franchini e Carmen Seganfredo
1106.**Psicologia das massas e análise do eu** – Freud
1107.**Guerra Civil Espanhola** – Helen Graham
1108.**A autoestrada do sul e outras histórias** – Julio Cortázar
1109.**O mistério dos sete relógios** – Agatha Christie
1110.**Peanuts: Ninguém gosta de mim... (amor)** – Charles Schulz
1111.**Cadê o bolo?** – Mauricio de Sousa
1112.**O filósofo ignorante** – Voltaire
1113.**Totem e tabu** – Freud
1114.**Filosofia pré-socrática** – Catherine Osborne
1115.**Desejo de status** – Alain de Botton
1118.**Passageiro para Frankfurt** – Agatha Christie
1120.**Kill All Enemies** – Melvin Burgess
1121.**A morte da sra. McGinty** – Agatha Christie
1122.**Revolução Russa** – S. A. Smith
1123.**Até você, Capitu?** – Dalton Trevisan
1124.**O grande Gatsby (Mangá)** – F. S. Fitzgerald
1125.**Assim falou Zaratustra (Mangá)** – Nietzsche
1126. **Peanuts: É para isso que servem os amigos (amizade)** – Charles Schulz
1127(27).**Nietzsche** – Dorian Astor
1128.**Bidu: Hora do banho** – Mauricio de Sousa
1129.**O melhor do Macanudo Taurino** – Santiago
1130.**Radicci 30 anos** – Iotti
1131.**Show de sabores** – J.A. Pinheiro Machado
1132.**O prazer das palavras** – vol. 3 – Cláudio Moreno
1133.**Morte na praia** – Agatha Christie
1134.**O fardo** – Agatha Christie
1135.**Manifesto do Partido Comunista (Mangá)** – Marx & Engels
1136.**A metamorfose (Mangá)** – Franz Kafka
1137.**Por que você não se casou... ainda** – Tracy McMillan
1138.**Textos autobiográficos** – Bukowski
1139.**A importância de ser prudente** – Oscar Wilde
1140.**Sobre a vontade na natureza** – Arthur Schopenhauer
1141.**Dilbert (8)** – Scott Adams
1142.**Entre dois amores** – Agatha Christie
1143.**Cipreste triste** – Agatha Christie
1144.**Alguém viu uma assombração?** – Mauricio de Sousa
1145.**Mandela** – Elleke Boehmer
1146.**Retrato do artista quando jovem** – James Joyce
1147.**Zadig ou o destino** – Voltaire
1148.**O contrato social (Mangá)** – J.-J. Rousseau
1149.**Garfield fenomenal** – Jim Davis
1150.**A queda da América** – Allen Ginsberg
1151.**Música na noite & outros ensaios** – Aldous Huxley
1152.**Poesias inéditas & Poemas dramáticos** – Fernando Pessoa
1153.**Peanuts: Felicidade é...** – Charles M. Schulz
1154.**Mate-me por favor** – Legs McNeil e Gillian McCain
1155.**Assassinato no Expresso Oriente** – Agatha Christie
1156.**Um punhado de centeio** – Agatha Christie
1157.**A interpretação dos sonhos (Mangá)** – Freud
1158.**Peanuts: Você não entende o sentido da vida** – Charles M. Schulz
1159.**A dinastia Rothschild** – Herbert R. Lottman
1160.**A Mansão Hollow** – Agatha Christie
1161.**Nas montanhas da loucura** – H.P. Lovecraft
1162(28).**Napoleão Bonaparte** – Pascale Fautrier
1163.**Um corpo na biblioteca** – Agatha Christie
1164.**Inovação** – Mark Dodgson e David Gann
1165.**O que toda mulher deve saber sobre os homens: a afetividade masculina** – Walter Riso
1166.**O amor está no ar** – Mauricio de Sousa
1167.**Testemunha de acusação & outras histórias** – Agatha Christie
1168.**Etiqueta de bolso** – Celia Ribeiro
1169.**Poesia reunida (volume 3)** – Affonso Romano de Sant'Anna
1170.**Emma** – Jane Austen
1171.**Que seja em segredo** – Ana Miranda
1172.**Garfield sem apetite** – Jim Davis
1173.**Garfield: Foi mal...** – Jim Davis
1174.**Os irmãos Karamázov (Mangá)** – Dostoiévski
1175.**O Pequeno Príncipe** – Antoine de Saint-Exupéry
1176.**Peanuts: Ninguém mais tem o espírito aventureiro** – Charles M. Schulz
1177.**Assim falou Zaratustra** – Nietzsche
1178.**Morte no Nilo** – Agatha Christie
1179.**Ê, soneca boa** – Mauricio de Sousa
1180.**Garfield a todo o vapor** – Jim Davis
1181.**Em busca do tempo perdido (Mangá)** – Proust
1182.**Cai o pano: o último caso de Poirot** – Agatha Christie
1183.**Livro para colorir e relaxar** – Livro 1
1184.**Para colorir sem parar**
1185.**Os elefantes não esquecem** – Agatha Christie
1186.**Teoria da relatividade** – Albert Einstein
1187.**Compêndio da psicanálise** – Freud
1188.**Visões de Gerard** – Jack Kerouac
1189.**Fim de verão** – Mohiro Kitoh
1190.**Procurando diversão** – Mauricio de Sousa
1191.**E não sobrou nenhum e outras peças** – Agatha Christie
1192.**Ansiedade** – Daniel Freeman & Jason Freeman
1193.**Garfield: pausa para o almoço** – Jim Davis
1194.**Contos do dia e da noite** – Guy de Maupassant
1195.**O melhor de Hagar 7** – Dik Browne
1196(29).**Lou Andreas-Salomé** – Dorian Astor
1197(30).**Pasolini** – René de Ceccatty
1198.**O caso do Hotel Bertram** – Agatha Christie
1199.**Crônicas de motel** – Sam Shepard

1200.**Pequena filosofia da paz interior** – Catherine Rambert
1201.**Os sertões** – Euclides da Cunha
1202.**Treze à mesa** – Agatha Christie
1203.**Bíblia** – John Riches
1204.**Anjos** – David Albert Jones
1205.**As tirinhas do Guri de Uruguaiana 1** – Jair Kobe
1206.**Entre aspas (vol.1)** – Fernando Eichenberg
1207.**Escrita** – Andrew Robinson
1208.**O spleen de Paris: pequenos poemas em prosa** – Charles Baudelaire
1209.**Satíricon** – Petrônio
1210.**O avarento** – Molière
1211.**Queimando na água, afogando-se na chama** – Bukowski
1212.**Miscelânea septuagenária: contos e poemas** – Bukowski
1213.**Que filosofar é aprender a morrer e outros ensaios** – Montaigne
1214.**Da amizade e outros ensaios** – Montaigne
1215.**O medo à espreita e outras histórias** – H.P. Lovecraft
1216.**A obra de arte na era de sua reprodutibilidade técnica** – Walter Benjamin
1217.**Sobre a liberdade** – John Stuart Mill
1218.**O segredo de Chimneys** – Agatha Christie
1219.**Morte na rua Hickory** – Agatha Christie
1220.**Ulisses (Mangá)** – James Joyce
1221.**Ateísmo** – Julian Baggini
1222.**Os melhores contos de Katherine Mansfield** – Katherine Mansfield
1223(31).**Martin Luther King** – Alain Foix
1224.**Millôr Definitivo: uma antologia de *A Bíblia do Caos*** – Millôr Fernandes
1225.**O Clube das Terças-Feiras e outras histórias** – Agatha Christie
1226.**Por que sou tão sábio** – Nietzsche
1227.**Sobre a mentira** – Platão
1228.**Sobre a leitura** *seguido do* **Depoimento de Céleste Albaret** – Proust
1229.**O homem do terno marrom** – Agatha Christie
1230(32).**Jimi Hendrix** – Franck Médioni
1231.**Amor e amizade e outras histórias** – Jane Austen
1232.**Lady Susan, Os Watson e Sanditon** – Jane Austen
1233.**Uma breve história da ciência** – William Bynum
1234.**Macunaíma: o herói sem nenhum caráter** – Mário de Andrade
1235.**A máquina do tempo** – H.G. Wells
1236.**O homem invisível** – H.G. Wells
1237.**Os 36 estratagemas: manual secreto da arte da guerra** – Anônimo
1238.**A mina de ouro e outras histórias** – Agatha Christie
1239.**Pic** – Jack Kerouac
1240.**O habitante da escuridão e outros contos** – H.P. Lovecraft
1241.**O chamado de Cthulhu e outros contos** – H.P. Lovecraft
1242.**O melhor de Meu reino por um cavalo!** – Edição de Ivan Pinheiro Machado
1243.**A guerra dos mundos** – H.G. Wells
1244.**O caso da criada perfeita e outras histórias** – Agatha Christie
1245.**Morte por afogamento e outras histórias** – Agatha Christie
1246.**Assassinato no Comitê Central** – Manuel Vázquez Montalbán
1247.**O papai é pop** – Marcos Piangers
1248.**O papai é pop 2** – Marcos Piangers
1249.**A mamãe é rock** – Ana Cardoso
1250.**Paris boêmia** – Dan Franck
1251.**Paris libertária** – Dan Franck
1252.**Paris ocupada** – Dan Franck
1253.**Uma anedota infame** – Dostoiévski
1254.**O último dia de um condenado** – Victor Hugo
1255.**Nem só de caviar vive o homem** – J.M. Simmel
1256.**Amanhã é outro dia** – J.M. Simmel
1257.**Mulherzinhas** – Louisa May Alcott
1258.**Reforma Protestante** – Peter Marshall
1259.**História econômica global** – Robert C. Allen
1260(33).**Che Guevara** – Alain Foix
1261.**Câncer** – Nicholas James
1262.**Akhenaton** – Agatha Christie
1263.**Aforismos para a sabedoria de vida** – Arthur Schopenhauer
1264.**Uma história do mundo** – David Coimbra
1265.**Ame e não sofra** – Walter Riso
1266.**Desapegue-se!** – Walter Riso
1267.**Os Sousa: Uma famíla do barulho** – Mauricio de Sousa
1268.**Nico Demo: O rei da travessura** – Mauricio de Sousa
1269.**Testemunha de acusação e outras peças** – Agatha Christie
1270(34).**Dostoiévski** – Virgil Tanase
1271.**O melhor de Hagar 8** – Dik Browne
1272.**O melhor de Hagar 9** – Dik Browne
1273.**O melhor de Hagar 10** – Dik e Chris Browne
1274.**Considerações sobre o governo representativo** – John Stuart Mill
1275.**O homem Moisés e a religião monoteísta** – Freud
1276.**Inibição, sintoma e medo** – Freud
1277.**Além do princípio de prazer** – Freud
1278.**O direito de dizer não!** – Walter Riso
1279.**A arte de ser flexível** – Walter Riso
1280.**Casados e descasados** – August Strindberg
1281.**Da Terra à Lua** – Júlio Verne
1282.**Minhas galerias e meus pintores** – Kahnweiler

1283.**A arte do romance** – Virginia Woolf
1284.**Teatro completo v. 1: As aves da noite *seguido de* O visitante** – Hilda Hilst
1285.**Teatro completo v. 2: O verdugo *seguido de* A morte do patriarca** – Hilda Hilst
1286.**Teatro completo v. 3: O rato no muro *seguido de* Auto da barca de Camiri** – Hilda Hilst
1287.**Teatro completo v. 4: A empresa *seguido de* O novo sistema** – Hilda Hilst
1289.**Fora de mim** – Martha Medeiros
1290.**Divã** – Martha Medeiros
1291.**Sobre a genealogia da moral: um escrito polêmico** – Nietzsche
1292.**A consciência de Zeno** – Italo Svevo
1293.**Células-tronco** – Jonathan Slack
1294.**O fim do ciúme e outros contos** – Proust
1295.**A jangada** – Júlio Verne
1296.**A ilha do dr. Moreau** – H.G. Wells
1297.**Ninho de fidalgos** – Ivan Turguêniev
1298.**Jane Eyre** – Charlotte Brontë
1299.**Sobre gatos** – Bukowski
1300.**Sobre o amor** – Bukowski
1301.**Escrever para não enlouquecer** – Bukowski
1302.**222 receitas** – J. A. Pinheiro Machado
1303.**Reinações de Narizinho** – Monteiro Lobato
1304.**O Saci** – Monteiro Lobato
1305.**Memórias da Emília** – Monteiro Lobato
1306.**O Picapau Amarelo** – Monteiro Lobato
1307.**A reforma da Natureza** – Monteiro Lobato
1308.**Fábulas *seguido de* Histórias diversas** – Monteiro Lobato
1309.**Aventuras de Hans Staden** – Monteiro Lobato
1310.**Peter Pan** – Monteiro Lobato
1311.**Dom Quixote das crianças** – Monteiro Lobato
1312.**O Minotauro** – Monteiro Lobato
1313.**Um quarto só seu** – Virginia Woolf
1314.**Sonetos** – Shakespeare
1315(35).**Thoreau** – Marie Berthoumieu e Laura El Makki
1316.**Teoria da arte** – Cynthia Freeland
1317.**A arte da prudência** – Baltasar Gracián
1318.**O louco *seguido de* Areia e espuma** – Khalil Gibran
1319.**O profeta *seguido de* O jardim do profeta** – Khalil Gibran
1320.**Jesus, o Filho do Homem** – Khalil Gibran
1321.**A luta** – Norman Mailer
1322.**Sobre o sofrimento do mundo e outros ensaios** – Schopenhauer
1323.**Epidemiologia** – Rodolfo Sacacci
1324.**Japão moderno** – Christopher Goto-Jones
1325.**A arte da meditação** – Matthieu Ricard
1326.**O adversário secreto** – Agatha Christie
1327.**Pollyanna** – Eleanor H. Porter
1328.**Espelhos** – Eduardo Galeano
1329.**A Vênus das peles** – Sacher-Masoch
1330.**O 18 de brumário de Luís Bonaparte** – Karl Marx
1331.**Um jogo para os vivos** – Patricia Highsmith
1332.**A tristeza pode esperar** – J.J. Camargo
1333.**Vinte poemas de amor e uma canção desesperada** – Pablo Neruda
1334.**Judaísmo** – Norman Solomon
1335.**Esquizofrenia** – Christopher Frith & Eve Johnstone
1336.**Seis personagens em busca de um autor** – Luigi Pirandello
1337.**A Fazenda dos Animais** – George Orwell
1338.**1984** – George Orwell
1339.**Ubu Rei** – Alfred Jarry
1340.**Sobre bêbados e bebidas** – Bukowski
1341.**Tempestade para os vivos e para os mortos** – Bukowski
1342.**Complicado** – Natsume Ono
1343.**Sobre o livre-arbítrio** – Schopenhauer
1344.**Uma breve história da literatura** – John Sutherland
1345.**Você fica tão sozinho às vezes que até faz sentido** – Bukowski
1346.**Um apartamento em Paris** – Guillaume Musso
1347.**Receitas fáceis e saborosas** – José Antonio Pinheiro Machado
1348.**Por que engordamos** – Gary Taubes
1349.**A fabulosa história do hospital** – Jean-Noël Fabiani
1350.**Voo noturno *seguido de* Terra dos homens** – Antoine de Saint-Exupéry
1351.**Doutor Sax** – Jack Kerouac
1352.**O livro do Tao e da virtude** – Lao-Tsé
1353.**Pista negra** – Antonio Manzini
1354.**A chave de vidro** – Dashiell Hammett
1355.**Martin Eden** – Jack London
1356.**Já te disse adeus, e agora, como te esqueço?** – Walter Riso
1357.**A viagem do descobrimento** – Eduardo Bueno
1358.**Náufragos, traficantes e degredados** – Eduardo Bueno
1359.**Retrato do Brasil** – Paulo Prado
1360.**Maravilhosamente imperfeito, escandalosamente feliz** – Walter Riso
1361.**É...** – Millôr Fernandes
1362.**Duas tábuas e uma paixão** – Millôr Fernandes
1363.**Selma e Sinatra** – Martha Medeiros
1364.**Tudo que eu queria te dizer** – Martha Medeiros
1365.**Várias histórias** – Machado de Assis
1366.**A sabedoria do Padre Brown** – G. K. Chesterton
1367.**Capitães do Brasil** – Eduardo Bueno
1368.**O falcão maltês** – Dashiell Hammett
1369.**A arte de estar com a razão** – Arthur Schopenhauer
1370.**A visão dos vencidos** – Miguel León-Portilla

IMPRESSÃO:

PALLOTTI
GRÁFICA

Santa Maria - RS | Fone: (55) 3220.4500
www.graficapallotti.com.br